科学、文化与人
经典文丛

行走世界

第1辑

叶永烈 著

科学普及出版社
· 北 京 ·

图书在版编目（CIP）数据

叶永烈行走世界．第1辑／叶永烈著．—北京：科学普及出版社，2012.8

（科学、文化与人经典文丛）

ISBN 978-7-110-07808-2

Ⅰ．①叶…　Ⅱ．①叶…　Ⅲ．①游记—作品集—中国—当代　Ⅳ．①I267.4

中国版本图书馆CIP数据核字（2012）第172403号

策划编辑	徐扬科
责任编辑	吕　鸣
责任校对	凌红霞
责任印制	李春利
装帧设计	中文天地

出版发行	科学普及出版社
地　　址	北京市海淀区中关村南大街16号
邮　　编	100081
发行电话	010-62173865
传　　真	010-62179148
网　　址	http://www.cspbooks.com.cn

开　　本	700mm×1000mm　1/16
字　　数	240千字
印　　张	14.5
版　　次	2012年8月第1版
印　　次	2012年8月第1次印刷
印　　刷	北京中科印刷有限公司
书　　号	ISBN 978-7-110-07808-2／I·282
定　　价	36.00元

作 者 简 介

叶永烈，上海作家协会专业作家，一级作家，教授。1940年生于浙江温州。1963年毕业于北京大学。11岁起发表诗作，19岁写出第一本书，20岁时成为《十万个为什么》主要作者，21岁写出《小灵通漫游未来》。

主要著作为150万字的“红色三部曲”——《红色的起点》、《历史选择了毛泽东》、《毛泽东与蒋介石》，展现了从中国共产党诞生到新中国诞生的红色历程；《反右派始末》全方位、多角度反映了1957年“反右派运动”的全过程；182万字的长卷《“四人帮”兴亡》以及《陈伯达传》、《王力风波始末》，是中国十年“文化大革命”的真实写照。《邓小平改变中国》是关于中共十一届三中全会全景式纪实长篇。《受伤的美国》是关于美国“9·11”事件这一改变世界历史进程重大事件的详细记录。此外，还有《用事实说话》、《出没风波里》、《历史在这里沉思》、《陈云之路》、《中共中央一支笔——胡乔木》、《钱学森》、《美国自由行》、《星条旗下的生活》、《米字旗下的国度》、《俄罗斯自由行》、《欧洲自由行》、《从迪拜塔到金字塔》、《澳大利亚自由行》、《真实的朝鲜》、《今天的越南》、《樱花下的日本》、《神秘的印度》、《梦里南洋知多少》、《这就是韩国》、《我的台湾之旅》、《第三只眼识台湾》、《叩开台湾名人之门》、《多娇海南》等。

序

当我说要买一个 2000G 的移动硬盘时，售货小姐露出讶异的神色，问道：“先生是干哪一行的，需要容量这么大的移动硬盘？”

大约是在电影厂摸爬滚打了 18 年，接二连三的出差和成天价的拍摄，使我对旅游和摄影产生了浓厚的兴趣。随着我拍摄的照片越来越多，移动硬盘自然也就不断扩容，从 200G 到 1000G 直至 2000G。

漫步在海角天边，把沉思写在白云之上，写在浮萍之上。至今我仍是不倦的“驴友”。我的双肩包里装着手提电脑和照相机，7 次飞美国，7 次赴台湾，我的足迹遍及五大洲。

我一边旅行，一边摄影，并不时把所见所闻写下来。我以我的目光探幽揽胜，观察异国风情。我注意细节，注重人文，注重历史，注重科学。

在我看来，文化是民族的灵魂，历史是人类的脚印。正因为这样，只有以文化和历史这“双筒望远镜”观察世界，才能撩开瑰丽多彩的表象轻纱，深层次地揭示丰富深邃的内涵。我把我的所见、所闻、所记、所思凝聚笔端，写出一部又一部“行走文学”作品，配上自己拍摄的照

片，先后出版了400多万字、总题为“叶永烈看世界”的22部图书：

《美国自由行——目击美国之一》、《星条旗下的生活——目击美国之二》、《受伤的美国——目击美国之三》（“9·11”事件）、《俄罗斯自由行》、《欧洲自由行》（包括墨西哥和加拿大自由行）、《米字旗下的国度》、《澳大利亚自由行》、《从迪拜塔到金字塔》、《这就是韩国》、《真实的朝鲜》、《今天的越南》、《樱花下的日本》、《神秘的印度》、《梦里南洋知多少》、《中国自由行（东部卷）》、《中国自由行（中西部卷）》、《中国自由行（台港澳卷）》、《我的台湾之旅》、《叶永烈目击台湾》、《第三只眼识台湾》、《叩开台湾名人之门》、《多娇海南》。

我仍在背着双肩包继续行走之中，一路行走一路写，继续撰写“叶永烈看世界”。

接到科学普及出版社编辑吕鸣的约稿信，希望我出版一本“注重科学背景加人文内涵、文学性加纪实性、最精的加最新的”自选集。她的约稿要求跟我写作“叶永烈看世界”丛书的见解不谋而合。我的这部书分为两辑，第1辑分为《文明的摇篮》、《政治的中枢》、《科学的力量》、《细节的文化》，《名校的风采》五章；第2辑分为《历史的沉思》、《艺术的殿堂》、《领袖的身后》、《企业的辉煌》、《先贤的追忆》五章。

在此，也感谢科学普及出版社总编辑颜实先生、编辑室主任徐扬科先生、前副总编辑白金凤女士给予的鼓励和支持。

叶永烈

2012年3月31日于上海“沉思斋”

目 录
CONTENTS

文明的摇篮

Wenming de Yaolan

叹为观止金字塔

去埃及，就是冲着金字塔而去的。正因为这样，到达开罗之后，就期待着去亲眼目睹金字塔。

一天，我正在开罗市内参观。汽车在行进中，妻突然惊呼起来："金字塔！金字塔！"我顺着她手指的方向望去，在一大片房屋背后，一座小山般的金字塔巍然而立。

原来，金字塔并不遥远。埃及总共有 96 座金字塔，其中好几座就建在开罗城西郊的高地上。

终于到了参观金字塔的日子。那天，汽车在开罗市区驶过尼罗河，开往开罗的西郊。在古代埃及人看来，生命和智慧都离不开水与火，尼罗河是水，太阳是火。尼罗河东岸是太阳初升的地方，是活人的国度；而尼罗河的西岸则是太阳落山之处，是死者的世界。正因为这样，金字塔建在尼罗河的西岸。

开罗的西郊，是一大片无边无涯的沙漠。在沙漠之中，有一片高地，叫做吉萨高地。三座高大的金字塔，如同三座大山，矗立在吉萨高地。在阳光下，顶上是深蓝色的天空，底下是土黄色的沙漠，中间是深黄色的金字塔。

这三座金字塔是埃及法老祖孙三代的陵墓，自左向右分别是胡夫金字塔、卡夫拉金字塔和曼考拉金字塔。卡夫拉是胡夫的儿子，曼考拉是胡夫的孙子。胡夫金字塔最大，卡夫拉金字塔次之，曼考拉金字塔最小。胡夫金字塔也是埃及 96 座金字塔中最大的一座。这三座金字塔合称吉萨金字塔。由于吉萨金字塔离开罗市区最近，而胡夫金字塔又是所有金字塔中最大的，所以这里是外国

■叶永烈在埃及

游客光顾最多的地方。

我首先来到胡夫金字塔。此前，我在画报上、书上、互联网上，多次看见过金字塔的照片。这次从迪拜飞往开罗时，也从飞机上俯瞰过金字塔——只不过是撒落在沙漠里的“粽子糖”而已。但是，在胡夫金字塔前下了车，我的第一感觉是两个字：震撼！

金字塔是那么的高，那么的大，出乎我的想象。越是走近金字塔，这种震撼感就愈加强烈。我走到胡夫金字塔跟前，张开双臂，丈量着砌成金字塔的一块块巨石，这些长方形的巨石的每一面都如同一张双人的席梦思。据说，整座胡夫金字塔共享巨石 230 万块，外层石块平均每块重达 2.5 吨，最大的重达 15 吨。胡夫金字塔的总重量约 684.8 万吨。如果用载重 7 吨的卡车来装载，需要 978286 辆。如果把这些卡车一辆接一辆排起长蛇队，总长度达 6200 千米，可以从我国南方的海南岛延伸到北面的漠河，或者从西面的帕米尔高原延伸到东面的上海。

须知，金字塔不是一座天然的山，而是用人工将石块一块块垒上去的！我试着沿着巨石向上攀登，坡是那样的陡，光是这样攀登就相当吃力，当年把一块块巨石垒上去是何等艰巨就可想而知了。

金字塔其实只是中文名称，因为它的外形像汉字中的“金”字而得名。金字塔在阿拉伯文里是“方锥体”的意思，因为从四面望去，它都是上小下大的等腰三角形，而底座则是正方形。

沙漠之舟

胡夫是埃及第四王朝的法老。胡夫金字塔大约建造于公元前 2670 年。塔高 146.5 米，相当于一座 40 层高的摩天大楼。塔基成正方形，每边长 230.6 米，占地约 52900 万平方米。

据说，不可一世的法国统帅拿破仑在 1798 年挥师征服埃及时，来到胡夫金字塔前，完全被眼前的宏伟气魄所震慑，只能用“目瞪口呆”来形容。

胡夫金字塔被列为古代世界的七大奇观之一，而且硕果仅存：

胡夫金字塔（埃及吉萨，仍存在）
空中花园（伊拉克巴比伦，毁于地震）
宙斯神像（希腊奥林匹亚，毁于火灾）
亚底米神庙（土耳其以弗所，毁于火灾）
摩索拉斯王陵墓（土耳其哈利卡纳苏斯，毁于地震）
太阳神铜像（希腊罗得港，毁于地震）
法洛斯灯塔（埃及亚历山大，毁于地震）

由于古代世界的七大奇观只剩胡夫金字塔，后来人们又选出中古世界的七大奇迹：

万里长城（中国）
罗马竞技场（意大利罗马）

庞贝石柱（埃及亚历山大）
巨石阵（英格兰埃姆斯伯里）
大报恩寺琉璃塔（中国南京）
比萨斜塔（意大利比萨）
圣索菲亚大教堂（土耳其伊斯坦布尔）

在参观了胡夫金字塔之后，我来到胡夫的儿子卡夫拉的金字塔。卡夫拉是埃及第四王朝的第三位法老。这座金字塔建于公元前 2650 年，比胡夫金字塔低 3 米，但建筑形式更加完美壮观。

卡夫拉金字塔的与众不同之处，是那硕大的狮身人面像。

据说，卡夫拉在巡视建造中的自己的陵墓时，发现陵墓前还有一块岩石空置在那里，他就命令石匠按照自己的脸型雕刻了这座石像，身体为狮子。这座石像高 21 米，长 57 米，头戴“奈姆斯”皇冠，耳朵长达 2 米，下巴上还垂着 5 米多长的胡须。除狮爪外，狮身人面像由一整块天然岩石雕成。

又据说，1798 年拿破仑来到卡夫拉金字塔前，曾下令用重炮轰击狮身人面像，结果狮身像岿然不动，只轰断了几根胡须而已！

我又来到开罗南郊 30 千米处，参访埃及最古老的金字塔。那座金字塔与吉萨那三座金字塔的不同，在于是阶梯形的。这座金字塔高约 60 米，分为 6 层阶梯，同样是用巨石砌成。这座埃及最早的金字塔，约建于公元前 2700 年，是古埃及第三王朝国王左塞尔的陵墓。那时，埃及没有法老的称谓。从二十二王朝开始，埃及称国王为法老。阶梯形金字塔可以说是金字塔的雏形。古埃及的建筑师们在此基础上加以改进，有了后来的无阶梯的方锥形的金字塔。

金字塔前的狮身人面像

阶梯形的金字塔

走近观看，金字塔表面高高低低

阶梯形金字塔、壮观的胡夫金字塔、有着狮身人面像的卡夫拉金字塔，代表着埃及金字塔的三种类型。

金字塔是人类古代文明的结晶。能够亲眼目击金字塔，能够亲手触摸金字塔，我感到万分荣幸。正因为这样，我在金字塔前拍了一张又一张照片，我在金字塔前流连忘返。

金字塔象征着永恒。埃及有一句流传甚广的谚语："人类惧怕时间，而时间惧怕金字塔。"

蔚为壮观的金字塔，是世界古代文明的杰作。古埃及人建造金字塔的历史从第三王朝开始，亦即公元前 2686 年，距今已有 4600 多年。金字塔历经沧桑而永远屹立。

金字塔在成为古代世界的七大奇观的同时，由于时代久远，也带来了一系列历史之谜。这些谜团，有的已经破解，有的至今仍是千古之谜。

金字塔的第一个历史之谜，就是古埃及的法老（国王）们为什么要倾全国之力，花费漫长的时间，建造如此浩大的金字塔？

考古学家从《金字塔铭文》中，解开了这个谜："为他（法老）建造起上天的天梯，以便他可由此上到天上。"原来，建造金字塔，是为了搭建法老上天的天梯。

大约在古埃及的第二至第三王朝，传说国王死后要成为神，他的灵魂要升天。

古埃及人以为，现世是暂时的，来世才是永恒的，而死亡就是开往永生的大门，但前提是要妥善保存死者的尸体。于是，在法老（国王）死后，从尸体中取出内脏，然后把尸体用防腐剂浸泡，再填入香料，制成干尸——“木乃伊”，供长期保存。这木乃伊就存放在金字塔之内。法老的灵魂，就从木乃伊中逸出，沿着金字塔到了高高的塔尖，从那里升天，成为主宰阴界的神——也就是说，他到了阴界，依然是国王，依然是法老，依然是最高统治者。

金字塔的另一个历史之谜，就是作为方锥体的金字塔，那四个面分别朝向正东、正南、正西、正北四个方向，其误差不超过 0.5° 。古埃及人究竟是怎样使巨大的金字塔做到朝向如此的“正”呢？

中国皇帝讲究朝南坐。天安门城楼朝南建。金字塔那样讲究“正”，其实是为了朝正北。在方锥体之中，有一面朝正北，其余三个面也就分别朝正东、正南、正西了。

考古学家断定建造金字塔讲究朝正北，是因为他们发现金字塔的出口都朝正北。相传法老王死后，会变成北方的一颗星，所以金字塔的出口朝正北。

在 4000 多年前，古埃及建筑师没有罗经，也没有指南针，怎么会使如此庞大的金字塔精确地朝向正北呢？

英国剑桥大学埃及学家凯特 · 斯彭斯经过长期研究，认为古埃及人是用开阳星和帝星这两颗北面的明亮的恒星，找准了方向。古埃及人把金字塔建在这两颗星所在的直线上。凯特 · 斯彭斯指出：“这样就比较精确了。”

凯特 · 斯彭斯是如何证实自己的推测的呢？他指出：“随着时间的推移，由于地球的转动，开阳星和帝星已经失去了它们原来的正北指向，偏离了公元前 2467 年朝北的直线。但是金字塔的建造者们没有注意到地球的转动现象，而继续把这两颗星当做方位标，结果越是晚建的金字塔，偏离度数就越大。”经过精确的测量，结果显示：胡夫金字塔比阶梯金字塔朝正北方向偏离了 0.0005° ，而曼考拉金字塔又比胡夫金字塔偏离了 0.0002° 。此后建造的金字塔，建造时间越晚，偏离度数就越大。这些数据证实了凯特 · 斯彭斯的推测。

金字塔的第三个历史之谜是：这样浩大的工程，究竟是谁建造的呢？

最早作出权威性答复的是古希腊历史学家希罗多德（约公元前 484 年—公元前 425 年）。希罗多德被誉为“历史之父”，他所著《历史》一书完整记

述了第一波斯帝国的历史。

希罗多德研究了金字塔的历史，认为金字塔是法老的奴隶建造的。希罗多德按照金字塔的巨大工程量进行计算，认为参加建造金字塔的奴隶起码有10万人。

从此，历史学家都沿用希罗多德的论断，认为每一座金字塔都是由10万奴隶建造的。

就在我前往埃及的前夕，2010年1月10日，埃及文化部公布最新的研究成果，推翻了希罗多德流传2400多年的权威论断，认为金字塔不是由奴隶建造，而是由工人建造。建造每一座金字塔的工人，大约是1万人。

埃及文化部公布的最新研究成果，来自埃及考古队。从1990年以来，专家们在吉萨金字塔区不断发现金字塔建造工人的坟墓群，证明金字塔是由工人而不是由奴隶建造的。

埃及最高文物委员会秘书长扎希·哈瓦斯说，这些墓穴建于古埃及第四王朝时期，即公元前2575年至公元前2467年。与先前在这一地区发现的金字塔建造者墓穴相似，这些古墓分布情况证明，金字塔由受雇工人而非奴隶建造。哈瓦斯指出，“这些墓穴建在法老（即国王）的金字塔旁，说明墓中所葬这些人绝不是奴隶，因为奴隶的坟墓不可能直接建在法老坟墓的旁边。”与国王金字塔以石灰石覆盖表面不同，这些工人的墓穴通常由泥砖建造，呈锥形，表面覆盖白色灰泥，有穹顶状、蜂巢状、金字塔状和平台状。

埃及考古学家的最新研究成果，破解了埃及金字塔的建设者之谜。

金字塔的第四个历史之谜是：金字塔是用巨石堆砌，这么多巨石来自哪里？

经过考古学家的考证，吉萨地区金字塔的采石场就在金字塔建筑地点南面，约有1500名采石工人在那里工作。古埃及人当时手中最硬的金属是铜，采石工人用铜制凿刀在巨石上凿开一个小孔，打入木楔，并在上面浇水，木楔浸水之后膨胀，巨大的膨胀力把石块胀裂。这些巨石是石灰岩。

至于金字塔内部墓室等重要部位所用的花岗岩，则来自600千米之外的阿斯旺。这些花岗岩用船沿着尼罗河运至开罗。

考古学家还发现，金字塔外层石块和内层墓室用的是长方形的巨石，而在外层石块和内层墓室之间则填充进了大小不一、形状不一的石块，可能是采石场上开采长方形巨石之余的边角料。

金字塔最大的谜团：金字塔是怎么建造的？

尽管各种各样的猜测五花八门，但是至今仍没有得出满意的答案。

在没有起重机、没有汽车的年月，古埃及人用什么方法运输几吨重的巨石？有人以为，吉萨当地产一种很特别的黏土，在黏土铺就的路面上洒水，用几十人拉，或者用木棒撬，沉重的石块就可以在路面上面滑行。也有人认为，古埃及人在巨石下面安放了圆木，撬动巨石前进。

然而，巨石是怎么被运上高高的金字塔呢？

最“通常”的解释是“斜坡理论”：用沙筑起长长的斜坡，沙上面铺了黏土或者圆木，用人拉或者木棒撬巨石，而巨石每向上移动一丁点儿，立即用三角形的楔子塞住，以防下滑。考古学家估计，斜坡的长高比例大约在10∶1。随着金字塔逐步升高，斜坡也就不断加长。在建成金字塔之后，拆去斜坡。

然而，很多人质疑“斜坡理论”，因为按照“斜坡理论”计算，高度达146.5米的胡夫金字塔，斜坡岂不要长达1465米？！

面对金字塔，考古学家们仿佛面对数不清的挑战，这恰恰证明了金字塔的不易和古埃及人的无穷智慧。现代的考古学家们凭借众多的科学仪器尚不能完全解开金字塔的建造之谜，可见在4000多年前古埃及人建造金字塔的聪慧何等令人敬佩。

巍巍金字塔

砌金字塔的巨石

狮身人面像

尼罗河是埃及生命线

水孕育着生命，水记录着历史。

尼罗河（River Nile）不仅是开罗的母亲河，也是埃及的生命线。

久闻尼罗河大名。尤其是在看了电影《尼罗河惨案》之后，对于尼罗河的迷人风光向往已久。这一次我终于来到了埃及，来到了尼罗河畔，了却了多年的夙愿。

茫茫沙海之中，看见河面如此宽广、河水如此清冽、两岸如此繁华、绿树如此茂密的尼罗河，精神为之一振，为之一爽。尤其是在河边听见轮船的汽笛声，看见碧波之上雪白的游轮和三角风帆来来往往，仿佛置身于海南岛的三亚海滨。那随风婆娑起舞的椰枣树，跟海南岛的椰子树何等相似。

我本以为，从黄色沙漠中流过的尼罗河，一定像黄河那样黄浊。得益于埃及对尼罗河的珍惜，得益于严格禁止工业废水排入尼罗河，所以尼罗河河水是那样的洁净。蓝色的尼罗河，使埃及生机勃勃，使开罗风姿绰约。

黄昏到来，一抹夕阳把尼罗河的波涛染上一片火红，千千万万颗金珠在浪尖滚动。此时此刻，出没风波里的小舟、对岸高高的清真寺宣礼塔、此岸的雕花铁栏杆，都变成黑色的剪影，浸没在红彤彤的晚霞之中。

埃及的国土，95% 是干旱的沙漠。沙、沙、沙，那里寸草不长，阒无人烟。没有尼罗河，就没有埃及。尼罗河是埃及古文明的摇篮。埃及的水源几乎全部来自尼罗河。

尼罗河自南向北，纵穿埃及，蓝色的河水使两岸一片葱茏。尼罗河在埃及

■尼罗河的黄昏

境内的长度为 1530 千米，尼罗河两岸形成了 3 ~ 16 千米宽的生机勃勃的河谷。在黄沙飞扬的埃及，只有尼罗河的河谷是绿色的长廊。埃及人口的 99%，生活在尼罗河沿岸。

尼罗河流到开罗之后，分成两条支流，注入地中海。这两条支流冲积形成了著名的尼罗河三角洲，面积达 2.4 万平方千米。尼罗河三角洲是埃及的金三角，面积只有埃及总面积的 4%，却居住着埃及绝大部分人口，是埃及人口最稠密、最富饶的地区。这里的可耕地占全国耕地面积的 2/3。尼罗河三角洲，是“浓缩的埃及”！

开罗地处尼罗河三角洲的最南端。以开罗为界，开罗之南，亦即尼罗河上游，称为“上埃及”；开罗以及开罗以北，称为“下埃及”。“下埃及”包括尼罗河三角洲。

尼罗河是非洲第一大河，也是世界上最长的河流。论流域面积和流量，世界第一大河是南美洲的亚马孙河。由于尼罗河流经干旱的沙漠地区，蒸发强烈，水量损失大，所以就河的水量而言，在世界上排名第 35 位。

尼罗河发源于埃塞俄比亚高原，流经布隆迪、卢旺达、坦桑尼亚、乌干达、肯尼亚、扎伊尔、苏丹和埃及 9 国，全长 6670 千米（亚马孙河长 6440 千米）。尼罗河上游有两条源头河流，西源出自布隆迪群山，叫做“白尼罗河”；东源出自埃塞俄比亚高原的塔纳湖，叫做“青尼罗河”。白尼罗河和青

蓝色的尼罗河

尼罗河在苏丹的喀土穆汇合，然后流入埃及。据测定，尼罗河全部水量的4/7来自青尼罗河，2/7来自白尼罗河，而剩余的1/7来自阿特巴拉河。

尼罗河的上游，河水落差大，形成诸多瀑布。1970年7月21日埃及在那里建成了著名的阿斯旺水坝，长达3600米，高达111米。阿斯旺水坝横截尼罗河，形成了巨大的人工湖。这个湖用埃及第二任总统的名字命名，叫做“纳赛尔湖”，总面积6000平方千米，水库存水910亿立方米，为世界第二、非洲第一大的人工湖。

尼罗河不仅给埃及带来丰沛的水，而且带来了电力。阿斯旺水坝上建设了水电站。最高峰时阿斯旺水电站的发电量占埃及全国发电量的一半。

尼罗河一年一度泛滥，造就了埃及农业特殊的3个季节，每个季节4个月：

每年的7月至10月叫“阿赫特”，意即“泛滥”，是尼罗河泛滥的季节。洪水主要来自青尼罗河，湍急的河水带来了大量泥沙，尼罗河变浊变红，被称为“红水”。“红水”中的泥沙在尼罗河下游沉积，形成了一层肥沃的淤泥。

每年的11月至2月叫“佩雷特”，是“出”的意思，意即河水退却，土地露出水面，幼芽出土，是农作物播种与生长的季节。这时候尼罗河河水变得清澈，富有诗意。我所见到的尼罗河，就是这富有诗意的尼罗河。

■尼罗河畔风光

每年的3月至6月叫“夏矛”，意即“无水”，是农作物收获的季节。这时候的尼罗河水量很小。

从古埃及时代，埃及人就掌握了尼罗河定期泛滥的规律。尼罗河一年一泛滥，埃及人也就一年一收获。千百年来，尼罗河年年泛滥，埃及人年年收获，在尼罗河畔生生不息。

入夜，开罗市中心的五彩灯光，倒映在尼罗河上。我们来到开罗河滨大道138号码头，一艘大型游船正在准备出航。

■尼罗河畔美景

游船上标明五颗星，表明这是一艘五星级的轮船。在五星标志上方，写着“MEMPHIS”，也就是说，这艘游船是以埃及最早的首都——古城孟斐斯命名的。

夜游尼罗河，是游览开罗的必游项目之一。一艘艘游船满载外国游客，在尼罗河的清波之上游弋，度过难忘的尼罗河之夜。

孟斐斯号游船是一艘三层的大型游轮。底层是餐厅兼歌舞厅，二层也是歌舞厅，三层是观景台。

■尼罗河畔的游泳池

踏上孟斐斯号游船的时候，先是进入底层，那里安放着一张张长方形的餐桌，桌旁是一把把椅子。底层的正中，是一个十几平方米的舞台。

时光尚早，我和妻沿着铁梯拾级而上，到了二楼。可能由于那天游客不多，二楼大厅上了锁，没有开放。上了三层，那里除了零零散散的椅子之外，可以随意自由走动，凭栏欣赏尼罗河的夜色。

不像上海的外滩和浦东那样，高楼用泛光灯照明，显得十分耀眼，开罗的大楼灯光不多。吸引游客眼球的是尼罗河大桥，装饰着五颜六色的灯光，桥上来来往往的汽车给一片宁静中带来动感。

开罗的夜晚气温骤降，尼罗河的风带有几分寒意，我在顶层观赏了十来分钟，便下去了。好在底层大厅有着很大的窗，照样可以欣赏尼罗河的夜景。

■尼罗河上待航的游船

在底层入座之后，便开始晚餐。晚餐是自助餐。

晚餐毕，开始歌舞表演。在暖场的男子独唱和男子舞蹈之后，上演了两个压轴节目。

其中之一是转裙舞，我还是头一次看到如此精彩的埃及舞蹈。

顾名思义，转裙舞的表演者似乎应当是女性，可是上场的却是一位七尺男子汉。他穿一身七彩裙子上来，旋转身体，那硕大的裙子就张开来了，像马路上警察的遮阳伞那么大。他的绝活在于不停地旋转，以至几十圈、上百圈地转下去。他一边旋转，一边不断变换裙子的花样，裙子一下子一分为二，一个在他头顶旋转，一个在腰间旋转。那裙子可以侧转，竖转，五花八门，花样百出。我看，光是那一下子旋转一百多圈的功夫，没有几年苦练是练不出来的，真可谓“台上一分钟，台下十年功”。

最后，那转裙舞的演员用一根手指，旋转那巨大的裙子，这时候裙子真的变成了警察的遮阳伞一般，在他头顶飞转。他一边旋转着“巨伞”，一边走下舞台，跟观众合影。他也跟我一起合影。我不由得想起我国东北的二人转，指尖转的是小小的一块手巾，跟他的“巨伞”相比，真可以说是“小巫见大巫”。

最后上场的是“肚皮舞”。一位上身只戴着胸罩、露出肚皮的充满性感的小姐进入舞台，在强烈的音乐声中不断扭腰摆臀、抖动着肚皮。这些

■叶永烈与转裙舞演员合影于尼罗河游船

■转裙舞

年，肚皮舞已经不再神秘，连中国各地都有肚皮舞训练班，成为中国女性减肥、健美的舞蹈。不过，在埃及女人要用黑色长袍包裹全身、连脸部也要用黑纱遮盖，与这样裸露的肚皮舞表演形成强烈反差。据说，所有的肚皮舞表演者，都并非埃及人。然而，又据考证，肚皮舞是世界上最古老的舞蹈之一，起源于中东，起源于埃及，所以肚皮舞一直成为尼罗河游船上的保留节目。

“山外青山楼外楼，西湖歌舞几时休。暖风熏得游人醉，直把杭州作汴州。”尼罗河游船每晚以美食、歌舞和河上佳景招待外国游客，却与埃及普通百姓无缘，因为游船的门票对于埃及普通民众来说过于昂贵，所以他们只能待在家中观看小小的、14 英寸的电视机。

埃及古城卢克索

我下了火车，看见“LUXOR STATION”的牌子，哦，“卢克索车站”，我终于来到这座埃及中南部的古都。

金色的朝阳把阳光涂抹在米黄色的卢克索火车站上，使得这座高大的建筑物一片金黄。

卢克索给我的第一印象就是比开罗干净、整齐，空气清新，气温明显高于开罗。卢克索没有开罗那么多的车，也没有开罗那么多的人，所以道路都很通畅。只是这里的小巷仍显得有些杂乱。

卢克索的房子，大多数跟卢克索火车站一样，是米黄色的。

如今的卢克索市区并不大，蜷缩在尼罗河东岸的东南角。

卢克索的阿拉伯文原意就是“宫殿”。卢克索怎么会是“宫殿”呢?

原来，在4000多年前，亦即公元前2134年，埃及第十一王朝法老孟苏好代布决定在这里兴建都城，名叫底比斯。

从埃及的“中王国”的第十一王朝时期，到“新王国”第十八王朝，底比斯是埃及的首都。所谓“中王国”，包括第十一和十二王朝；所谓“新王国”，包括第十八王朝、第十九王朝及第二十王朝，即公元前16世纪—公元前11世纪。古埃及领土南接苏丹、北达叙利亚，成为地跨东地中海地区北非、西亚的第一强国。

在漫长的岁月之中，底比斯是埃及的政治中心，被誉为“上埃及的珍珠”。法老就在这里，向埃及全国发号施令。底比斯兴建了无数壮丽的宫殿。

■卢克索火车站

底比斯被古希腊大诗人荷马称为“百门之都”，光是城门就有100座！那时候，底比斯是全世界最大、最繁华的都市。

法老孟苏好代布把太阳神——阿蒙神奉为“诸神之王”，“万物创造者”，成了全埃及最高的神，在底比斯为阿蒙神大兴土木，修建规模宏大的神庙。

自南向北的尼罗河，把底比斯切成两半，分为东城和西城。跟开罗相似，尼罗河的东岸跟西岸是两个世界。按照古埃及人观念，东面是太阳升起的地方，是活人生活的地方，而西面是太阳落山的地方，是埋葬死人的地方。所以底比斯的尼罗河东岸为生者之城，布满宫殿以及神庙；而底比斯的尼罗河西岸为死者之城，64座法老陵墓修建在那里。

宫殿、神庙和陵墓，成了底比斯的三大建筑群。

公元前27年，一场浩劫突然降临，天摇地动的大地震彻底摧毁了底比斯。

后来，在底比斯遗址的一角，建成了卢克索。

底比斯虽然被大地震摧毁了，但是那些断壁残垣依在，那些高大的石像、石柱依在。就像圆明园的遗迹吸引着无数游客那样，底比斯凝固着埃及的历史，凝固着埃及的古文明，成了人类的古文化宝库。来自世界各地的游客涌向卢克索，以求一觑当年世界上最大城市底比斯的无比辉煌。

所幸当年的宫殿、神庙和陵墓的主要建筑材料是不朽不烂的花岗岩，众多的石像、石柱、石殿和石门，虽然被地震震得东倒西歪，依然可以觑见当年底比斯的宏大气魄。底比斯成了世界上最大的露天博物馆！

■卢克索小巷

■卢克索基督教堂

■穿越卢克索市区的尼罗河

两个“3/4”，凸现了底比斯的重要地位：全球 3/4 的重大文物在埃及，埃及 3/4 的文物在底比斯！

正因为这样，埃及人说，“没有到过卢克索，就不算到过埃及。”

其实，底比斯要比卢克索大得多。卢克索坐落在底比斯东南部的遗址上。

如今的卢克索，成为一座旅游之城。众多的宾馆、餐馆、游览车，都是为远方的来客准备着。

在尼罗河东岸，出了卢克索火车站，出了卢克索市区，向北就进入当年底比斯的神庙区。

在广袤的沙漠地带，神庙连着神庙——先是拉美西斯三世神庙，接着是穆特神庙，然后是空苏神庙、托勒密神庙、蒙图神庙……到处是米黄色的残缺不齐的石柱、石墙和石像，在强烈的阳光下发出永恒的光辉，令我目不暇接，真的是置身于无边无际的露天博物馆之中。

不知道金字塔为什么名气那么大，以致一说起埃及马上联想到金字塔。金字塔固然伟大，但是底比斯的神庙的宏伟一点也不亚于金字塔。

在底比斯这么多的神庙中，卡纳克神庙（又称阿蒙神庙或者卡纳克阿蒙神庙）最为气势磅礴，规模最大，也最具代表性。

从公元前 1567 年古埃及新王朝开始，每天清早，法老就要率臣民来到卡纳克神庙前迎接太阳的升起，迎接他们心中最崇敬的神灵——阿蒙神从睡梦中醒来。这足以表明卡纳克神庙在当时的崇高地位。

我来到卡纳克神庙。远远地望去，卡纳克神庙像一座垒着土黄色城墙的古堡。近了，近了，我步入卡纳克神庙前的一条神道。神道的两侧，是两大排巨大的羊面狮身石雕像，颇为壮观。

这羊面狮身石雕像的羊，更准确地说是羚羊。原来，在古埃及，人们信奉的是太阳神，他们管它叫“阿蒙”，而国王则是太阳神在人间的替身，神与人的混合体。羊面狮身石雕像中的狮身象征威严、力量和王权，而羚羊头则代表阿蒙神。埃及的史书记载：“狮为百兽之王，象征统御的力量；公羚羊接受阿蒙神之神力，威力无比。”羊面狮身石雕像把羊与狮合二为一，象征着阿蒙神的不可战胜。在羊面狮身雕像的两条前腿之间夹着法老的雕像，表示阿蒙神庇护着法老。

走过羊面狮身石雕像“夹道欢迎”的神道，前面便是卡纳克神庙石砌的高大的城墙。卡纳克神庙远看像古堡，就因为外面砌了这样的城墙。这城墙高32米，厚15米。在卡纳克神庙内，没多远就有一道石砌城墙。这样高大的石砌城墙总共有六道之多。

中国古代文人总是以“语不惊人死不休”为追求的目标，古埃及人则总是用出人意料的巨型建筑，给人一种震慑感、敬仰感。面对金字塔，我有过震撼；在卡纳克神庙，那神道、那石墙，都还一般，而给我以真正震撼的是大柱厅。当我走过城墙，进入卡纳克神庙主体，迎面就是密密麻麻的无比巨大的米黄色石柱，我如同进入石砌的原始森林。

大柱厅长366米，宽110米，面积约5000平方米，居然拥有134根圆形大石柱，分成16排。中央两排的柱子最为高大，直径达3.57米，高21米，横跨着长9.21米、重达65吨的大梁。其他柱子的直径为2.74米，高12.8米。在柱顶的莲花状柱帽处，可以安稳地坐下近百人！这么多巨大的石柱，真不知道是怎么运到这里，又如何一根根笔直竖立起来的。尤其是重达65吨的石梁，不知是用什么办法放上去的。由于这一根根大石柱“站”得笔直，所以历经地震而不倒。

我细细观看卡纳克神庙的石柱、石墙和石梁，发现上面大都雕刻着种种浮雕以及象形文字。这些浮雕表现战争、狩猎、欢歌和巡游等种种场面。至于象形文字，对于我来说如同天书，而埃及的考古学家经过反复考证，从中解读了几千年前的历史。

走过大柱厅，出现在我的眼前的是更高的方形石碑，碑顶是尖的，名叫方尖碑。记得，在法国巴黎的协和广场中心，最引人注目的就是高达23米的方尖碑，直插碧空，碑上刻着埃及的象形文字。那是在19世纪埃及总督送给法国的。

方尖碑，埃及法老为了宣扬自己的战功与成就而矗立的石柱。顶上方锥体

粗大的卡纳克神庙石柱

状的方尖，象征金字塔。据说，这方尖上蒙了一层纯金，在阳光之下使方尖碑闪闪发亮，格外耀眼。正因为方尖碑上的“金帽子”是那么醒目，所以也就逃不过窃贼的黑手。到如今，埃及的方尖碑都没有了“金帽子”——早已经成了窃贼的囊中之物，尽管方尖碑是那样的高，窃贼也如同探囊取物。

卡纳克神庙的方尖碑有两座，那是哈特谢普苏特女法老的方尖碑，高30米，重达323吨，是全埃及最为高大的方尖碑。

哈特谢普苏特女法老所以要建这么一座创埃及纪录的方尖碑，有着曲折的故事：

哈特谢普苏特是埃及历史上唯一的女法老，如同中国历史上的女皇帝武则天。哈特谢普苏特是古埃及新王国时期图特摩斯一世法老的女儿，同时也是图特摩斯二世法老同父异母的妹妹兼王后。当图特摩斯二世法老去世之后，由于图特摩斯二世与哈特谢普苏特只生下一个女儿，却没有生下皇子，于是妃子伊西斯与图特摩斯二世所生的儿子便继位成为图特摩斯三世。

当时，图特摩斯三世年仅9岁，大权当然也就落在哈特谢普苏特手中。图特摩斯三世年岁稍长，便事事要自己做主，不愿做哈特谢普苏特手中的傀儡。于是发生了母子争权。哈特谢普苏特干脆废黜了图特摩斯三世，贬他至卡纳克神庙当一名祭司，她自己宣布成为女法老。

为了表明自己女法老身份的合法性，哈特谢普苏特下令从阿斯旺开采石料制成最大最高的两座方尖碑，沿尼罗河运到这里，以献给太阳神阿蒙。碑上用象形文字书写的铭文，经埃及考古学家考证，内容如下：

> 她为她的父亲阿蒙——两片土地王座之主，建造她的纪念物，为他用南方的坚硬花岗石建造了两个大方尖碑，它们的表面镀上了全世界最好的金子。当太阳在它们之间升起时，从尼罗河的两岸看去，它们的光芒照耀着大地。
>
> 阿蒙，两片土地王座之主：他让我统治黑土地和红土地，作为一种奖赏，在整个土地上没有人反对我。所有异国他族都是我的臣民，他将天的边际作为我的疆界，太阳环绕的一切都为我劳作。他将这一切给予他亲生的人，他知道我将为他统治这一切。我确实是他的女儿，我服侍他，知道他所有的意旨。我从我父亲那里得到的赏赐就是生命、永恒和统治，在万物的荷鲁斯王座上，像拉神一样长久。

柱廊的前面一排为方形石柱，后面一排为圆形石柱

哈特谢普苏特在法老宝座上坐了22年之后，在卡纳克神庙当祭司的图特摩斯三世发动政变，夺回了法老宝座。图特摩斯三世下令摧毁哈特谢普苏特各种各样的雕像，但是并没有推倒卡纳克神庙的两座方尖碑，只是下令在方尖碑四周砌起了高墙。这么一来，倒是保护了这两座方尖碑，所以直至今日，这两座方尖碑上的铭文仍清清楚楚。

从公元前1530年到公元前323年这1000多年的时间，卡纳克神庙经过一代又一代的法老下令扩建，这才变得越来越大。如今保留的卡纳克神庙遗迹，占地约30公顷，仅仅是当年的1/10。

在卡纳克神庙里，还有许多高大的神像、法老像。其中不少石像只剩下下半身，而上半身则可能是在大英博物馆或法国的卢浮宫。

关于埃及女法老哈特谢普苏特的故事，仍在继续之中。

我在古都底比斯尼罗河东岸林立的神庙之中，参观了壮丽的卡纳克神庙，然而出人意料的是，在底比斯尼罗河西岸，却居然拥有独一无二的一座神庙，亦即哈特谢普苏特神庙，人称“女王庙”。

哈特谢普苏特是一个大胆的反传统的女人。她既然敢于以女子之身打破埃及传统成为唯一的女法老，她也敢一反“尼罗河东岸是生者之城，尼罗河西岸是死者之城”的传统，决定把自己的神庙建在尼罗河西岸。

从卢克索市区向西，汽车行进在尼罗河大桥上。一直在土黄色的土地、石柱、石像和石庙中徜徉，已经对土黄色产生视觉疲劳的我，忽然看见碧波荡漾的尼罗河，精神为之一爽。尼罗河是那样的清冽，白色的游艇在河中破浪前进，我仿佛回到了中国的江南水乡。

有水就有绿色。尼罗河两岸一片嫩绿，大片的农田沿着河岸铺开。

离开了尼罗河，眼前又是一片土黄色：土黄色的地，土黄色的山。

忽然，眼前出现两座巨大的石雕坐像，高达20米，相当于7层楼那么高，重约720吨。

这叫门农神像，又译为孟农神像、蒙农神像。门农是古希腊神话中的一位英雄。门农神像大约建于公元前15世纪—公元前14世纪。在门农神像之后，原本是埃及新王国时代阿蒙荷太普三世的葬祭殿。但是，这座葬祭殿被后来的法老拆掉了，葬祭殿的石料被运去建造法老陵墓，所以只剩下大门口的这对门农神像。

经过千年的大风和日晒的侵蚀，门农神像开裂了，以致当大风穿过裂缝时，发出呜呜声，仿佛门农神像在哭泣。后来，门农神像得到了维修，裂缝被

门农神像

用泥浆填补，门农神像也就不再“哭泣”了。

望着饱经沧桑的门农神像，虽然已经斑斑驳驳，但是能够经历 3000 多年而依然“端坐”，足以令我肃然起敬。

我参观了门农神像之后，便直奔哈特谢普苏特神庙。这位特立独行的女王，在位 22 年，为自己修建了神庙。她不仅由于选择了在“死者之城”建造神庙而显得与众不同，就连神庙的样式、风格也与众不同。

哈特谢普苏特神庙不像卡纳克神庙建在平地，不是那样的平面布局，却是倚山而筑，立体布局。远远望去，哈特谢普苏特神庙仿佛是三大排窑洞。那山半圆形，像太师椅的把手，如同“搂”着哈特谢普苏特神庙。

沿着一条土黄色的大道，走近了，走近了，我看清倚着斜坡而建的哈特谢普苏特神庙上下总共有三层。这样的上下错落的神庙，确实是埃及神庙中所罕见的。

再走近，由于第一层遮住了第二层，三层的神庙仿佛变成了两层。

在中国的庙宇前，通常是摆放一对石狮子。在哈特谢普苏特神庙前，则安放着两座神鹰石雕。这是荷鲁斯神鹰，是传说中的奥西里斯与伊西斯之子，幻化为神鹰，名叫荷鲁斯。奥西里斯原是水神、土地神和繁殖丰产之神，掌管着尼罗河水、土地和植物的生长，给尼罗河两岸人民创造了丰收的食物。后来奥西里斯成为埃及之王，伊西斯是王后。

■哈特谢普苏特神庙分为三层

■在哈特谢普苏特神庙前，安放着两座神鹰石雕

■从哈特谢普苏特神庙往下看，前面非常开阔

走过神鹰石雕之后，便是哈特谢普苏特神庙的大门。大门两侧是由两排高大的石柱所组成的富有气派的柱廊，前面一排为方形石柱，后面一排为圆形石柱。在第二层和第三层，都是这样的气势宏伟的前方后圆的两排石柱的柱廊。

在第三层，也就是最高层，在每一根方柱上，都雕刻着与石柱一样高大的哈特谢普苏特女王全身立像。虽然图特摩斯三世在发动政变推翻哈特谢普苏特女王之后，下令摧毁各地的哈特谢普苏特女王雕像，其中也包括哈特谢普苏特神庙里的那么多哈特谢普苏特女王雕像。不过，这么多哈特谢普苏特女王雕像只被毁坏一部分，还有很多石柱上保存着哈特谢普苏特女王的全身立像。

那些石像，下巴长着长长的胡子，看上去像男性。双手交叉于胸前，一手握着生命的钥匙，一手握着象征着权力的权杖，表明是法老。然而，我细细打量那石像的面孔，发觉弯弯的眉毛像细柳叶，整个脸庞像女性。原来，哈特谢普苏特女王平日戴假胡须、身着男装、束胸宽衣、手执权杖，而且让大臣们以“他”称呼。哈特谢普苏特神庙里的石像，正是真实地反映了当时哈特谢普苏特的形象。这是因为哈特谢普苏特是埃及唯一的女法老，她要以男性的面目出现，以压制那些反对她登上王位的习惯势力。

站在哈特谢普苏特神庙的第三层平台上，面前是开阔的沙漠，远处是蜿蜒的尼罗河，景观极佳。千百年来，哈特谢普苏特石像背靠大山，双臂交叉于胸前，双目注视着尼罗河，保持着作为埃及最高统治者的姿态。

■细细打量，长胡子的法老那弯弯的眉毛像细柳叶，整个脸庞像女性

1997 年 11 月 17 日，在哈特谢普苏特神庙曾经发生了一桩震惊世界的惨案：6 名恐怖分子持冲锋枪向游客疯狂扫射，当场有 60 余名来自日本、瑞士、德国和西班牙的游客以及埃及人被打死，20 多人受伤。凶手在疯狂扫射之后驾车逃跑时，与闻讯赶来的埃及警察展开枪战，被全部击毙。事发当天，一个自称“伊斯兰集团”的组织声称对此事件负责。

自从发生哈特谢普苏特神庙惨案之后，赴埃及旅游的外国人数锐减。埃及政府为了挽回国民经济的支柱产业——旅游业，建立了3万多人的旅游警察队伍。正因为这样，我在埃及各旅游景点，总是看见许多埃及警察在巡逻，就连宾馆门口也有警察值班，旅客进出旅馆时行李要用X射线仪透视，就是为了保障外国旅客的人身安全。

在古埃及进入中王朝之后，从图特摩斯一世法老开始，法老们不再建造浩大的金字塔了。这倒并不是法老们觉得建造金字塔劳民伤财，而是因为金字塔太招摇了，等于昭告天下，这里是法老的陵墓。尽管金字塔里通向墓室的通道是那样隐秘，但是仍然会被盗墓贼破解。每一个法老的墓室，都相当于一座金银财富的仓库，怎能不使盗墓贼动心呢?

金字塔墓室频频被盗，法老们决计不再建造金字塔。当然，最为安全的去处，是深深的地下。中国的皇帝，就是采取深葬，以求免遭盗墓之灾。然而，古埃及的"信仰规则"与中国不同。古埃及建造金字塔，原本是为了使法老的灵魂从木乃伊中逸出之后，能够沿着金字塔到了高高的塔尖，从那里升天，成为主宰阴界的神。深葬固然可以避免盗墓，但是却无法使法老在死后灵魂升天。

不知道古埃及的哪一位"天才"，作出了如此"重大贡献"：在古都底比斯的尼罗河西岸，在一个名叫穆鲁克的地方，有一座山的山顶，颇像金字塔。于是，这位"天才"建议，在山谷的地下深处建造法老的陵墓，这样既能达到防止盗墓，又能使法老的灵魂从山顶那天然的金字塔升入天堂。这一建议居然获得图特摩斯一世的认可。据考证，这位"天才"就是图特摩斯一世手下的建筑师依南尼。

这里被古埃及的法老看中，因为这个山头像天然的金字塔

于是，从图特摩斯一世开始，一代又一代的法老，都把陵墓秘密地建造在那个特殊的山谷。于是，这个原本普普通通的石灰岩山谷，成了新王国时期（公元前1570年—公元前1090年）64个法老陵墓云集之处。这个山谷因此也就被叫做“帝王谷”。除了法老和王后的陵墓之外，诸多王公贵族以及法老的妃子、子女也把陵墓建在此处。

帝王谷就在离哈特谢普苏特神庙不远处。哈特谢普苏特神庙所倚托的大山，跟那座有着金字塔尖顶的帝王谷大山相连。我在参观了哈特谢普苏特神庙之后，便前往帝王谷。

帝王谷分为东谷和西谷，大多数法老的陵墓位于东谷。西谷目前只有一座法老的陵墓向公众开放。我来到东谷。只是那里规定陵墓之内不准摄影，我除了拍摄那有着金字塔尖顶的大山之外，陵墓之内的照片只能借用我在帝王谷买到的一批明信片上的图片。

跟金字塔那样的张扬全然不同，帝王谷里的法老陵墓是绝对隐秘的。我上了东谷的半山腰，因为那些法老的墓穴入口往往开在半山腰，然后通过长长的倾斜的长方形隧道往下走，直至深处，才有大“房间”——墓室。参观的人众多，而隧道并不宽敞，只容得下这边两人并排往下走，那边两人并排往上走。隧道的宽度取决于法老石棺的宽度，因为必须能够让石棺通过隧道运进墓室。

我看见在隧道的两面石墙上，刻有种种象形文字以及图案，相当精美。

考古学家在底比斯找到了建筑师依南尼本人的陵墓，考证了墓壁上的象形文字，除了查清依南尼的生平之外，还有一段关于他奉命为图特摩斯一世建造地下陵墓的文字：“国王陛下的岩洞陵寝是我一个人监修的，谁都没有见过，谁都没有听说过。”

也就是说，当年图特摩斯一世建造地下陵墓是高度机密的，跟建筑师依南尼“单线联系”。据考古学家考证，图特摩斯一世任命建筑师依南尼一个人担任监工，手下的工人有一百多名，这样的施工规模比起金字塔要小得多。那些工人大都是战俘。在完成工程之后，图特摩斯一世下令秘密处死了那些工人。至于知道全部秘密的依南尼并未遭杀害，因为图特摩斯一世死后，还要依靠依南尼继续监工，用另外少数工人把图特摩斯一世的木乃伊运进地下陵墓（石棺已经事先运入），然后封死隧道的入口，并用一大堆岩石把入口处深埋，在外面一点也看不出这里底下有着隧道。

自从图特摩斯一世之后，一个又一个法老纷纷效法，都采用了这样的办法，建造地下陵墓。

如果说，图特摩斯一世建造地下陵墓，避免了金字塔那样的招摇，应当说不失为高明之举。但是具有金字塔顶的山只有那么一座，那么多法老都把地下陵墓建在那里，却又犯了致命的错误：一次又一次在那里施工，消息难免走漏，传进了盗墓贼的耳朵。如此高密度的法老墓集中在一个山谷，正好被盗墓贼一网打尽！

于是，帝王谷成了“盗墓谷”。毕竟法老陵墓里的金银财宝具有极大的诱惑力。一座又一座法老的地下陵墓遭到了盗墓贼的洗劫。法老托特米斯四世甚至在下葬后10年，就被洗劫一空，只剩下一具没有人要的木乃伊！

在漫长的3500多年间，帝王谷里的帝王墓，被盗墓贼反反复复不知洗劫过多少回。有的盗墓贼干脆在帝王谷用石块垒起了房子，在那里“安营扎寨”，每天都在那里挖呀、掘呀。帝王谷差不多被盗墓贼掏空了。

继一批又一批盗墓贼之后，从18世纪开始，一批又一批考古学家来到帝王谷，一支又一支科学考察队来到帝王谷。跟盗墓贼不同的是，考古学家有着丰富的科学的发掘经验，又有着各种各样的探测仪器。考古学家们又把帝王谷里里外外翻查了一遍。不过，考古学家们只能吃着盗墓贼吃剩的“馍”。虽然也有所发现，但是毕竟只能捡点零碎文物而已。

1881年，开罗博物馆的一位工作人员在一个秘密洞穴中，发现了40多具法老木乃伊被扔在那里！

经过盗墓贼和考古学家轮番搜索，帝王谷已经成了一座“空谷”！

霍华德·卡特是埃及裔的英国人，从小就对古埃及的文明极感兴趣，长大之后成为一名优秀的考古学家。20世纪初，当霍华德·卡特打算到帝王谷去搜索，许多人都笑他“出生太晚”——除非早生3000年。哪怕是早生300年，也许还能吃到点残羹剩饭。

不过，霍华德·卡特与众不同，他先是泡在图书馆和博物馆里，进行纸上的大清查。他把埃及的一个个法老跟一个个已经找到的法老陵墓进行比对，发现图坦卡蒙法老的陵墓尚未找到。

图坦卡蒙法老10岁继位，19岁去世，在埃及漫长的历史中如同一颗转瞬即逝的流星，从未引起人们的注意。霍华德·卡特却把目光锁定在这位英年早逝的法老身上。没有任何文献提到过图坦卡蒙的墓。尽管图坦卡蒙在位时间短暂，但是霍华德·卡特以为，图坦卡蒙既然是法老，按照古埃及的规矩，法老死后必定厚葬，所以图坦卡蒙一定会有豪华的墓穴。由于图坦卡蒙前后的法老都安葬在帝王谷，霍华德·卡特断定图坦卡蒙的陵墓必定在帝王谷。于是，霍华德·卡特前往帝王谷，他的目的很清楚，那就是寻找唯一尚未被发现的法老墓——图坦卡蒙的陵墓。

埃及很多考古学家质疑霍华德·卡特：古埃及历史上是否有这样一位年轻的法老还有待考证，他的陵墓又是从何而来的呢？

然而，霍华德·卡特却对此坚信不疑。发掘需要资金。霍华德·卡特的发掘计划得到了美国富翁西奥多·戴维斯的赞助。

1902年，西奥多·戴维斯向埃及文物局申请并取得了图坦卡蒙陵墓的发掘证。于是，从1903年开始，霍华德·卡特带领着一批工人在帝王谷开始大规模的发掘。花费了5年时间，霍华德·卡特发现了一个“小坑”。“小坑”内有40只陶罐和一块写有图坦卡蒙名字的白布。这一结果使赞助商美国富翁西奥多·戴维斯极度失望，中止了赞助。

■帝王谷地下陵墓壁画

然而，霍华德·卡特并没有气馁。他坚信图坦卡蒙“隐身”在帝王谷之中。可是，继续发掘没有资金不行。霍华德·卡特在英国奔走，企望得到赞助。第一次世界大战爆发，中断了霍华德·卡特的发掘计划。1915年，霍华德·卡特终于得到英国富翁卡纳冯伯爵的捐赠，得以重新启动发掘工作。

霍华德·卡特确定在3座法老陵墓之间的一块约1万平方米的三角地带作为挖掘的目标。从1917年至1921年，卡特组织工人搬走了30万吨沙土砾石，但是竟然一无所获。

霍华德·卡特蒙受到了沉重的打击。他的资助人英国富翁卡纳冯伯爵也失望了。

正是“山重水复疑无路，柳暗花明又一村”，这时从开罗传来了喜讯：霍华德·卡特在那个“小坑”里所发现的陶罐和白布经过专家鉴定，是当年为图坦卡蒙制作木乃伊时所使用的器物。这表明，图坦卡蒙的陵墓可能就在附近。

在这一消息的鼓舞下，英国富翁卡纳冯伯爵决定继续资助霍华德·卡特。霍华德·卡特把目标锁定在那个“小坑”附近。

经过几个月的发掘，一位发掘工人忽然发出惊呼：“阶梯！”霍华德·卡特立即赶了过去，证明露出来的确实是一级阶梯。这石阶梯竟然位于法老拉美西斯六世的陵墓下面，所以那么多盗墓贼和考古学家都忽视了，谁也未曾想到，墓下有墓！继续挖下去，表明这是一道通向地下深处的石阶梯。

过了些日子，在一片砂岩斜坡上，发现了几处古代印章，每个印章上都刻着1只豺和9个被缚的俘虏。按照当时宫室的习惯，在已逝法老的陵墓封闭以后，入口处都要打上印章。这清楚表明，这里是一座法老的地下陵墓。

震惊世界的一天终于到来，1922年11月5日，在石阶梯的尽头，一道陵墓的门被打开了。历尽19年的艰辛，霍华德·卡特终于找到了原封未动的图坦卡蒙法老陵墓。3200年前埋入图坦卡蒙法老陵墓的1000多件珍贵文物，全部运到了埃及博物馆。其中的黄金面罩、黄金宝座、黄金棺材，成了埃及博物馆的三大镇馆之宝。

图坦卡蒙法老陵墓除了众多的稀世珍宝震惊世界之外，还有那咒符也是难解之谜。那是在霍华德·卡特等进入墓室时，看见门楣上有一道咒符：“死亡将张大翅膀扼杀任何敢于扰乱法老安宁的人”。果真，在打开图坦卡蒙法老陵墓之后，一连串的怪事发生了：

> 先是参与推倒陵墓中一道主墙的莫瑟先生神经错乱死去，然后是开罗博物馆馆长梅赫来、X射线专家道格拉斯·里德，为图坦卡蒙法老木乃伊拍照的记者和另一名助手麦克·皮切尔也相继死去。更令人不安的是，皮切尔的父亲突然跳楼自杀，送葬时，送葬的汽车又轧死了一名8岁的儿童。霍华德·卡特本人由于被蚊子叮咬感染而神秘死亡。在短短3年零3个月中，先后有22名与发掘图坦卡蒙陵墓有关的人神秘地死去。

这些人的死去，究竟是由于图坦卡蒙法老陵墓里的咒符，还是密闭的墓室中产生的有毒气体所致？

另外，据埃及史书记载，图坦卡蒙法老死于疾病。然而，在他的木乃伊脸上靠近左耳的地方有一处致命的创伤。考古学家由此推断，图坦卡蒙法老并不是因病致死的，而是被利器突然刺入而毙命的，所以在 19 岁时就离开这个世界。图坦卡蒙法老是病死还是他杀，又成了一桩历史悬案。

人们还注意到这样的巧合：图坦卡蒙法老是在 19 岁时去世，而霍华德 · 卡特为了寻找并打开图坦卡蒙法老陵墓，也整整花了 19 年时间。

顺便提一下，在 1903 年，当霍华德 · 卡特来到帝王谷时，曾经去过已经被发现的哈特谢普苏特女王的陵墓，他在墓室里只见到哈特谢普苏特的石棺，棺内空无一物，并无木乃伊。当时有埃及学者以为，图特摩斯三世为了报复哈特谢普苏特，可能在当时就对哈特谢普苏特的陵墓进行了大清洗，扔掉她的木乃伊。

然而，到了 2005 年，埃及古迹最高委员会秘书长扎西 · 哈瓦斯发起了“寻找女王行动”，决心解开这一历史之谜。哈瓦斯与一组科学家把搜索目标锁定在一具被他们称为“KV60a”的木乃伊身上。这具木乃伊在一个多世纪以前就已被人发现，最初躺在帝王谷内的一个小墓穴之中，浑身上下也无任何穿戴——没有头饰、珠宝、金拖鞋、金指套，没有引人特别关注。

然而，在“寻找女王行动”中，扎西 · 哈瓦斯对众多木乃伊进行仔细鉴别，他注意到这具木乃伊女尸口中缺失一颗臼齿，而此前考古学家在发掘出一个标有哈特谢普苏特名字的盒子中找到一颗臼齿。经过 CT 扫描比对，那颗哈特谢普苏特的臼齿，与那具木乃伊口中缺失的臼齿基本吻合。于是，对那具木乃伊进行 DNA 鉴定，证实正是哈特谢普苏特女王。

2007 年 6 月 27 日，扎希 · 哈瓦斯在开罗召开新闻发布会，宣布已经找到哈特谢普苏特的木乃伊，“寻找女王行动”获得圆满结果。

埃及考古界认为，这一发现是自 1922 年霍华德 · 卡特发现图坦卡蒙陵墓以来埃及最重大的考古发现。

英格兰史前巨石阵之谜

公元 1130 年，在英格兰南部威尔特郡的历史名城索尔斯堡附近，一位神父正在赶路。他行进在一望无际的田野上，猛然间看见远处地平线上冒出几块巨大的黑色的石头的剪影。为了一探究竟，他朝黑色的石头走了过去。到了跟前，他大吃一惊：在直径约 140 米的圆形洼地上，有 30 根巨石竖起，分四层呈同心圆排列。圆阵中心直立着两块长方形的巨石，上面还横放着一块巨石，大部分巨石高于 3.96 米，最高的达 7 米多。这位神父所发现的，就是“Stonehenge”。“Stone”意为“石头”，“henge”即“围栏”，中文译名为“巨石阵”。

其实，当地的牧民早就知道巨石阵，甚至在巨石阵那里牧羊。那位英国神父并不是第一个发现巨石阵的人，但是神父有三点不同于当地的牧民：

第一，“熟悉的地方没有风景”。当地牧民早已“熟视无睹”，见怪不怪了，而路过此地的神父是头一回看到，巨石阵对他有巨大的视觉冲击力和思维震撼力。

第二，神父是知识分子，他知道巨石阵的重要性。

第三，神父往返于各个教堂，交游甚广。他把自己的发现告诉许许多多人，这消息不胫而走，巨石阵前引来一批又一批参观者、研究者。

将近 900 年过去了，沿着那位神父的足迹，前往巨石阵的参观者、研究者越来越多，甚至达到每年 100 万人之多。

随着参观者、研究者的不断增多，巨石阵又有了许许多多别名，诸如索尔兹

■巨石阵

伯里石环、环状列石、太阳神庙、史前石桌、斯通亨治石栏、斯托肯立石圈等。

我也加入了参观者的行列。巨石阵位于英国伦敦西南 100 多千米的索尔兹伯里平原上。

索尔兹伯里是一座中世纪风貌的小城，人口约 4 万，城内有全英国最高的天主教堂。从伦敦乘坐火车，一个半小时就能到达索尔兹伯里。索尔兹伯里附近还有南安普敦和伯恩茅斯机场。巨石阵的发现，使小城索尔兹伯里变得热闹起来，繁华起来。巨石阵离索尔兹伯里约 16 千米。

离巨石阵最近的一个小村庄，叫做阿姆斯伯里。

我是从巴斯就近前往巨石阵的。在来到巨石阵之前，有两个“大场面”令我惊讶：一是在广袤的草地上，划出一块停车场，上面密密麻麻地停满了轿车和大巴，足见参观者之众；二是旷野上竖立着一大排公用电话亭一般的临时公共厕所。那是为了保护巨石阵的原始状态，四周不允许建造任何永久性的建筑物。

巨石阵被用一道铁丝网围了起来。入口处设有售票处，门票每人 14 英镑，团体票每人 7 英镑。凭门票可以领取讲解器。也有人为了省掉门票钱，就透过铁丝网的洞眼“遥望”巨石阵。

走过入口处之后，我就看见在一大片绿色的草地上，竖立着一大群青灰色的巨石，那巨石组成一个圆圈。众多的参观者，排成一列长队，缓缓地朝前移动，边走边看。

建造巨石阵时的情景

参观巨石阵，其实就是沿着指定的路线，围着巨石阵走一圈。这有点像参加追悼会，围着遗体走一圈。

我绕着巨石阵走一圈，一边走一边听从讲解器中传出的解说，同时也从不同角度观察巨石阵，观察这些巨石所组成的奇特的阵势。

我与巨石阵“亲密接触”，能够在几米、十几米的最近距离观察巨石阵，那感觉跟站在中国云南的石林之中，全然不同：步入石林，我是在欣赏大自然的美，大自然的鬼斧神工；然而站在巨石阵前，我深感震撼。

巨石阵给我的震撼，来自两个“因为”：

因为巨石阵历史久远——据英国考古学家依据放射性同位素测定，巨石阵的准确建造年代距今已经有4300年，即建于公元前2300年左右，亦即新石器时代晚期，故称“英国史前巨石阵”。

因为巨石的巨大和沉重——巨石阵大约占地11公顷，其主体是由30多根巨大的石柱排列成的若干个同心圆。这些巨石，小的约重5吨，大部分重达30吨，最大的重达50吨。这些巨大的石柱高约6米，最高的达10米。好几块巨石横架在两根竖直的巨石上，形成门状石塔。在巨石阵，总共有5个门状石塔。

面对那么古老而又那么巨大的巨石阵，不论是参观者，还是研究者，不约而同在脑海里都浮现出两个巨大的问号：

一是巨石阵是怎样建造的？

二是为什么要建造巨石阵？

要弄清楚巨石阵是怎样建造的，首先要查清楚这些巨石来自何方？这是因为巨石阵所在的索尔兹伯里平原，一马平川，连一块大一点的石头都没有，更何况是几十吨的巨石。

前往巨石阵

考古学家查明，巨石阵的巨石，乃是蓝砂岩。他们在几百千米外的南威尔士的普利赛力山脉中找到了蓝砂岩。

边听讲解边看

考古学家在普利赛力山脉的采石场，发现了一些史前废弃的石斧和金属工具。考古学家以为，当时的建造者已经掌握了凿刻巨石的技术，巨石就是被这些工具从山体中开凿下来的。在找到需要的石块后，还要将这些较大的石块分割成预定尺寸的小石块，专家们从石块的开凿痕迹中判定，当时的人们是用木楔使巨岩开裂，然后用非常硬的沙砾打磨石块，做成巨石阵中的巨石。

巨石阵原本应当是这样的形状

又大又重的巨石，是怎样运到索尔兹伯里平原的呢？

考古学家“设计”了当年运输蓝砂岩最合理的路线：巨石首先从普利赛力山经陆路到达靠近海岸的米尔福得港，然后把巨石装上船，最后到达巨石阵。这条线路，水路长达 300 多千米，陆地行程将近 40 多千米。考古学家认为，当时人们在巨石下面横放了原木，作为“轮子”，用绳索拉，用撬棒撬，在陆地上艰难地移动巨石。考古学家说，普利赛力山有一种椴树的树皮可以制造出绳子，他们把树皮放在湿泥里浸泡 6 个星期，树皮就变成了富有韧性的纤维，把它们绞在一起，就成了结实的绳索。另外，考古学家还推测，当时人们已经能够制造出载运巨石的船只。

把巨石运到指定的位置之后，怎样把巨石竖起来呢？据考古学家试验，先在指定位置挖一个 2 米多深的坑，把巨石拖到那里，下部进入坑内。再在坑旁支起用粗大原木做成的“A”字形支架，借助于“A”字形支架把巨石用绳子拉起来，这样就竖起来了。

史前巨石阵

那么巨石又是怎样被横放到两根6米多高的石柱之上的呢？考古学家说，那是用“土屯法”。土屯法是用很多的土把两个柱子埋起来，形成一座小山，山的高度就是这个石头要到的高度，把山做成一个斜坡，然后在巨石下铺原木，借助于绳索和撬棒，把巨石沿斜坡拉上去，就位之后把小山的土挖掉。

考古学家们估算，以当时的生产力水平，建造巨石阵需要至少3000万小时的人工，相当于1万人整整工作一年。

考古学家们的多年研究，总算十分勉强地解答了“巨石阵是怎样建造的”这一问题。令考古学家们棘手的是第二个问题，也就是“为什么要建造巨石阵”。这是一个谜一样的问题。各种各样的研究者，给出了五花八门的答案。

这些答案是：

其一，说是“古代天文台”。牛津大学的霍金斯教授通过仔细观察和严密的计算认为，通过巨石阵石环和土环的结构关系，可以精确了解太阳和月亮的12个方位，并观测和推算日月星辰在不同季节的起落，所以，巨石阵应当是一座古天文台。

其二，说是“祭祀场所”。考古学家认为，在离巨石阵几英里处，有一座古墓，墓的主人是公元前2300多年前的显赫人物阿彻。巨石阵是为祭祀阿彻而建。

其三，说是“刑场”。因为在巨石阵中央的地下，挖出一个石头造的绞架。

其四，说是“法庭”。据说当年最早的法官是巫师及神职人员。他们在巨石阵举行宗教仪式，解决法律纠纷。

其五，说是“康复中心”。有人称巨石阵具有神奇的治疗功能，曾是全欧洲病患疗伤之地，是朝圣者的康复中心。

其六，说是“外星人的杰作”。因为巨石阵不可能是人类建造的，是外星人光临地球时留下的杰作。

……

总之，巨石阵是一个巨大的谜，一个千古之谜。正因为巨石阵是一团谜，所以吸引着千千万万远方的来客前来一探究竟。不远万里来到巨石阵的我，也成为其中的探谜者之一。

文艺复兴的摇篮

对于意大利的佛罗伦萨，我心仪已久。在我19岁时写的平生第一本书《碳的一家》中，就写到了佛罗伦萨。

我曾这么写道：

“1649年，意大利佛罗伦萨科学院的一位科学家，打算研究金刚石和红宝石的折光性质。那天，烈日当空，天气十分炎热，他拿着放大镜，把太阳光聚拢成一点。但是，当太阳光集中到金刚石上时，金刚石突然升起一缕青烟。待烟消之后，金刚石竟然不翼而飞。接着，他又试着把太阳光集中照射到红宝石上，照了很久很久，红宝石丝毫不变。”

佛罗伦萨科学家的这一发现，揭开了金刚石的面纱——原来，金刚石的化学成分是碳，所以金刚石能够燃烧，变成二氧化碳气体，也就“不翼而飞”了！

这个小故事表明，在17世纪，佛罗伦萨已经有科学院，而且具有相当的科学水平。

佛罗伦萨，又译为“翡冷翠”，位于意大利的中部。离开水城威尼斯，前往佛罗伦萨，一路上穿过许许多多隧道。一座山连着一座山。一个隧道连着一个隧道。常常刚刚从一个隧道出来，马上又进入另一个隧道。每一个隧道都很长，汽车要开好几分钟，甚至十来分钟。

在高速公路上行进了三个半小时，终于抵达佛罗伦萨。

跟威尼斯一样，佛罗伦萨也分为新城和老城。我住在佛罗伦萨新城的皇宫酒店。客房里有小阳台。站在小阳台上望出去，远处是山，街道上全是钢筋水泥建筑，一派现代化城市的气息。楼下是个“露天吧”(open-air bar)，彩色的太阳伞下是一把把白色的塑料椅，一群意大利人正在那里慢饮细啜。

海神喷泉雕像由纯白色大理石刻成，被称为“大白人”

佛罗伦萨是个中等城市，50万人口。从山上俯瞰全城，一片红瓦绿树，阿尔诺河蜿蜒贯穿全城。这条河从佛罗伦萨流向比萨——著名的比萨斜塔的所在地。

我所感兴趣的当然是佛罗伦萨旧城，因为那里凝固着历史，是欧洲文艺复兴的发源地。佛罗伦萨被人们称为意大利的雅典。

文艺复兴的遗迹，集中在佛罗伦萨旧城。汽车行至旧城边缘就停了下来，因为旧城的街道太窄太挤，游览旧城全靠步行。

在旧城的石头路上，呼啸而过的是一辆辆摩托车。意大利的摩托车车前都装着一块透明的挡风玻璃。尽管路窄人多，摩托车却以飞快的速度从人们的身边擦过。

阿尔诺河河堤旁，小摊一个挨着一个。这些地摊上出售着意大利皮带、印着佛罗伦萨城市景观的牛皮手袋、钥匙圈、石膏雕像、佛罗伦萨明信片、中国丝巾等，摊主很多是黑人，也有不少中国人。不知什么原因，这些同胞见到我，却不好意思地把目光注视着地皮，不敢看我。我想，他们在这里摆地摊，只是混口饭吃而已，他们在国外的日子也过得很艰难。

在公元1000年的时候，佛罗伦萨还不过是一个农业小镇而已。从11世纪开始，佛罗伦萨日渐城市化。

在公元13世纪，佛罗伦萨诞生了一位著名的诗人——但丁。佛罗伦萨人把13世纪称之为“但丁世纪”。

■但丁雕像

■但丁故居

意大利的但丁、英国的莎士比亚、德国的歌德，合称“欧洲三大诗人”。

在佛罗伦萨旧城一条小巷里，我找到了但丁故居。但丁从出生到37岁出走前，都住在这座房子里。但丁父母早逝，他与姐姐一起生活。

但丁故居的院子里，矗立着他的青铜塑像。望着他消瘦的面庞，望着院子里一丛丛鲜花，我的脑海里不由得浮现出他的名作《神曲》中的诗句：

我向前走去，
我一看到花，
脚步就慢了下来。

在但丁生活的年代，佛罗伦萨“白派”（上层）与“黑派”（苦力）的斗争非常激烈。但丁由于支持“黑派”遭到迫害，不得不在37岁那年远走他乡。但丁虽然离去，佛罗伦萨的“白派”仍视他为眼中钉，对他进行缺席审判，判处他终生不得进入佛罗伦萨。

激愤不已的但丁，用生命的最后7年时间，写出了名著《神曲》。但丁尖锐地抨击教会的罪恶，讽刺教会的真正上帝是“金和银”而已。《神曲》撩开了文艺复兴的序幕。

恩格斯称但丁为“中世纪末最后的诗人”。

博学多才的但丁是个真正的语言学家，《神曲》之后才有了意大利文。但丁被誉为“意大利文之父”。

在15世纪与16世纪之交，文艺复兴运动从佛罗伦萨开始，逐渐扩展到法国、德国、荷兰、西班牙等国。

佛罗伦萨成为欧洲文艺复兴的发源地，是因为在15世纪，那里成了从欧洲大陆到罗马的必经之地，交通中心。佛罗伦萨的经济也十分发达，带动文学艺术的发展。这样，佛罗伦萨成了当时欧洲的文化艺术中心。达·芬奇、米开朗基罗等一代艺术大师，集结在佛罗伦萨。他们反对当时的封建神权，主张复兴古罗马、古希腊的优秀文艺传统，打出了“文艺复兴”的大旗。

佛罗伦萨旧城的中心，是著名的米开朗基罗广场。

在佛罗伦萨，雕塑家米开朗基罗与诗人但丁并驾齐驱。以米开朗基罗名字命名的广场上，矗立着他的名作大卫雕像和力士神厄克勒雕像。

这个广场，可以称之为“雕像广场”。广场四周，大理石雕像林立。广场喷泉前矗立着一尊雪白的海神雕像。此外还有被抢劫过的少女沙比雕像、希腊英雄白塞俄和巴陶劳雕像、力士神厄克勒制服人首马身怪物的雕像……

那壮美的一尊尊雕像，经过历史的洗涤，益发光彩灿烂。

在米开朗基罗广场漫步，得到了艺术和历史的双重享受。

在佛罗伦萨旧城中心的天主教广场，屹立着3座气势宏伟的古建筑，即圣母大教堂、洗礼堂和乔托钟楼。

最为壮观的是圣母百花大教堂。这座大教堂始建于1296年，直到1436年才全部完工。大教堂的外墙是用白、红、绿三色大理石砌成，非常漂亮。

这座教堂采用灯笼式的圆顶，跟法国巴黎圣母院、德国科隆大教堂那哥特式的尖顶迥然不同。在圣母大教堂圆顶之上，有一个巨大的金球。13世纪时没有大吊车，为了把这个大金球安装到圆顶之上，人们搭了一个长达1000米的斜坡，花费一年时间，才把大金球一步步滚到圆顶之上。

■米开朗基罗广场上，矗立着他的名作大卫雕像（左）和力士神厄克勒雕像（右）

■米开朗基罗

在大金球上面，则是巨大的十字架。所有教堂的最高处，总是十字架——十字架要高于一切。

圣母百花大教堂里没有电梯，从地面走到圆顶，总共要迈上 463 级台阶。据说，很多旅客要徒步走到圆顶，半途有人发作心脏病，送往医院也是一桩难事，因为七手八脚从那么高的地方把病人一级级抬下去，相当费劲。因此，当地人再三告诫，不是身强力壮者，不要徒步上顶。

洗礼堂是一座别致的八角形建筑，原本用来会见国宾、接待来使。墙壁、地面都用大理石装饰，非常豪华。特别是大门上的镀金青铜浮雕，是著名雕塑家吉贝尔父子花费了 48 年时间完成的，极具艺术价值。

圣母百花大教堂之侧，矗立着 1334 年建造的乔托钟楼。乔托是著名画家，钟楼是他设计的，人们就以他的名字来命名钟楼。这座方形钟楼不是常见的尖顶式，而是平顶式。钟楼高 85 米，有 370 个台阶。钟楼发出的洪亮钟声，方圆 2 千米都能听见。

在佛罗伦萨旧城，在阿尔诺河上，有一座古老的桥，名字就叫“古桥”。早在 972 年，就已经建成了一座木桥。后来在 1333 年建成石桥。石桥建成不久，被洪水冲垮。人们吸取了教训，在 1345 年建成三拱石桥。这座石桥沿用至今。古桥与众不同的是，桥上建造了房子，看上去像条河上长廊。

据说桥上原本没有房子。由于桥乃交通要道，人们在桥上搭建房子，开起肉铺，而在桥下则建起屠宰场。国王走过这里，对桥上的嘈杂、桥下的臭气冲天深为震怒。于是，国王下令，桥上只许开珠宝店。

当我走过这座古桥时，果真，桥上珠光宝气，成了珠宝店麇集的所在。不过，按照欧洲的习惯，这里出售的金饰品，绝大多数是 18K 的。

佛罗伦萨曾经是意大利的首都，昔日辉煌无比。然而，如今的佛罗伦萨旧城，却是街道狭小、无比拥挤的地方。在旧城，甚至连公共厕所都难以找到——因为这里是旅游胜地，地皮金贵，找块可以建造公共厕所的地皮是不容易的。

政治的中枢

Zhengzhi de Zhongshu

三访白宫

华盛顿市宾夕法尼亚大街 1600 号，有一幢用白色砂岩砌成的三层楼房，这便是举世闻名的“白宫”。

白宫，美国总统府的所在地，美国的神经中枢所在地。

白宫中经常在电视里露面的地方，倒不是美国总统的办公室，而是一间看上去很普通的新闻发布室。那里蓝色的帘幕上，挂着白宫的图案，下方写着英文“WHITE HOUSE”（即白宫）。美国总统或者美国政府的发言人，总是站在这白宫图案之前，向新闻记者们发表谈话。随着新闻传媒的传播，这新闻发布室三天两头出现在全世界的电视屏幕上。

在开始建设华盛顿市的时候，就开始修建白宫——只是当时不叫白宫，而叫总统府。总统府是华盛顿的灵魂，所以列为华盛顿市的建设重点。

白宫是由爱尔兰工程师詹姆斯 · 霍本设计的。他采用当时英国乡间别墅的风格设计白宫。白宫总共有 132 个房间，建于 1792 年。

白宫的外墙用的是白砂岩，又被粉刷成白色，所以在 1901 年由西奥多 · 罗斯福总统正式命名为“White House”，亦即“白宫”。

除了美国首任总统华盛顿之外，此后所有的美国总统，都在白宫办公、居住。

如此高度机要的地方，却在每周二至周六上午 10 时至 12 时，部分对游人开放。谁都可以进去。只是遇上白宫举行重大国事活动，那天的对外开放只好暂且取消。当然，由于参观者天天从四面八方蜂拥而至，必须排长队而入。

白宫

一般来说，排队等候一个小时以上，是很“正常”的。残疾人可以优先。另外，美国公民还可以在一个月前写信给本地区的国会议员办公室，申请白宫参观券。在领到参观券之后，在规定时间里可以不排队而优先进入白宫。

我曾经三次来到白宫，只有第二次很幸运，得以进入白宫。

1993年那次，进入华盛顿市区之后，我们的车直奔白宫。在离白宫不远处的一条街道上，我们找到了一个停车位——倒是“幸亏”下了大雪，要不游人甚多，近处无法停车，要到远处才能找到停车泊位。

下了车，我们踏着厚厚的积雪，朝白宫进发，脚下发出嚓嚓声。才走了二三百米，那熟悉的白宫形象，便出现在眼前。过去，在电视中，在报刊上，不知见过多少次白宫，如今得以亲眼一睹。不过，平日美国总统总是举行各种活动的绿草坪，眼下见不到一丝绿草，唯见一片皑皑白雪。在白雪拥戴下的白宫，变得与背景缺乏反差。

正在这时，在一片静穆中传来女人的高声呼喊。我循声望去，只见一个身穿红衣服的女子，举着一块什么牌子，正朝我们走来。那鲜红的上衣和牌子上的红色圣诞绸花，在雪地里显得非常醒目。她走近了，我看清她是一位黑人妇女，高呼着反对种族歧视的口号。她一手举着抗议牌，一手举着星条旗，单枪匹马，在向白宫进行示威、抗议。我表示要和她合影，她很高兴地走过来和我合影。

我很快发现，在白宫对面的广场上，也竖着好几块抗议牌。在抗议牌旁边，

■白宫前的抗议者搭了帐篷

还用塑料薄膜、硬纸板之类搭建成了临时帐篷，那些抗议者就露宿在风雪交加之中。

白宫是美国总统办公的地方，美国政治神经的中枢。白宫的东翼，是免费对外开放的。虽说风雪正紧，等候参观的仍有数百人之多，大家排着长长的队伍，耐心地等着进入白宫。据说，在晴朗之日，排队者还要多好几倍。

由于风雪太大，白宫前等候的队伍又太长，我路过白宫而未入。

2001年1月，我第二次来到白宫，遇上大晴天，我和妻也就加入了那长蛇队。我看了一下，这队伍足足有2千米长！好在参观白宫时不准停留，所以队伍向前移动的速度还算快。美国人排队很守规矩，即便队伍那么长，也没见人插队。

我前往白宫的时候，正值白宫“换主”之际。当时的总统克林顿即将卸任，新当选总统的小布什即将上任。

从美国电视中看到，共和党候选人小布什与民主党候选人戈尔因选票相差无几，就佛罗里达州的人工计票问题，纠缠不清，耗费时日。经过多日的法庭大战，小布什终于险胜。

于是，白宫里一片繁忙。克林顿的助手们正忙着清理办公桌的抽屉，运走文件，甚至撤换电脑的硬盘，把载有各种文件的老硬盘带走。

一位韩国籍的服装设计师也忙得不亦乐乎，几任白宫显贵都是她的老主顾。布什总统、布什夫人以及诸多要人出席总统就职仪式的服装，都由她设计。她说：“忙虽忙，4年一度的赚钱黄金季节也是难得的呀！”

我在白宫附近的小卖部，买到了刚刚上市的新总统布什的像章，上面印着布什的彩照、大名“GEORGE W. BUSH”以及“美利坚合众国第四十三届总统”字样。

我还买到一个“总统杯”，这杯子上印着从华盛顿到克林顿42位总统的照片以及担任总统的起讫年代。只是还来不及补上第四十三届总统小布什的照片。我注意到杯底印着一行小字：“Made in China”（中国制造）！

一边排队，我一边细细观察白宫。白宫不大，中间是三层的主楼，东西两翼是两层的副楼，看上去像一架老式的双翼飞机。白宫前面是一大片草坪，叫作南草坪。美国总统欢迎外国元首，通常在南草坪举行仪式。白宫与外界，只隔着一道围墙而已。围墙之外，便是任何人都可以来来去去的街道。

在美国，只要你的抗议行动不诉诸暴力，是允许在白宫外进行的。这一回，没看见抗议者，白宫外显得干干净净。

在白宫四周，我见到穿一身藏青色警服的警察。也有人虽然没有穿警服，但是一直在那里走来走去，用目光扫视着参观的队伍，我猜想可能是便衣警察。

终于轮到我进入白宫，先是进入白宫门口一间小屋，在那里接受安全检查。每一位参观者要通过安检门，所携带的手提包要进行 X 线透视。小屋里贴着一张克林顿总统抱着小猫的照片。我想，再过几天，这里就要换上布什总统的照片了。

出了小屋，走过花园里的一条小路，小路旁边的橱窗里，挂着克林顿总统一家人的照片以及克林顿牵着狗散步的照片。

进入白宫之后，我见到过道上铺着的红色砖头，以“∧”形砌成。

尽管参观者差不多都带着照相机，但是在白宫内是不许拍照的。这主要倒不是出于安全上的考虑，而是因为拍照会影响参观队伍的前进速度。

走过过道，进入底楼一个大厅。这里是国家宴会厅，是白宫里最大的厅，大约可以容纳 140 人，通常用来举行各种政府仪式、文艺演出、宴会和舞会。国家宴会厅一派豪华，装饰着巨大的水晶吊灯，镜子般平滑的大理石地面，雕花的天花板。

白宫底楼东、西两区是办公室，不对外开放。著名的美国总统的椭圆形办公室，就在西区。

我从底楼大厅步上二楼时，见到墙上挂着里根总统的大幅彩照，也挂着小布什的父亲老布什的彩照——布什父子都成了美国总统，这在美国历史上是罕见的。在白宫各处，分别挂着美国历届总统的照片。

楼梯很宽，铺着地毯。

上楼之后，来到 East Room，即东大厅。这里似曾相识，因为这里是举行新闻发布会的所在，常常见诸电视屏幕。

二楼 3 个色彩不同的房间，分别以颜色命名：

绿屋（Green Room），墙上装饰着绿色丝绸，家具也是绿色调的。这里

曾经是美国第三任总统杰弗逊用餐之处，现在用作会客室。

蓝屋（Blue Room），原本墙壁是白色的，肯尼迪总统夫人把墙壁改成蓝色，配上蓝色家具，人们也就叫它蓝屋。这里通常用作总统夫妇招待客人的地方。

红屋（Red Room），红墙，红色的家具，这里是总统夫人会见与款待客人的地方。

此外，在楼上，总统书房、第一夫人休息室也对游人开放，不过，只是开着房门，不许进入。

白宫花园在每年 4 月到 10 月对外开放。有时，第一夫人会在花园露面，接待游客。

这一回，我是在 1 月来到白宫，白宫花园一片积雪，没有对外开放。离开白宫时，我见到草坪的一侧正在搭建一座阶梯形的主席台。再过十来天，新总统小布什就要站在这个主席台上，举行就职典礼。

出了白宫就允许拍照了。在草坪上，我以白宫为背景，拍了几张照片，也拍摄了那正在搭建中的主席台。

前来参观白宫的游客络绎不绝，内中很多人是怀着好奇心来的，想看一看美国总统和第一夫人究竟是怎样生活的。在参观白宫之后，人们的好奇心消失了，原来美国总统和第一夫人所过的，也是平常的生活。

白宫对外开放，全然是免费的。任何一个人，都可以在规定的时间内免费参观白宫。这么多来自天南地北的游客参观白宫，当然给白宫的保安工作带来很多麻烦。美国总统就在离游客只有几十米处工作。尽管如此，不管是哪一届美国总统，都坚持开放白宫。不言而喻，这是美国总统为了增强美国政治的透明度，让普通百姓走近总统。

一任任总统在欢呼声中进入白宫，又在任期届满之际怀着无限依恋的心境离开白宫。

白宫沧桑，浓缩着一部美国史。

2007 年 7 月，当我第三次来到白宫时，尽管天气也非常好，但是白宫没有对外开放。白宫前面，再也见不到长长的等候参观的队伍。那是因为在 2001 年 9 月 11 日爆发了“9·11”恐怖袭击事件，当时被劫持的 4 架飞机，两架撞向纽约世界贸易中心双子楼，一架撞向华盛顿五角大楼，还有一架准备撞向白宫而未能得逞，从此白宫关上了大门，不再对公众开放。

在离白宫不远处，有一座看上去很熟悉的白色大圆顶的大厦，那便是华盛顿的标志性建筑国会大厦（The Capitol）。

国会大厦本来就高，是华盛顿最高、最大的大厦，高 94 米，长 246 米，宽 115 米。国会大厦又坐落在国会山上，就显得更高——尽管国会山只是个小山坡而已。

国会大厦是一座欧洲古典风格的建筑物，外墙用乳白色的大理石装饰，显得高雅而富有气派。

国会大厦本来只在主楼上盖了个圆屋顶，看上去像个天文台。到了 1925 年对屋顶进行了大规模的扩建，加了两层圆形廊柱，再在上面加上大圆顶。顶端，矗立着自由女神青铜塑像——只是这位自由女神左手持麦穗，右手持剑，与纽约高举火炬的自由女神塑像不同。这座自由女神塑像高达 6 米，只是由于国会大厦本身高大，所以自由女神塑像看上去像是大圆顶的尖尖而已。

国会大厦也免费对外开放，不仅每天都开放，而且开放的时间比白宫长得多：在每年 6 月至 9 月初，从早上 9 时一直开放到晚上 8 时；9 月初至 5 月底，开放至下午 4 时半结束。

当我走近国会大厦时，发现大厦前广场上所铺的沥青地面，已经多处龟裂，看来该整修一下了。

国会大厦前面，是一个巨大的水池。

沿着一级级台阶上去，一排高大的圆形大理石立柱矗立着。

进入国会大厦虽然也要进行安全检查，但是大厦内允许拍照。

步入大厦，迎面是一个圆形大厅。这个大厅可以容纳两三千人。大厅的入口处，竖立着一尊手持长矛的印第安人塑像，表明美国的历史最初从这里开始。

大厅的墙壁上，绘着巨幅油画，展现美国独立战争的宏伟画卷，表明美国是在与殖民主义者的殊死战斗中诞生的。据说其中的一幅油画是一位意大利画家花了 11 年工夫完成的。

大厅以及侧厅里，陈列着对于美国历史产生重大影响的人物塑像。

国会大厦是美国最高立法机构的所在。大厅的北翼是参议院（即上院），南翼是众议院（即下院）。参、众两院共有议员 535 人，其中参议员 100 人，众议员 435 人。

我去国会大厦的前一天，正是克林顿夫人希拉里当选参议员，在这里出席参议院会议，受到传媒的广泛关注。

美国参、众两院会议允许旁听，就连外国人也可以凭护照登记之后进入

美国第七任总统杰克逊因大败英军而名声大振

美国国会大厦

旁听席。只是我去的那天没有举行会议，也就没有机会旁听。

在国会大厦东门斜对过，是国会图书馆。这个图书馆，是世界上最大的图书馆，藏书近亿册。此外，还收藏期刊、地图、手稿、电影胶片等达3000万件。馆中收藏中文图书达42万册，是除中国本土之外最大的中文图书馆。可贵的是，国会图书馆还收藏诸多价值连城的原始文献，如美国总统杰弗逊起草的《独立宣言》原稿，美国总统林肯自传手稿等。

在国会大厦西面、白宫南面，竖立着高达169.3米的方尖形纪念碑。这是为美国国父华盛顿树立的纪念碑。纪念碑是石结构的。据说，世界上至今还没有一座石结构的纪念碑有这么高。按照哥伦比亚特区的规定，这里所有建筑物的高度都不得超过华盛顿纪念碑。由于有这条规定，在华盛顿见不到纽约曼哈顿那样的摩天大楼。华盛顿纪念碑里设有电梯，可以乘电梯直到塔顶。

华盛顿纪念碑里有188块纪念石块，来自美国各州以及世界各地。内中有一块来自中国，是清咸丰三年由浙江宁波府赠送的。

我仔细观看华盛顿纪念碑，发觉上面2/3的颜色跟下面1/3不同，下浅上深。原来，华盛顿纪念碑建造了1/3之后，美国爆发了内战，工程只得停工。4年之后，美国政府决定继续施工，终于建成了全碑。由于前后所用的石料采自不同地方，所以形成了颜色的差异。

2001年1月，我来到华盛顿纪念碑那天，纪念碑四周50面星条旗迎风飘扬，非常壮观。这是为庆贺新总统小布什上任而悬挂的。遇上重大节日，华盛顿纪念碑四周也会挂起50面星条旗。不言而喻，这50面星条旗，象征着美国的50个州。

除了华盛顿纪念碑之外，在华盛顿还有为两位总统兴建的纪念堂——林肯纪念堂与杰弗逊纪念堂。

在华盛顿，我见到一座似曾相识的大厦，我在童年时便已从美国邮票上见到过的。那是一座仿古希腊的庙宇式建筑，36根希腊式的白色大理石柱，很有气派。这便是著名的林肯纪念堂。那36根柱子，象征着林肯去世时美国的36个州。

林肯是享有极高声望的美国总统。1962年，美国历史学家曾经对34任美国总统进行“排名”投票，把这些总统分为四类，即“伟大”、“接近伟大”、“普通”和“较差”。华盛顿理所当然被选为“伟大”总统。但是，在6名被选为“伟大”的总统之中，华盛顿排名第二，而排名第一的“伟大”总统是林肯!

林肯是美国第十六任总统，虽然他不是开国元勋，但是他在1863年颁布了历史性的《解放奴隶宣言》。

林肯处于南北战争连绵不断的年代。南北战争的根源，在于对奴隶制完全相反的主张，真可谓南辕北辙，北方力主废除奴隶制，而南方坚持奴隶制。南北双方开战，使国家动荡，人民受难。林肯领导北方人民战胜了南方奴隶主军队，颁布了《解放奴隶宣言》，宣告了奴隶制永远结束。

1865年4月14日晚，林肯总统偕夫人在华盛顿福特剧院总统包厢里观看喜剧《我们的美国亲戚》。戏演到第三幕第二场，已经是22时1刻。乘着贴身保镖离开总统的短暂瞬间，南方奴隶制的坚决维护者、27岁的演员布思从背后朝总统开了一枪，子弹射中林肯的大脑。正在看戏的医生赶来，当场就判定总统受了致命伤。林肯被迅速抬到剧院对面的彼得森公寓，安放在床上。身材高大的林肯，只得斜躺在不合身的床上，就这样离开了世界。

为解放奴隶而献身的林肯总统，赢得了美国人民永远的尊敬。

美国国会大厦前的雕塑

在华盛顿纪念碑正南，潮汐湖的南岸，矗立着杰弗逊纪念馆。杰弗逊是美国第三任总统，《独立宣言》的起草人。1943年，为了纪念杰弗逊诞辰200周年，建立了这座纪念馆。纪念馆正中，是一座杰弗逊站立着的铜像。

在杰弗逊纪念馆，我买到了一件别出心裁的纪念品：透明的塑料袋里装着一份《独立宣言》原稿的复制品以及一支羽毛笔。

在美国，各式各样的旅游景点出售五花八门的纪念品。在我看来，杰弗逊纪念馆这一与众不同的纪念品最能体现本馆的特色。

我注意到在华盛顿波托马克河畔，有一座不起眼的大楼，却曾经频频曝光于媒体。那便是水门大楼。导致尼克松下台的“水门事件”，就发生在这里。后来，这座大楼又频频曝光于媒体，因为莱温斯基就住在这里。

过了波托马克河，对岸那座五角大楼，也引起我的注意。这是一座庞大的办公楼，美国国防部的所在地。

五角大楼，过去我误以为是一幢“五角形的大楼”。实地一看，方知是由五幢五层的楼房联结而成的。

美国部队分为5个军种：陆军、海军、空军、海军陆战队和海军防卫队。5个兵种各占大楼中的一幢，所以这座大楼成了“五角大楼”。五角大楼建于1943年。

五角大楼是由5幢大楼围成五角形，这五角形中间是空地，成了庞大的停车场，足以装下2万辆轿车——因为这里的“上班族”就有2万多人。

五角大楼里不光是办公室，也有卧室、餐厅、商场和健身房。因为一旦发生紧急情况，这里很多人必须日夜工作。

2001年9月11日上午9时30分，被恐怖分子劫持的美国联合航空公司第175航班客机撞向五角大楼，使五角大楼一角被毁。恐怖分子袭击五角大楼，是因为五角大楼为美国军事力量的象征。

除了五角大楼之外，还有的大楼不经熟悉内情的朋友指点，外人莫知。比如，美国中央情报局大楼、“美国之音”总部大楼。

华盛顿既然是首都，当然有众多的大使馆。这些大使馆，都被安排在离白宫起码有20至30分钟车程的市区边缘。

华盛顿也有唐人街，有中国餐馆。在一个名叫“汉宫”的大型中国餐馆里，我吃到了十分正宗的中国餐。餐厅常常爆满，200多名华人围坐在20多张圆桌之侧同时用餐，对于华盛顿而言，这是蔚为壮观的华人聚餐场面。

克里姆林宫主人变迁史

如果说红场是莫斯科的“天安门广场”，那么克里姆林宫就是莫斯科的“中南海”了。

一座赭红色的塔楼上，装了一个圆形的大钟，塔楼上戴了一顶尖尖的高帽子，高帽子的尖顶上闪亮着一颗红星——这便是我从报刊、电视中得到的关于克里姆林宫的印象。

许多画家也经常以这座塔楼的形象象征克里姆林宫。

2001 年我走访了克里姆林宫，这才明白，往日的印象本末倒置了。

其实，克里姆林宫是当年沙皇的宫殿。为了保护沙皇，克里姆林宫四周砌了围墙。围墙上又砌了高高的塔楼，用来瞭望和防御。

克里姆林宫四周，有 19 座塔楼。这些塔楼高低不一，形状各异，有圆形的，有椭圆形的，有四角形的，也有十六角形的。

在这些塔楼中，有 5 座特别大。这是因为克里姆林宫有 5 个门，这 5 座塔楼也就是门楼。犹如北京的城门处，像前门、西直门、东直门等，都盖有城楼。这 5 座塔楼都是尖顶，顶上装了红星。

在这 5 座特大塔楼之中，克里姆林宫正门的主塔楼最大。这个塔楼叫斯巴斯基塔楼，高达 67.3 米。由于这个塔楼安装了大钟，又叫斯巴斯基钟楼。由于斯巴斯基钟楼最为壮观，常出现在画报、荧屏上。

把塔楼当成克里姆林宫，犹如把仆人当成了主人。大约只是由于斯巴斯基塔楼外形漂亮，以至“喧宾夺主”，不仅成了克里姆林宫的象征，甚至成了莫斯科的象征、苏联的象征、俄罗斯的象征。

克里姆林宫始建于1156年沙皇伊凡三世统治时期。最初，外面的围墙是木墙。从1367年起改建为石墙。到了15世纪，围墙全部由砖块砌成，刷成赭红色。全部围墙周长2500米，高6米，厚1～3米。如今的克里姆林宫围墙高达16米，厚6米，可以说是“固若金汤”了。克里姆林宫围墙的赭红色，与中国紫禁城围墙的颜色那么相似，人们都称之为“红墙”，可谓历史的巧合。

塔楼高踞于城墙之上，最初是作瞭望之用。后来安装了大炮，成了炮楼。16世纪，在斯巴斯基塔楼上安装了第一个时钟，每15分钟报时一次。我在斯巴斯基塔楼前拍照时，就听到悠扬的钟声非常悦耳。

那5座特大塔楼原本是没有尖顶的。在17世纪戴上了“高帽子”——塔尖。

那5座特大塔楼的尖顶上原本是没有红星的。1937年，在塔尖上安装了红星。红星安装在高高的塔尖上，看上去并不大，实际上直径竟达6米！这红星是用红水晶石和玛瑙石镶嵌而成，每颗红星重达1吨！红星安装在轴承上，随风转动。红星内安装了电灯，夜里射出

■克里姆林宫那尖顶的斯巴斯克塔楼

克里姆林宫的钟楼

叶永烈夫妇在克里姆林宫

明亮的红光。塔楼尖顶安装了红星，犹如画龙点睛，使塔楼显得蔚为壮观。在苏联时代，安装这颗红星，是作为革命的象征。

克里姆林宫处于红场与莫斯科河之间。那红色的围墙，一面矗立于红场，一面紧靠莫斯科河。水波粼粼，倒映红墙，分外漂亮。

经过严格的安全检查，我从克里姆林宫的北门进去。迎面是宽敞的用小方石铺成的马路，马路中间有一道鲜明的白线。按照规定，游客不得逾越白线，因为白线的一侧，是俄罗斯政府办公大楼，普京总统的办公室就在那里。俄罗斯警察戴着那种特大的大盖帽，手持步话机，正用警惕的目光注视着这道白线。谁要是越过白线，他们马上过来干涉。

克里姆林宫向来是国家的机要中枢，从沙皇时代到斯大林时代，这里都门卫森严，不准外人入内。那时候，没有特别通行证，是无法进入克里姆林宫的，对于普通百姓来说，克里姆林宫是一个神秘的所在。

首先打开克里姆林宫大门的是赫鲁晓夫。赫鲁晓夫上台之后，主张增强政治的透明度，改善苏联共产党与群众的关系。作为具体措施之一，就是开放克里姆林宫，让普通百姓走进苏共中央的办公地克里姆林宫。

赫鲁晓夫的决定，赢得苏联人民的热烈欢呼。1953年12月31日，众多莫斯科普通居民来到克里姆林宫，笑逐颜开地参加新年舞会。从此，克里姆林宫外每天都排起长队，普通百姓络绎不绝地前来参观。

自从赫鲁晓夫敞开大门之后，尽管克里姆林宫数易其主，但是谁也无法再关闭克里姆林宫的大门。直到今日，克里姆林宫仍旧对外开放。

克里姆林宫其实并不神秘。

从北门进去之后，首先见到的是“大会堂”。这是在1961年新建的现代化建筑，可以容纳6000名听众。建成之后，苏共中央许多重要的会议，就在这里召开。

“大会堂”如今被划到警戒白线之外，属于可以供游人随意参观的场所。这里已经成了莫斯科一个对外敞开的会场，谁愿意付会场费，谁就可以在这里召开会议——按规定，只有新纳粹分子不在此列，他们即使付会场费，也不允许在这里开会。

“大会堂”也经常成了歌剧、芭蕾舞演出的场所。

“大会堂”楼顶原本高悬着直径3米的苏联国徽，如今早已被摘下，废弃于莫斯科河畔的“雕塑公园”。

在“大会堂”斜对面，警戒白线划定的禁区之内，是一幢三层楼房，土黄色的外墙，整座建筑呈三角形。

那是政府大厦。这座大楼建于1776年至1787年，当时是枢密院办公楼。

■国家杜马与克里姆林宫

列宁

斯大林

赫鲁晓夫

1917年十月革命胜利之后，布尔什维克在11月16日宣布迁都莫斯科，克里姆林宫大宫殿成了苏维埃中央政府的办公大楼。列宁当时就在这座大楼里办公。至今，这间办公室还保存着当年的原貌，办公桌上放着一大沓印着“人民委员会主席”字样的信封、信纸。办公室的书架上，还保存着列宁当年的2000册藏书。

从列宁直到今日的普京，都在这座大楼里办公。如今，这座大楼是俄罗斯总统府的所在地。

在政府大厦旁边，一幢也是土黄色的大厦上盖着绿色的大屋顶。其实，这座大厦才是克里姆林宫的核心，才是克里姆林宫的象征。

这就是18世纪凯瑟琳女皇下令建设的克里姆林宫大宫殿。这幢大楼占地2万多平方米，拥有700多个房间。大楼的第一层原是俄罗斯皇室成员生活起居区，二楼则是接待大厅以及会议厅。大楼里装修非常豪华。

其实，在俄语中，“克里姆林”跟“克里姆林宫”是不同的概念。

“克里姆林”的原意是“内城”，城中之城的意思。“克里姆林”实际就是指那红色围墙之内的建筑群。这些建筑群仿佛自己形成了一座城堡。“克里姆林”处于莫斯科城的中心，所以也就是“城中之城”。

至于“克里姆林宫”，就是指那座大宫殿。

如今，克里姆林宫的含义，泛指那“城中之城”——红色围墙内的建筑群。

纵观克里姆林宫权力变迁史，从1917年到2001年，从列宁到普京，80

勃列日涅夫

戈尔巴乔夫

叶利钦

多年间换了 9 位主人。

以下是 9 位主人进入以及离开克里姆林宫的时间表：

第一位是列宁（从 1917 年至 1924 年，共 7 年。内中第一年是在圣彼得堡）：马克思主义者。他在经历了几年流亡生涯后，在 1917 年领导了十月革命，建立了苏维埃政权。1922 年列宁成为苏联成立后的第一任领导人。列宁逝世于 1924 年。

第二位是斯大林（从 1924 年至 1953 年，共 29 年）：从 1922 年起担任苏联共产党总书记，从 1941 年起担任部长会议主席，直到 1953 年 3 月 5 日逝世。

第三位是赫鲁晓夫（从 1953 年至 1964 年，共 11 年）：从斯大林逝世后担任苏共中央第一书记，后来又兼任部长会议主席、最高国防委员会主席，集党、政、军大权于一身，直到 1964 年遭到突然政变而被罢免。

第四位是勃列日涅夫（从 1964 年至 1982 年，共 18 年）：继赫鲁晓夫之后到 1982 年逝世前，一直担任苏共中央总书记。

第五位是安德罗波夫（15 个月）：克格勃头目，出任苏联共产党总书记 15 个月后逝世。

第六位是契尔年科（不足 1 年）：出任总书记时已经患病，不到 1 年就逝世。

第七位是戈尔巴乔夫（从 1985 年至 1991 年，共 6 年）：从 1985 年 3 月至1991年12月苏联解体期间担任总书记。

第八位是叶利钦（从1991年至1999年，共8年）：1991年起担任俄罗斯联盟总统，1999年12月31日宣布提前辞去俄罗斯联邦总统职务。

第九位是普京（从2000年元旦起）：在叶利钦提前辞去俄罗斯联邦总统之后，普京出任代总统，2000年3月26日在俄罗斯总统选举中以绝对优势当选俄罗斯总统。

在克里姆林宫的这9位主人之中，以斯大林在位的时间最长，共29年；以契尔年科在位的时间最短，不足1年。另外，安德罗波夫在位也很短，不过15个月。其中，安德罗波夫和普京出身于克格勃。

就苏联、俄罗斯的当代史而言，实际上是划分为7个时代，即列宁时代、斯大林时代、赫鲁晓夫时代、勃列日涅夫时代、戈尔巴乔夫时代、叶利钦时代和普京时代。内中，前五个时代是苏联时代，后两个时代是俄罗斯联邦时代。

在这7个时代中，列宁、斯大林、勃列日涅夫因病死而离开克里姆林宫。

赫鲁晓夫和戈尔巴乔夫是被政变赶出克里姆林宫的。

唯一与众不同的是叶利钦，他是主动提出离职，让位给年轻的普京。

值得提一笔的还有两位过渡式的人物，克里姆林宫的“临时”主人，即马林科夫和布尔加宁。

在斯大林去世之后，尽管赫鲁晓夫出任苏共中央第一书记，但是第一把手是马林科夫。马林科夫是斯大林指定的接班人。斯大林去世之后，马林科夫担任部长会议主席。在当时，苏联部长会议主席的权力大于苏共中央第一书记。在赫鲁晓夫的强大压力下，马林科夫被迫在1955年2月8日提出辞去部长会议主席的职务。1957年马林科夫被指斥为“反党集团”，撤销一切职务。

还有一位应当提到的是布尔加宁。在马林科夫下台之后，由布尔加宁担任苏联部长会议主席。在赫鲁晓夫的压力之下，1958年3月27日，布尔加宁被解除部长会议主席职务。这一职务由苏共中央第一书记赫鲁晓夫兼任。

一部克里姆林宫的主人史，也就是一部苏联、俄罗斯的当代史。

一部克里姆林宫的主人史，其实也是一代否定一代的历史：

斯大林否定了列宁战友托洛茨基、季诺维也夫、加米涅夫和布哈林；

赫鲁晓夫否定了斯大林；

勃列日涅夫否定了赫鲁晓夫；

戈尔巴乔夫否定了勃列日涅夫；

叶利钦又否定了戈尔巴乔夫以至否定了苏联和苏联共产党。

正是克里姆林宫的主人们这样一代否定一代，最后连苏联和苏联共产党也被否定，重返资本主义制度。

这种充满“否定”的苏联、俄罗斯历史，是很值得人们深思的。

随着克里姆林宫主人们的“否定之否定”，克里姆林宫大宫殿顶上的国旗也走过了“否定之否定”的道路：

在1917年十月革命之前，这里飘扬的是俄罗斯帝国三色国旗；

此后，这里升起了红色的铁锤镰刀旗；

1991年圣诞节苏联解体，俄罗斯联邦三色旗在这里升起。

我在克里姆林宫内的俄罗斯联邦总统府大楼前拍照留念，这座土黄色的大楼上飘扬着俄罗斯联邦的三色国旗。

在克里姆林宫，我不时见到一辆辆轿车迅速在白色警戒线那一侧驶过。

在白色警戒线的这一侧，则教堂林立。四座建筑精美的东正教教堂，组成了“教堂大广场”。这四座教堂是建于15世纪、16世纪的沙皇皇家教堂，即圣母报领教堂、总领天使教堂、圣母升天教堂和耶稣解袍教堂。

这四座教堂全是白色大理石外墙，金色圆顶，显得十分庄重。

圣母报领教堂是俄罗斯沙皇以及王室洗礼、婚礼以及做礼拜的地方。

总领天使教堂则是安葬莫斯科大公以及沙皇陵寝的皇家祠堂。

圣母升天教堂是安葬历任俄罗斯东正教教主的所在。

耶稣解袍教堂是一座设有都主教与部主教的大教堂。

我穿梭于这四座大教堂，见到很多精美的壁画和雕塑。从克里姆林宫内这些规模宏大的教堂，可以看出东正教确实在俄罗斯有着“国教”的崇高地位。只是在克里姆林宫上空飘扬着铁锤镰刀旗的岁月，这些教堂门可罗雀。如今，这里又忙碌起来，成为东正教教徒们虔诚祷告之所。

我很喜欢克里姆林宫大宫殿之侧的花园，那里花茂草盛，树木蓊郁，是一片没有政治色彩的净土。

白金汉宫及御花园

北京的故宫，维也纳的美泉宫，圣彼得堡的冬宫，巴黎的凡尔赛宫，首尔的景福宫……一座座故宫，都是金碧辉煌的所在，都是往昔的权力中心，都是历史与文化的沉积之处。

伦敦的白金汉宫，不是“过去式”的故宫，而是“现在进行式”的王宫，迄今仍是英国国王居所与办公场所。就这个意义上讲，白金汉宫与东京皇宫一样。东京皇宫至今仍住着日本天皇。

我们沿着鸟语花香的御花园穿林渡水来到白金汉宫。对于游览白金汉宫的旅客而言，如果说白金汉宫是“主菜”，那么漫步御花园就是一道“餐前菜”。

御花园又称圣詹姆斯公园（St. James's Park），在1536年时原是亨利八世的狩猎场。后来查理二世仿照法国凡尔赛宫的风格，改建成为法国式的花园，并在花园的中心开挖人工湖。维多利亚女王入主白金汉宫后，把这里划为皇家专用的御花园。

如今，除了白金汉宫南侧一个名为绿园的公园还是皇家专用的御花园之外，其他部分都对公众免费开放，成为伦敦市中心最大、风景最优美的公园，即圣詹姆斯公园，但是人们依然习惯地称之为御花园。

大约这里原本是国王休闲的所在，所以一草一木都很精致，奇花异草争妍斗艳。

我沉浸在一片绿色的海洋。

■白金汉宫御花园鲜花盛开

■御花园中心的人工湖

御花园里满目苍翠。草坪上的草，如同绿色的天鹅绒，仿佛每一根都被精心修剪过，而且不见半根杂草或者枯草。

御花园里的树亭亭如盖，粗大的树干记录着御花园的悠久历史。

人在画中，画在眼中。拿着相机随意拍摄，出现在显示屏上的都是一幅幅油画般的画面。

我发现，这里的游客明显地分为两类，匆匆而行、边走边拍照的，一望而知是外地或者外国的游客；悠悠地缓步而行，在草坪上席地而坐，在树荫下半卧而憩，显而易见是本地的居民。

最受人喜爱的是御花园中心的人工湖。野鸭在湖面上三五成群，而鹈鹕则由于看惯了游人，不惊也不躲，摆好姿势跟你合影。

在御花园里，有一座豪华的大楼，叫做圣詹姆斯宫。那是亨利八世于1532年下令建造的，从1678年开始成为英国王宫。直至1837年维多利亚女王迁往白金汉宫之前，英王一直在此宫居住。

圣詹姆斯宫与克拉伦斯宫相邻。克拉伦斯宫原本是英国王太后的寝宫，现在是查尔斯王子的住地。圣詹姆斯宫与克拉伦斯宫之间，是一条气度不凡的林荫大道。林荫大道从海军拱门起一直延伸到白金汉宫前。这是英国的国宾大道。当外国元首来访时，林荫大道上彩旗招展，外国元首车队从林荫大道徐徐

■白金汉宫前的维多利亚女王塑像

驶过，前往白金汉宫。

走出御花园，迎面就是富丽堂皇的白金汉宫。

白金汉宫前面，是一个环形广场。广场的中心，是一个高大的用白色大理石砌成的纪念碑。纪念碑顶部，是金色的胜利女神雕像，在阳光下熠熠生辉。纪念碑正面，是维多利亚女王的白色大理石雕像。把维多利亚女王雕像安放在这“头版头条”的地位，足见英国人对维多利亚女王的尊敬，也对维多利亚女王时代的强盛表达怀念之情。

环形广场上人山人海。跟我一样，很多人选择在上午11时来到这里，为的是能够一睹富有英国特色的皇家卫队换岗仪式。这皇家卫队，其实也就是皇家仪仗队。

白金汉宫在每年4月至9月的上午11:30至12:00，举行换岗仪式，其他月份每两天在11:30至12:00举行一次，遇雨取消。所幸那天晴朗，所以换岗仪式准时举行。

环形广场也是环形车道的所在，而白金汉宫地处黄金地段，所以那里汽车如过江之鲫。在换岗仪式即将举行的时候，车辆禁止通行。所以这仿佛成了一个讯号，当环形车道的汽车突然消失，就意味着换岗仪式要开始了。

皇家卫队的前锋是皇家马队。

在马队之后，皇家卫队迈着整齐的步伐，沿着环形车道走来。皇家卫队士兵个个身穿鲜红军服，头戴黑色毛茸茸的高帽子，这一形象已经成为英国的典型形象之一。我想起在希斯罗机场，就看见巨大的广告牌上画着皇家卫队士兵，张开双臂，做出欢迎的姿势，机场的每一辆行李手推车上，也漆着皇家卫队士兵的形象。

白金汉宫庄严的大铁门

皇家卫队走过维多利亚女王纪念碑前，沿着环形车道进入白金汉宫。这时，环形车道恢复通车，依然车如流水。过了一会儿，汽车再度被禁止通行。这时下岗的皇家卫队迈着整齐的步伐，走出白金汉宫，返回圣詹姆斯宫——那里如今成了皇家卫队的大本营。

白金汉宫是一座四层正方体的灰色建筑物，正门之上悬挂着英国王室徽章，表明这里是英国王宫。白金汉宫四周围着漆成黑色的栏杆，栏杆顶部用金色装饰，显得十分庄严。

白金汉宫屋顶有一根高高的旗杆。如果飘扬着英国王室旗帜，表示国王在白金汉宫。倘若国王外出，原本旗杆上没有旗帜，后来改挂米字旗。

白金汉宫（Buckingham Palace）原本是1703年为白金汉公爵所建而得名，最早称白金汉屋（Buckingham House）。1761年由英王乔治三世以21000英镑买下，加以扩建。维多利亚女王即位后，白金汉宫正式成为王宫，此后白金汉宫一直是英国王室的府邸。

白金汉宫有600多个厅室，收藏有许多绘画和精美的红木家具，艺术馆大厅内专门陈列英国历代王朝帝后的100多幅画像和半身雕像。

白金汉宫主楼前的阳台，在2011年4月反复出现在世界各国的电视屏幕上，因为威廉王子和凯蒂·米德尔顿举行婚礼之后，曾经在这个阳台上两度亲吻，并向白金汉宫前环形广场上众多的民众挥手致意。

来到英国之前，跟许许多多只是大概知道英国的人一样，我对英国有三个问题弄不明白：

其一，当今的英国君主伊丽莎白二世是英国女王，不是女皇，但是为什么英国科学院叫英国皇家科学院，不叫英国王家科学院？同样，英国海军叫英国皇家海军，英国空军叫英国皇家空军，英国警察叫英国皇家警察，就连邮局也叫英国皇家邮政，没有一个叫“王家”的。

其二，伊丽莎白二世这“二世”是什么意思？因为她的父亲是乔治六世，她的爷爷是乔治五世，她照理应该叫“乔治七世”，怎么会叫伊丽莎白二世呢？再说，她的父亲乔治六世是她爷爷乔治五世的次子，乔治五世去世之后，先是由她的伯父、亦即乔治五世的长子继承王位，她的伯父是爱德华八世。乔治五世的长子是爱德华八世，次子怎么又成了乔治六世呢？

其三，在英国的邮票、纸钞、硬币上，我见到的大都是女王的头像，给我的印象仿佛英国的国王大都是女性。英国怎么会有那么多的女王呢？

到了英国，请教了英国朋友，我这才逐步弄清楚这三个问题。

其一，女王乎女皇乎？

在中国，王是中国奴隶社会的最高统治者，皇是中国封建社会的最高统治者。

在中国，秦以前没有皇帝，王最大。古有三皇五帝，而后世因为个人功绩无法与三皇五帝相提并论，所以称王。

秦王嬴政统一了六国，自认为个人的功绩已超过了三皇五帝，所以不再称王，而称为皇帝——秦朝第一皇帝，故名“秦始皇”。

此后开始中国封建王朝皆称皇帝，而王则是皇家子弟，或者是对国家有非常大的贡献的人受封为王。也就是说，“皇”高于“王”。

英国人对于“皇”与“王”的概念，跟中国人一样，即“皇”高于“王”。

在欧洲的历史上，只有罗马帝国称过皇帝，俄罗斯有过沙皇。在今日世界，只有日本君主称“天皇”。

英国的君主称“王”不称“皇”，是因为在英国国王之上，有一个“皇帝”，那就是上帝。正因为这样，英国国王是“上帝的大臣”。

既然英国国王是“上帝的大臣”，而英国国王之上还有“皇帝”，所以英国科学院也就叫英国皇家科学院，不叫英国王家科学院……

英国的“皇帝”是虚拟的，国王是实在的。所以就国家而言，英国是“王国”（Kingdom），而不是“帝国”（Empire）。在历史上，Persian Empire是波斯帝国；Roman Empire是罗马帝国；英国的“United Kingdom”，United

是联合，而 Kingdom 是王国。

顺便提一下，印度最大的宗教是印度教。在英国人看来，印度属于“异教区”。印度教无上帝，所以印度有皇帝。当印度是英国殖民地时，英国国王同时也是印度皇帝。在印度独立之后，没有了皇帝，所以英国国王也就不再是印度皇帝。

其二，在中国，“世”意味着辈分。比如秦始皇之后，他的儿子嬴胡亥即位，称秦二世。

然而伊丽莎白二世，这“二世”跟秦二世的概念全然不同，并不意味着伊丽莎白二世是伊丽莎白一世的女儿。

伊丽莎白一世和伊丽莎白二世的生年相差 393 年，所以根本不是母女的辈分。

伊丽莎白二世的原名是伊丽莎白 · 亚历山德拉 · 玛丽 · 温莎（Elizabeth Alexandra Mary Windsor），其中温莎是姓，而伊丽莎白是名。伊丽莎白二世是英国温莎王朝第五代君主。

伊丽莎白一世则是英国都铎王朝的第五位君主。只是由于与伊丽莎白二世同名，为了把两位同名的女王加以区别，在她们的名字之后加了一个罗马数字，即“Elizabeth Ⅰ”和“Elizabeth Ⅱ”。我们把“Ⅰ”译成“一世”，把“Ⅱ”译成“二世”，其实是一种误译。香港把“Ⅰ”译成“第一”，把“Ⅱ”译成“第二”，即“伊丽莎白第一”和“伊丽莎白第二”就比较准确。

英国的女子取伊丽莎白为名者多，而男子取乔治、亨利、爱德华也多，所以才有乔治六世、亨利二世、爱德华八世。据统计，英国国王自威廉一世（第一位诺曼人英王，1066 年登基）以来，共有 41 个国王。其中，叫伊丽莎白的 2 个，叫乔治的 6 个，叫爱德华的 8 个，叫威廉的 4 个，叫玛丽的 2 个，叫詹姆斯的 2 个，叫查理的 2 个，叫亨利的 8 个，叫理查德的 3 个，不重名的只有斯蒂芬、约翰、安妮和维多利亚 4 人。英国国王的那么多“世”，就是因同名而产生的，与辈分无关。

其三，英国常常给人错觉，仿佛总是由女王统治。

其实，英国历史的国王以男性居多。英国的女王共有 7 位，分别是：

都铎王朝的三位女王——

简 · 格雷夫人（1537 年 10 月 12 日—1554 年 2 月 12 日），英格兰国王，1553 年短暂在位。她是萨福克公爵亨利 · 格雷的女儿。外祖母玛丽是亨利八世的妹妹。嫁给诺森伯兰公爵之子达德利。诺森伯兰公爵伪造遗嘱让简 · 格雷继承王位。后阴谋败露，简·格雷被玛丽女王废黜，关入伦敦塔后斩首。

玛丽一世（1516年2月18日—1558年11月17日），英格兰国王，1553—1558年在位。她是亨利八世与西班牙公主凯瑟琳之女。和西班牙国王菲利佩二世结婚。由于镇压新教徒被称做“血腥的玛丽”。

伊丽莎白一世（1533年9月7日—1603年3月24日）英格兰国王，1558—1603年在位。终生未婚，去世后都铎王朝结束。

斯图亚特王朝的两位女王——

玛丽二世（1662年4月30日—1694年12月28日），英格兰国王，苏格兰国王，1689—1694年在位。她是詹姆斯二世长女。“光荣革命”后与丈夫尼德兰联合省总督威廉亲王共同回国执政。

安妮（1665—1714），苏格兰国王，1702—1707年；英格兰国王，1702—1714年。1707年，英格兰和苏格兰合并，死后无嗣，斯图亚特王朝结束。

汉诺威王朝的一位——

维多利亚（1819—1901），联合王国国王，1837—1901年在位。她是乔治三世第四子肯特公爵爱德华之女。汉诺威家族不承认女性的继承权，因此宣布放弃对德国汉诺威领地的继承权，英国王室也不再使用汉诺威作为朝代名，和舅舅萨克森—科堡公爵的次子阿尔伯特结婚。1876年成为印度女皇。

维多利亚女王画像

温莎王朝的一位——

伊丽莎白二世（1926年4月21日—现在），在位1952年2月6日—现在。

在英国的7位女王之中，有3位女王产生了巨大的影响，而且这3位女王在位的时间又特别的长。

这3位女王，最有影响而在位时间最长的，当推前已叙及的维多利亚女王。维多利亚女王在位时间长达64年，而且维多利亚时代是英

白金汉宫御花园里的大树

国历史上最强盛的时代。迄今，维多利亚女王的雕像以及以维多利亚命名的地名，遍及英国各地。

顺便提一下，许多维多利亚女王的雕像往往手持“库利南”权杖，准确地讲，应是镶着“库利南1号钻石”的权杖。

这颗“库利南1号钻石”，是当今世界上最大的天然钻石。那是1905年1月25日在南非普里米尔矿区发现的，正好该矿创始人汤玛士·库利南爵士当时在矿场巡视，便以库利南的名字命名这一巨大的钻石。南非那时是英国殖民地，南非的英国总督以100万美元买下这颗钻石，送呈英王爱德华七世。

经过加工，库利南钻石被切成9颗大钻石，96颗小钻石。其中最大的“库利南1号钻石”镶在英国国王的权杖上。“库利南2号钻石”镶在英国国王的王冠上。

另一位颇有影响的是伊丽莎白一世女王。

伊丽莎白一世任英格兰国王和爱尔兰女王，在位长达45年。

伊丽莎白一世也是一个女强人。她即位那年，正值英国海军击败西班牙“无敌舰队”。伊丽莎白一世经过近半个世纪的统治，使英国成为欧洲最强大的国家之一。在她的时代，英国出现了莎士比亚、弗朗西斯·培根这样的文化精英。她生怕大权因婚姻而旁落或者受到干扰，居然终身未嫁，被称为“童贞女王”。

伊丽莎白一世也是在英国历史上颇受赞誉的女王。

伊丽莎白二世是当今英国女王，她在位的时间之长，已经逼近维多利亚女王。

另外，我在英国经常听说公爵、伯爵之类的称谓。我请教了英国朋友，他说，英国人分为贵族（peerage）与平民两部分。除了英国王室以外，贵族分为五等；由于中国周朝的诸侯亦分为五等，即公、侯、伯、子、男，所以中文就把英国贵族的称谓直接对应翻译为公爵、侯爵、伯爵、子爵与男爵。英国贵族的爵位可以世袭。

另外还有两种封号：准男爵（Baronet）与骑士（Knight），他们属于平民，而非贵族。

当今白金汉宫里，住着英国女王伊丽莎白二世。伊丽莎白二世的重要国事活动，如召见首相和大臣、接待和宴请来访的外国国家元首或政府首脑、接受外国使节递交国书等，都在白金汉宫举行。

伊丽莎白二世是一个充满传奇色彩的人物。因为她原本并不是王位继承人。

伊丽莎白二世的父亲约克公爵是乔治五世的第二个儿子，当时并不是王位的继承人，作为约克公爵长女的伊丽莎白 · 温莎更加谈不上继承王位。

伊丽莎白 · 温莎能够成为英国君主，成为伊丽莎白二世，是因为她的伯父爱德华八世"爱美人不爱江山"，放弃了王位。

爱德华八世是英国君主中的异数、另类。

乔治五世是在 1910 年 5 月 6 日即位，于 1936 年 1 月 20 日去世。长子爱德华 · 阿尔伯特 · 克里斯蒂安 · 乔治 · 安德鲁 · 帕特里克 · 大卫（Edward Albert Christian George Andrew Patrick David）即位，称爱德华八世。

爱德华八世即位不到一年，于 1936 年 12 月 11 日主动让位，总共在位 325 天。

爱德华八世是英国历史上唯一一个自愿退位的君主。爱德华八世为什么不愿当英国君主呢？

这是因为他在即位之前，就跟几位已婚女子发生恋情，包括弗丽达 · 达德利 · 沃德、佛奈斯侯爵夫人及华里丝 · 辛普森。其中特别深陷美国女子华里丝 · 辛普森的情网。华里丝 · 辛普森曾经两度结婚，当时还有丈夫恩尼斯特 · 辛普森。

爱德华八世即位之后，于 1936 年 11 月 16 日在和首相斯坦利 · 鲍德温

■白金汉宫御花园中的第二次世界大战纪念碑

见面时，明确提出要与辛普森结婚。首相当即告知爱德华八世，英国国王同时也是英国国教会的领袖，根据英国国教的教义，国王的离婚和再婚都是不能被接受的。另外，英国人民也不能接受曾经两次离婚的辛普森为王后。

爱德华八世不依不饶，又提出了另外一个方案，那就是他与辛普森结婚之后，辛普森不拥有王后头衔，他们未来的孩子也不继承王位。然而首相仍然认为，这个方案是教会与人民所不能接受的。

于是，爱德华八世愤然选择了放弃王位，坚持与辛普森结婚。这便是所谓的“不爱江山爱美人”。辛普森是否算得上“美人”，不得而知（她倒是美国人），但是爱德华八世为了她宁可不要江山却是铁一般的事实。

由于爱德华八世尚无子女，所以王位由他的胞弟约克公爵继承，称乔治六世。乔治六世只有两个女儿，长女伊丽莎白 · 温莎成了王位的继承人。

值得提及的是，约克公爵是在极其无奈的情况下继承王位的。据说，他从小口吃，羞于在公众场合露面。所以他当时极力劝兄长爱德华八世另觅佳偶，不要放弃王位。无奈爱德华八世非辛普森不娶。在不得已的情况下，乔治六世成了英国新国王。

在2011年第83届奥斯卡奖上，影片《国王的演讲》获得12项提名，并最终拿到最佳影片、最佳导演、最佳男主角、最佳原创剧本四项大奖。《国王的演讲》所讲述的，就是关于乔治六世这一段传奇故事：

约克郡公爵因患口吃，无法在公众面前发表演讲，这令他接连在大型仪式上丢丑。贤惠妻子伊丽莎白为了帮助丈夫，到处寻访名医，但是传统的方法总不奏效。一次偶然的机会，她慕名来到了语言治疗师莱纳尔罗格的宅邸，传说他的方式与众不同。虽然公爵对罗格稀奇古怪的招法并不感兴趣，首次诊疗也不欢而散。但是，公爵发现在聆听音乐时自己朗读莎翁的作品竟然十分流利。这让他开始信任罗格，配合治疗，慢慢克服着心理的障碍。乔治五世驾崩，爱德华八世继承王位，却为了迎娶寡妇辛普森夫人不惜退位。艾伯特临危受命，成为了乔治六世。他面临的最大挑战就是如何在第二次世界大战前发表鼓舞人心的演讲……

乔治六世即位之后，于1937年3月8日封兄长爱德华八世为温莎公爵。

1937年6月3日温莎公爵跟华里丝·辛普森在法国举行了私人婚礼，英国王室的成员一个也没有出席。

叶永烈在白金汉宫御花园里的第二次世界大战纪念碑前留影

温莎公爵从此定居法国。1940年8月18日，他被英国政府派到巴哈马出任殖民地总督，直至1945年7月28日。他和华里丝·辛普森婚后没有子女。

伊丽莎白二世的传奇之二，是她的婚姻。

1947年11月20日伊丽莎白与希腊的菲利普王子结婚。菲利普是伊丽莎白的堂哥，他们的曾祖母都是维多利亚女王。他们的婚姻，可以说是门当户对，旗鼓相当，不像爱德华八世与华里丝·辛普森的婚姻那样被英国王室看成是“叛逆的婚姻”。

但是，伊丽莎白二世门当户对的婚姻，并不是英国王室的有意安排，而是自由恋爱的结果。

菲利普很帅，身高 1.9 米，有着一对钢蓝色的眼珠。伊丽莎白爱上菲利普的时候，年仅 13 岁，而菲利普当时 18 岁。伊丽莎白的父亲乔治六世带她以及家人参观英国达特茅斯皇家海军学校时，遇见正在那里学习的菲利普王子。在玩槌球和网球时，伊丽莎白竟然与菲利普一见钟情。

经过 8 年的爱情长跑。摆在这对公主与王子之间的最大障碍，就是菲利普王子必须在与伊丽莎白结婚前宣誓放弃希腊王位的继承权。菲利普王子毅然作出了这样的抉择。

有情人终成眷属。1947 年 11 月伊丽莎白与菲利普王子举行了隆重的婚礼。

婚后，菲利普王子被乔治六世授予爱丁堡公爵的头衔。伊丽莎白与菲利普王子育有三子一女，即：

长子查尔斯 · 菲利普 · 阿瑟 · 乔治（1948 年 11 月 14 日出生），威尔士亲王。1981 年 7 月 29 日与苏格兰贵族戴安娜 · 斯宾塞小姐结婚，1996 年 8 月 28 日离婚。2005 年 4 月 9 日与卡米拉结婚。

长女安妮 · 伊丽莎白 · 爱莉斯 · 路易斯（1950 年 8 月 15 日出生），1973 年 12 月 14 日与马克 · 安东尼 · 彼得 · 菲利普斯结婚，1992 年 4 月 28 日离异，1992 年 12 月 12 日又与蒂姆西 · 劳伦斯结婚。

次子安德鲁 · 艾伯特 · 克里斯汀 · 爱德华（1960 年 2 月 19 日出生），约克公爵，1986 年 7 月 23 日与莎拉 · 玛格利特 · 弗格森结婚，1996 年 5 月 30 日离婚。

三子爱德华 · 安东尼 · 理查德 · 路易斯（1964 年 3 月 10 日出生），威塞克斯伯爵，1999 年 6 月 19 日与苏菲 · 利丝琼斯结婚。

从 1951 年起，国王乔治六世的健康状况每况愈下，作为王位继承人的伊丽莎白开始代替父亲出席公开场合活动。

1952 年 2 月 6 日，当伊丽莎白与菲利普王子在访问肯尼亚时，得知父亲乔治六世去世。伊丽莎白随即赶回英国即位，称伊丽莎白二世。这时候，她 26 岁。1953 年 6 月 2 日，伊丽莎白二世在西敏寺举行加冕典礼。她的头衔的全称是：“承上帝洪恩的大不列颠及北爱尔兰联合王国及其他领土和属地的女王，英联邦元首，国教（圣公会）的捍卫者伊丽莎白二世”（Elizabeth the Second，by the Grace of God，of the United Kingdom of Great Britain and Northern Ireland and of Her other Realms and Territories Queen，Head of

■2009年6月13日，伊丽莎白二世在伦敦参加庆祝她官方生日的皇家军队阅兵

the Commonwealth，Defender of the Faith）。

伊丽莎白二世是现任的英国君主，是英国、英联邦及15个成员国的国家元首，同时也是英国国教教会的最高首领。她还是英国名义上的三军统帅。按照英国法律，军队须宣誓效忠女王。

伊丽莎白二世的传奇之三，是在位时间很长。

伊丽莎白二世在位60年，已经接近维多利亚女王在位时间64年的纪录。85岁高龄的伊丽莎白二世，看来毫无退位之意。她要做到“上帝召唤”她的那一天。她的在位时间，有可能打破维多利亚女王保持的纪录。

伊丽莎白二世在即位之初，就决意要以英国历史上最辉煌的国君同时也是最强势的女王维多利亚女王为榜样，要创造与“维多利亚时代”媲美的“伊丽莎白时期”。无奈历史并不以伊丽莎白二世个人的意旨为转移。伊丽莎白二世即位之时，正值大英帝国分崩瓦解、走下坡路之日。伊丽莎白二世无法挽回大英帝国的颓势。

关于伊丽莎白二世，还有诸多“幕后新闻”：

伊丽莎白二世是一个没有护照的人。她从登基以来，已经以英国女王名义正式出国访问了300多次。但她登基之后就没有了护照，因为在她的麾下，所有英国的护照都是以她的名义发给的。

菲利普既是伊丽莎白二世的丈夫，又是她的臣民。正因为这样，在伊丽莎白二世的加冕礼上，菲利普必须向妻子下跪并宣誓：“我，菲利普，爱丁堡公爵，愿终生成为您的臣民并且尊敬您；我愿意效忠您……”

伊丽莎白二世每天都坚持写日记，而且她一直坚持用钢笔写。

伊丽莎白二世在英国没有敌人，因为她只是名义上的国家元首，没有实权，所以也就没有卷入政坛上的权力斗争。何况伊丽莎白二世本人也谨言慎行，注意形象的端庄。也正因为这样，英国民众对伊丽莎白二世还是欢迎的。

不过，伊丽莎白二世也曾引起英国民众的不满。另一部奥斯卡获奖电影《女王》详细叙述了事件的经过：

> 1997年，黛安娜王妃在巴黎因为车祸意外身故的消息传出后，举世震惊，英国国内更是哀声一片。悲痛欲绝的民众对以伊丽莎白女王为首的英国王室表现出来的冷漠和回避态度十分不满，一时间群情激愤，反王室的情绪高涨不下，戴妃之死让英国王室陷入前所未有的信任危机中。而首相托尼·布莱尔刚刚走马上任就面临这样一个棘手的局面，一面是哀痛愤怒的英国民众，另一方面是竭力维护传统、避而不出的英国王室。身处风口浪尖、压力重重的“平民首相”布莱尔必须尽快找到解决办法，抚平民众的不满与怨气，让女王与人民的关系恢复往日的和睦，同时确立起自己的声望和威信，让她重新和社会接轨，恢复和英国平民的接触。

经过首相托尼·布莱尔的提醒，伊丽莎白二世女王意识到民意不可违，破例以电视直播的形式对戴安娜的去世表示深切的悼念，才算平息了那场风波。

另外，伊丽莎白二世的4个子女中，3个子女有过离婚的经历，也使英国民众对王室颇有微词。

最令人惊讶的是，在2010年5月，伊丽莎白二世女王居然要求加薪！

英国女王怎么会到了薪金不够用的地步？

那是因为英国王室入不敷出，伊丽莎白二世女王要求加薪是为了填补那600万英镑的王室财政赤字。

唐宁街 10 号首相官邸

一扇黑漆木门，上部缀着白色的阿拉伯数字“10”，门的中部是一个狮首叩门环。这扇看上去普普通通的英国住宅大门，却是全世界曝光率最高的大门。

这扇黑漆木门平日紧闭，如同陶渊明的《归去来辞》中的诗句：“门虽设而常关。”令人奇怪的是，这幢住宅的主人，并没有这扇大门的钥匙——因为这扇大门正面并没有钥匙孔，只能从门后打开，来人必须扣响狮首叩门环，屋里的人听见了，出来开门。不过，如今当主人走近这扇黑漆木门，马上就会有门卫为主人开门。黑漆木门前后，都有门卫值班，24 小时如此。

虽说看上去是一扇黑漆木门，有人推测在木板里一定夹了一层防弹钢板，子弹很难射穿——只是未曾有人做过实弹测试，所以这推测尚未得到证实。

每当有外国元首或者要人来访的时候，主人总是出门迎接，与客人站在黑漆木门前握手，以便让众多的记者拍摄。这扇门三天两头见诸媒体，那高曝光率就是这么来的。在握手结束之后，主人推开黑漆木门，请客人入内，黑漆木门随后紧紧关上。只有经过特许的记者，才能在黑漆木门后边拍摄客人入内之后的种种活动。

这便是伦敦唐宁街（Downing Street）10 号——英国首相的办公场所、内阁成员的集会场所、国家大事的商议场所以及首相和家人居住的府邸。一句话，那里是英国的权力中心。

唐宁街 10 号跟美国的白宫、中国的中南海、俄罗斯的克里姆林宫、法国爱丽舍宫并驾齐驱，可是联合国 5 个常任理事国权力核心之中，只有英国首相府是以唐宁街10号这么个“邮政地址”对外，从来不叫什么宫。

英国前首相撒切尔夫人曾在1985年称唐宁街10号已经成为“全国的遗产中最珍贵的珠宝”。

我从威斯敏斯特大教堂走向唐宁街，很近，只用了几分钟。走过议会街，就来到一条宽阔的大街，名叫白厅（White Hall）。

白厅这名字，很容易使人想起美国总统府白宫（White House），同时也很容易造成误会，以为是一座房子。其实，白厅是路名，是伦敦政治中心的主动脉，英国枢密院、内政部、外交部、国防部、卫生部以及皇家骑兵卫队和海军部，密集于这条大街的两旁。

白厅，其实应该叫做白厅大街。街上原本是有过一座豪华的白厅，是英格兰君主的居所，但是在1698年毁于大火，于是白厅就变成了路名。

唐宁街，就是与白厅相交的一条短而窄的横街。唐宁街10号是首相府，而唐宁街11号为财政大臣官邸。如果说白厅是英国政治主动脉，那么白厅之侧的唐宁街10号就是英国政治的心脏。

唐宁街是一条不起眼的小街，在伦敦市区，这样的小街多的是。原本民众可以自由进出唐宁街。虽说唐宁街10号作为首相府不对外

■唐宁街10号的黑漆大门

开放，但是民众走过唐宁街时，可以近距离看见首相府，甚至在那扇黑漆大门前拍张照。

但是当我来到唐宁街时，发觉街口设置了高大的铁栅栏门，有多位警察在那里把守。只有在警察那里“挂过号”的轿车进出唐宁街时，铁栅栏门才会打开。我拍到一辆黑色轿车从唐宁街里驶出铁栅栏门的照片，但我不知道车里坐的是不是当时的英国首相卡梅伦先生。

这道铁栅栏，常常被说成美国爆发“9·11”恐怖袭击事件之后，英国政府为了保护首相府的安全而设立的。其实在“9·11”事件之前，就已经有了这道铁栅栏。

那是在1989年，主张北爱尔兰独立的爱尔兰共和军，在伦敦展开恐怖袭击。为了保护当时的首相撒切尔夫人的安全，唐宁街街口加装了这道黑色的大铁栅栏门。

形势日趋紧张。1991年2月上午将近10时，一辆货车停在白厅与近卫骑兵路两街拐角处，离唐宁街10号不过几百米。当时英国首相约翰·梅杰正在首相府主持内阁会议。那辆货车的车顶突然打开，安装在车厢里的迫击炮朝唐宁街发射了3发迫击炮弹，其中一发落在唐宁街10号的后花园里，震碎了首相府内阁会议室的玻璃窗。那辆货车接着起火燃烧。约翰·梅杰在紧急情况下指

■唐宁街的铁栅栏打开了

挥若定，迅速平息了风波。这一恐怖袭击后来被查明是爱尔兰共和军所为。

从那以后，唐宁街成了伦敦安全保卫工作的重中之重。英国首相府那扇黑漆大门，原本是想表明英国首相的平民风范——你看，那是一扇最普通不过的木门。可是唐宁街口的铁栅栏门，却把首相官邸跟平民远远隔开了，虽说这完全是出于无奈。

随着唐宁街 10 号的名声传遍世界，乔治 · 唐宁（George Downing）此人也跟着沾了光，因为唐宁街是以他的名字命名的，这也是唐宁当年始料不及的。

乔治 · 唐宁乃爵士，在政治上擅长投机，当英国新贵族集团（资产阶级）领袖克伦威尔在 1649 年把国王查理一世送上断头台时，唐宁倒向克伦威尔，成为克伦威尔的重要智囊，于 1657 年被任命为总侦察队队长，后来成为英国驻海牙大使。然而当查理一世的儿子查理二世复辟，唐宁马上倒向查理二世，获得查理二世的任用。所以《大英百科全书》评价唐宁骄横、卑鄙、贪财，善于谄媚和看风使舵。

其实唐宁更是一位精明的经济投机商。他在克伦威尔手下及在查理二世手下都弄到许多钱财，摇身一变成为伦敦的地产商。唐宁在伦敦市中心一片沼土之上，投资建设了 20 幢乔治风格的排屋。这批排屋在 1684 年全部建成，形成的一条短短的街，被命名为唐宁街。唐宁把唐宁街的排屋作公寓出租。唐宁过着不正当的生活，从不与妻子同住，所以唐宁街排屋的屋契无法由他的孙儿继承，最后产权回归到王室手中。原唐宁街 5 号排屋，在 1779 年重新编门牌号时，改为 10 号，也就是现在的英国首相府。乔治 · 唐宁爵士这个英国的三流政治人物，居然因投资房地产而名存青史。

那么，唐宁街 10 号又是怎样成为首相府的呢?

英国在确立君主立宪制之后，相当长的时间里并无首相一职。

1714 年，英国安妮女王驾崩，但是安妮女王无嗣。根据 1701 年的“王位继承法”，应当由德意志汉诺威选帝侯乔治一世继承英国王位。乔治一世是德意志汉诺威选帝侯奥古斯都和英国国王詹姆士一世的外孙女索菲亚的儿子，他在德国长大，母语是德文，不会讲流利的英语，不谙英国国务，难以料理英国朝政，于是他委任财政大臣罗伯特 · 沃波尔爵士为“内阁首领”。“内阁首领”类似于首相，但不是首相。乔治一世即位 3 年之后，从 1717 年起干脆不再出席内阁会议，改由“内阁首领”主持。

从乔治一世开始，“内阁首领”通常由第一财政大臣担任，但是也有例外，威廉 · 皮特（后来人称他为老皮特）就是掌玺大臣出任“内阁首领”。

■叶永烈夫妇与唐宁街皇家骑兵卫队

1783年，老皮特的儿子小皮特出任“内阁首领”时，正式改称首相。1902年起，英国形成了首相只能由下院多数党领袖担任并由英王任命的宪法惯例。1905年，亨利·坎贝尔·班纳文爵士作为下院多数党领袖被任命为英国首相。在任命他的英王敕令上，首相（Prime Minister）一词首次出现，成为一个正式的英国官衔。1937年英国《国王大臣法》颁布，首相一词终于被法律确认。

唐宁街的排屋，曾经被叫做“宫殿后的房子”。这是因为唐宁街的排屋紧靠在白厅之后。唐宁街10号最初的住户是奈维特，他是白厅的看守人。自从白厅毁于大火，唐宁街的排屋的地位就凸显出来，这里住过王子、王子的妹妹，甚至住过护国公奥利弗·克伦威尔。当时唐宁街排屋的产权归王室所有，英国国王乔治二世把唐宁街排屋作为“内阁首领”、第一财政大臣的官邸以及办公场所。

“内阁首领”、第一财政大臣罗伯特·沃波尔爵士从1732年开始对唐宁街的排屋进行改造，把这“宫殿后的房子”内部打通，把进出口设在唐宁街5号（即后来的唐宁街10号）。1735年9月23日，沃波尔率全家入住唐宁街，成为第一个入住唐宁街的“内阁首领”、第一财政大臣。从那以后，一任又一任的“内阁首领”、第一财政大臣入住那里。这样，唐宁街10号就成为“内阁首领”府，成为首相府，成为英国首相办公室的代名词。唐宁街10号兼具国家象征、办公地点和私人住宅三个功能。常言道：“铁打的营盘，流水的兵。”英国的首相像走马灯一样不断轮换，如同“流水的兵”，而唐宁街10号则如“铁打的营盘”，一直作为首相府。虽然英国前首相布莱尔曾经说：“在现代社会，唐宁街10号根本不适合首相居住。”但是唐宁街10号作为英国首相府这个1732年之后就形成的惯例，已经无人能够撼动。

毗邻的唐宁街11号，则成为第二财政大臣官邸。

最初的“内阁首领”府，唐宁街10号拥有大约60个房间，从很多房间的窗户都可以望见圣詹姆士公园（白金汉宫御花园）的风景。后来唐宁街10号进行了多次扩建。

唐宁街10号最大的房间为国宴厅。国宴厅和客厅内挂有许多名贵油画，但是与白金汉宫、温莎城堡不同，这里的名贵油画大部分借自博物馆和画廊。

在唐宁街10号的大理石楼梯上，依时序挂满了50多位历任首相的肖像，但并不包括现任首相的肖像。

从出身来看，1834年以前的英国首相除了阿丁顿和坎宁之外都出身于贵族。

在英国历任首相之中，24位毕业于牛津大学，15位毕业于剑桥大学。这两所古老的大学为英国培养了3/4的首相。完全没有受过大学教育的首相共有6位。

英国民调表明，民众心目中的英国十大最优秀的首相依次为：

1. 丘吉尔
2. 乔治·劳合
3. 格拉斯顿
4. 老皮特
5及6. 小皮特和铁娘子（撒切尔夫人）并列
7及8. 皮尔和艾德礼并列
9. 迪斯雷利
10. 沃波尔

可以看出，丘吉尔在历任首相中威信最高、最受民众欢迎。

根据英国宪法惯例，首相的职责和权力如下：

1. 代表政府向英王汇报全部情况。
2. 代表政府在议会中为政府的重大政策进行辩护。
3. 向英王提出任命内阁成员和其他部长名单，也可要求他们辞职或变更他们的职务。
4. 主持内阁会议，决定内阁议事日程。
5. 向英王推荐高级法官、主教和对某些其他官员的任命。
6. 决定各部职权的划分，决定部的成立、合并和废除。
7. 对各部业务进行总的指导，解决各部之间的争议。
8. 内阁必须接受议会的监督，因此首相有责任回答议会的质询，向

议会报告政府的工作。但是，首相作为议会多数党领袖能操纵议会，并且有权建议英王解散议会，宣布重新大选。

从1856年起，每逢周四上午，内阁会议都在唐宁街10号的内阁会议室里举行。英国政府的许多重大决定、政策，都是在这里作出。

我站在唐宁街与白厅的交叉口，注意到，那交叉口紧挨唐宁街的大楼，就是英国外交部，而斜对面白厅上的高楼，则是英国国防部。

我漫步在白厅。白厅要比唐宁街宽五六倍。在白厅的街中央，不时可以看见一尊雕像或者一座纪念碑。白厅，简直是一条雕像大街，一条历史长河。

白厅南头，是以丘吉尔为首的一群英国著名首相的雕像，而白厅北端特拉法加广场上，矗立着击败拿破仑舰队的英国海军上将纳尔逊的高大雕像。

在白厅中间，我看见了和平纪念碑。每逢第二次世界大战胜利纪念日，和平纪念碑前都会放满鲜花。

在英国国防部大门口，一座纪念碑上挂着英国三军的军旗。那里有3尊军人雕像：

英国陆军元帅蒙哥马利的雕像

其中之一是英国陆军元帅伯纳德·劳·蒙哥马利的雕像。蒙哥马利在第二次世界大战中指挥盟军进攻诺曼底，大败德国纳粹，取得了诺曼底登陆作战的重大胜利。蒙哥马利元帅的大名，对于中国人来说是熟悉的，因为蒙哥马利曾经在1960年和1961年两次访问中国，并与毛泽东主席长谈。

其中之二是英国陆军元帅艾伦布鲁克元帅的雕像。艾伦布鲁克曾任英军总参谋长，在第二次世界大战中参与制订盟军重大战役计划，立下重大战功。

其中之三是威廉·约瑟夫·斯利姆的雕像。在第二次世界大战中任东南亚战区盟军地面部队（即第

11集团军群）司令，获得在缅甸作战的重大胜利，成为歼灭日军最多的英国将领，后来出任英军总参谋长。1953年起他奉女王之命出任澳大利亚总督至1960年。

"第二次世界大战中的妇女"纪念碑

也就在英国国防部大门口附近，在白厅正中央，一块巨大的黑色大理石纪念碑引起了我的注意。纪念碑下写着"第二次世界大战中的妇女"，而纪念碑上方乍一看仿佛是一群女兵的浮雕像。细细一看，发现浮雕像很另类，居然只是一排仿佛在风中飘动的帽子、军装、背包和裙子，却没有女兵形象，像是服装店里一排衣帽架。雕塑家似乎在暗示，那些妇女都已经在第二次世界大战中壮烈牺牲，香魂西去。

东京的“故宫”

故宫坐落在北京城的正中央，四周有护城河和高高的城墙，是北京的“城中城”。

在东京，也有一座“故宫”，坐落在东京城中心千代田区，四周也有护城河和高高的城墙，是东京的“城中城”，被日本政府列为“特别史迹”。我到东京，第一目标就是前往这座东京的“故宫”。

东京的“故宫”又叫皇城、宫城、皇居。跟北京故宫不同的是：在中国，辛亥革命推翻了几千年的皇朝，故宫里再也没有皇帝，那里变成了供民众参观的博物院；然而，在日本，至今仍有天皇，而且日本的天皇就住在东京的皇城里。

北京的故宫前有天安门广场，东京的皇城前有皇居前广场，只是这个皇居前广场没有天安门广场那样宽广。皇居前广场又叫皇宫外苑。

皇宫外苑坐落在皇城东南方的广场，正东是东京车站，不远处是银座，是非常繁华的地段。然而在这车水马龙之中，皇宫外苑是难得的一片绿洲。

首先吸引我的眼球的是，那里有长达 1000 米的樱花林，樱花正盛，如同一朵飘荡在地面的轻云，又如同一条香雪漫漫的长廊。

皇宫外苑有广阔的绿地，翠草之上是有着一二百年历史的柏树。这些柏树的枝条经过精心盘整，横向招展，看上去如同中国的盆景，但比盆景要高大得多。

在皇宫外苑矗立着横刀立马的威武的将军铜像。底座上刻着“楠正成像”。

楠正成（1294—1336），亦称楠木正成，幼名多闻丸，是日本中世纪时

■东京皇城外盛开的樱花

期著名的武将。他在推翻镰仓幕府、中兴皇权中起了重要作用。1336 年在兵库凑川一战中兵败自杀，时年四十有三。死后，被誉为日本的“军神”，推崇为武士道精神的典范与楷模。

从皇宫外苑走向皇城，中间铺满一大片碎石。我走过的时候，鞋子在碎石上发出一阵阵嚓嚓声，而且每走一步脚底的碎石都要朝后滑动，比走水泥路或者柏油路要显得吃力。在皇城外，干吗要铺设这样的碎石路呢？原来，这是为了保卫天皇的安全。据说，日本古代的忍者是很厉害的，很多豪族出钱雇佣忍者执行暗杀或者放火的任务，用今天的话来说，那就是发动“恐怖袭击”。然而，即便忍者的轻功高超，走在碎石路上也会发出一阵阵嚓嚓声。何况忍者大都在月黑风高之夜发动突袭，越是夜深人静，那一阵阵嚓嚓声越是清晰。后来，我在参观日本许多古代的城堡或者要塞时，都发现了铺设的碎石路。

碎石路的起点是一排圆形小石墩，那是新设立的，为的是禁止汽车进入碎石区——要不，这片碎石区肯定会成为市中心难得的免费停车场。这排圆形小石墩的另一作用是类似于中国故宫前的“下马石”。过去，日本官员前去觐见天皇，必须在这里下马步行，走过碎石区，前往皇城。如今，日本内阁总理大臣以及各国领袖前往皇城朝见天皇时，则必须在这里下车，步行走过碎石区。

我走过碎石区，便来到皇城的护城河畔。护城河的河面像镜子一般，一尘不染。河岸上垂柳刚吐新绿，在春风中轻轻摇曳。护城河上有一座两拱的石桥，叫做“二重桥”。倒映在河面上，那两个拱洞与倒影形成圆形，看上去像

■又宽又深的护城河

■护城河上的二重桥

一副眼镜，又称“眼镜桥”。平常，二重桥是禁止通行的。在新年和天皇的生日时，公众可以走过二重桥，跨过护城河，进入皇城的大门——“二重门”，站在皇宫附近接受天皇的问候。游客还可以进入皇宫东侧的皇居东御苑参观。二重桥经常出现在画报、电视上，成为日本皇城的标志。

我站在二重桥头，见到在绿树、樱花的掩映下，皇宫四角翘起的墨绿色的屋顶、雪白的墙壁高高挺立。

东京皇城，原名江户城。东京便是起源于江户城。

关于江户这一名字的来历，有两种说法：

一是说东京古名江户，起源于江户川畔的同名小渔村。江户据说源自日本的北海道土著阿伊努语，但依其字面意思来理解，应该是“海湾之门”或“江河之口”。

二是在1192年，日本封建主江户在这里建筑城堡，并且以他的名字命名，因此得名。

1457年，一位名叫太田道灌的武将在这里构筑了江户城。最初江户城规模很小，仅100多户人家。

1603年，德川家康在武士混战中获胜，就任征夷大将军，下令在江户设立幕府，德川幕府成为日本掌权者。德川幕府大兴土木，江户城成为全国的政治中心。经过近半个世纪的建设，当时的江户城东西约5.5千米，南北约4千米，四周围有内壕和外壕。有城郭两重，内郭的总面积为264万平方米。城内建筑宏伟，有望楼20座、城门36个，还建有本丸、二之丸、三之丸、西之

■皇城的大门——“二重门”

■樱花深处，便是日本天皇居住的皇宫

丸等宫殿。江户城逐渐分化为两个区域，其一是平民区，又称“下町”；另一个区域称为“山之手”，乃是达官富贾的上流社会区。

1868 年明治维新，德川幕府被推翻，在这一年，明治天皇从京都迁到江户，改称东京，1869 年定为首都。明治维新后，在江户城西之丸宫殿的基础上修建了皇宫。自从天皇一家入住江户城，江户城的名称也就改为皇城、宫城、皇居。

在第二次世界大战中，东京皇城遭到美国空军的猛烈轰炸。战后，东京皇城进行了重建。如今，东京皇城里拥有 7 座宫殿，全部是第二次世界大战之后兴建的，总面积达 2.3 万平方米。其中的正殿“松之阁”是皇城的中心，是皇室举行主要活动和礼仪活动的场所。“长和殿”是每年新年和天皇生日时接受群众祝贺的地方。“丰明殿”是宴会厅。“吹上御所”是天皇居住之地。

皇城东面的东御苑于 1968 年重建，苑内的“大手门”原是旧江户城的正门，“桃华乐堂”是皇后的音乐堂。

皇城北面的北之丸，是一个三角形地带，1969 年为纪念天皇 60 寿辰辟为对外开放的森林公园，称为“北之丸公园”。园内有日本武道馆、科学技术馆和国立近代美术馆。

韩国“紫禁城”和青瓦台

就像来到北京必定要参观故宫——紫禁城那样，来到首尔也总要前往那里的“紫禁城”——景福宫。

就像紫禁城坐落在北京的中心，景福宫同样坐落在首尔的中心。

步入景福宫的感觉，就跟步入紫禁城差不多，一样的中国传统的挑檐斗拱式建筑，一样的中轴对称的布局，一样的四方城，一样的四座城门，只是觉得首尔的景福宫明显比北京紫禁城小了许多。屋顶的墙上甚至还有中国的象征双喜临门的“囍”字。

景福宫用形象印证了这里是一座名副其实的“汉”城。就连景福宫这名字，也是取自中国古代《诗经》中的诗句“君子万年，介尔景福”。

景福宫跟紫禁城最大的不同是命运不同。北京的紫禁城的部分建筑，虽然经历过火灾，但是很快就在原址复建；景福宫的命运却全然不同。景福宫曾经两度遭受覆灭的命运。

毁灭景福宫者，日本也。

1592 年日军攻占汉城，一把火烧毁了景福宫。在赶走日本侵略者之后，景福宫终于在 1868 年重新修建。然而，日本侵略势力在 20 世纪初卷土重来，把朝鲜半岛沦为殖民地。1910 年日本下令拆除景福宫，在原址上建造了一座象征日本统治至高权力的总督府。

在第二次世界大战胜利之后，韩国建国。韩国人再也无法容忍那座殖民统治的标志性建筑总督府。韩国学者指出，日本占领期间兴建京城市政厅、朝鲜总督府和朝鲜神宫的平面分别成“大”、“日”、“本”的字样，是殖民主义象征，极大地伤害了韩国人民的民族自尊和独立自主精神。这样，在1990年韩国政府决定拆除总督府，依照景福宫原有的图纸复建。所以展现在我面前的景福宫，是1995年之后重建的——在韩国人看来，恢复景福宫，就是恢复了韩国原来的历史，原来的面目。

景福宫的建与毁，见证了韩国的历史。

在景福宫之前，朝鲜的首都不在汉城，而在开城；朝鲜的王宫不是景福宫，而是大明宫。

在朝鲜的开城，我曾经参观了那里的故宫——大明宫。

朝鲜半岛经历了长时间的高句丽、新罗、百济三国纷争之后，公元918年朝鲜半岛上建立了第一个统一的高丽王朝。

高丽太祖在登基后的第二年，即919年，决定建都开城。从此，开城成为高丽王朝的首都，称开京，即“开国都城”之意。

我在开城参观了大明宫。这座朝鲜王宫建于11世纪初。1392年李成桂将军发动政变，推翻高丽王朝，建立“李氏朝鲜”王朝，决定迁都汉阳（即汉城）。1395年，“李氏朝鲜”的太祖李成桂兴建了景福

■景福宫的红柱长廊

■景福宫是游客必至之处

宫。由于景福宫地处汉城北部，又称“北阙”。

正方形的景福宫有4座门，南面是正门光化门，东面是建春门，西面是迎秋门，北面是神武门。景福宫的规模原先很大，拥有300多栋建筑，经过两度毁灭，两度重建，现在的景福宫只是原先的一部分。

走过勤政门，我来到景福宫的主建筑勤政殿。勤政殿是韩国古代最大的木建筑物，青瓦红柱，高度相当于现在的五层楼房。那里是国王举行正式仪式以及接受百官朝会的大殿。殿前竖着一排品阶石，上面刻着“正一品”、“正二品”直至“正九品”等等。在朝见时，百官按自己的官位站在相应的品阶石之后，文官一侧，武官在另一侧。据说品阶石旁，官员的坐垫也按其官职有严格的区分，分别用虎皮、豹皮、羊皮和狗皮等。可见当时官场的等级森严。

在勤政殿之侧，是思政殿。思政殿是国王处理日常朝政的地方。据说，当年每天清早3时至5时在这里举行“常参”，即重要的大臣在这里举行御前会议。国王每天出席“常参”，勤政之勤可见一斑。

慈庆殿和交泰殿分别是王太后和王妃的寝殿。殿内的陈设很简朴，只有矮桌、坐垫以及席子之类。

勤政殿的西北边是庆会楼，每逢喜事或迎接外交使节时，这里是举行国宴的地方。

跟北京的紫禁城一样，景福宫以红色为主色调，认为红色是吉利的颜色。景福宫是韩剧《女人天下》、《明成皇后》的拍摄地，所以很多中国游客在此如入“故地”。

景福宫北倚北岳山。北岳山又称北狱山、白岳山，海拔343米，山势左

■首尔青瓦台总统府

■青瓦台大门

右对称，中心部分笔直向上，犹如一朵花蕾。

当初选择北岳山南麓山下建造景福宫，是以为这样面南而坐，背有“靠山”，王位就会牢靠，江山就会久远。此外，北岳山左有青龙——骆山，右有白虎——仁王山，所以被风水先生说成是“天下第一福地”。

当然，民众也可以从北岳山上，居高临下，窥看景福宫的一举一动。所以从“李氏朝鲜”开始，北岳山被列为禁山，严格管制出入，禁止普通民众上山。

美国华盛顿的总统府的房子是白色的，得名“白宫”，而韩国首尔总统府的房子屋瓦是蓝色的，得名“蓝宫”。不过，人们还是习惯于叫韩国总统府为“青瓦台”。在新闻报道中，常常有“青瓦台宣称”、“青瓦台以为”，这里的“青瓦台”成了韩国政府的代称。

青瓦台就在景福宫的后面。其实，原本这里就是景福宫的后园，是守宫的所在地。守宫，也就景福宫的警卫部门。这里也曾经是“李氏朝鲜”时代举行科举的考场和练武场。

日本占领朝鲜半岛时，拆除景福宫，建成了总督府。1948 年，大韩民国政府成立之后，把原先的日本总督府改为李承晚的总统府，称“景武台”。1960 年，李承晚下台，尹潽善成为韩国第二任总统。尹潽善以为，“景武台”这名字有崇尚武力之嫌，遂改名“青瓦台”。

1988—1993 年，卢泰愚任韩国总统。他决定拆除原日本总督府，复原景福宫，于是在 1991 年新建了总统府，这便是如今的青瓦台。新的总统府用了 15 万片蓝色的瓦片，成为名副其实的“青瓦台”。这些蓝色的瓦片质量上乘，

据说使用寿命在100年以上。

跟庞大的景福宫相比，新建的青瓦台简约而紧凑。青瓦台主楼的一层，有召开国务会议的“世宗室”，举行官方各项活动的“忠武室”及“仁王室”，还有总统夫人的办公室、接见室。主楼的二层有总统办公室、总统接见室、举行授勋仪式等活动的“集贤室”以及会议室。

青瓦台主楼右侧是春秋馆，是举行新闻发布会的场所。

主楼左侧是迎宾馆。迎宾馆是外国首脑以及重要外宾下榻的地方。

青瓦台的配楼，设有秘书室和警卫室。

青瓦台作为韩国的政治中心，每天都在向世界发布韩国的新闻，其中也包括青瓦台本身的新闻。在历年的关于青瓦台的新闻之中，最具爆炸性、最具震撼力的，莫过于“1·21袭击青瓦台事件”。

也真巧，在长途旅行中，巴士上播放韩国电影，其中的一部叫《实尾岛》，是2003年圣诞节在韩国上映的大片。《实尾岛》所叙述的就是“1·21袭击青瓦台事件”引发的“实尾岛暴动事件”。电影真实地还原了历史事件，使我这个外国人对于“1·21袭击青瓦台事件”也仿佛身临其境……

由于发生“1·21袭击青瓦台事件”，青瓦台的安全问题成为韩国的隐忧。毕竟这里离三八线太近，很容易遭到袭击。

经过多年的酝酿，2003年12月韩国国会通过《新行政首都特别法》，决定将行政首都从首尔迁往中部地区。2004年8月，韩国政府最终确定并正式公布了新行政首都的地址，位于韩中部地区的燕歧—公州将成为新的行政首都。韩国政府定于2007年7月在燕歧—公州动工建设新行政首都，在2020年和2030年分别形成拥有30万和50万人口的城市。从2012年至2014年，韩国主要国家行政机关将迁往新行政首都。

然而，2004年10月，韩国宪法法院裁决，韩国国会2003年12月通过的《新行政首都特别法》违反宪法。韩国政府制订的将行政首都从首尔迁往中部地区的计划因此被迫停止执行。

另外，自从“1·21袭击青瓦台事件”，青瓦台理所当然加强了保卫工作，严禁外人进入。但是，李明博在2008年2月25日就任韩国总统以来，主张开放青瓦台，以亲近民众。如今，青瓦台部分场所对普通民众以及外国游客开放，允许参观，只是必须提前10天登记，每天的参观人数限定为1000人左右。

金碧辉煌泰王宫

男子不得穿背心、穿短裤；女子不得穿露肩的上衣和露膝的短裙；男女一律不得穿拖鞋……

在参观泰王宫之前，便得到详尽的通知，规定了诸多“不得”。

“没有去过泰王宫，等于没有去过泰国！”泰国朋友用这样的话，形容泰王宫在泰国旅游业的“首选”地位。

确实，泰王宫给了我历史和艺术的双重欣赏。

泰王宫坐落在曼谷市中心，湄南河畔。尽管就历史地位而言，泰王宫相当于中国北京的故宫，但是泰王宫与故宫有着明显的不同：故宫是“过去时”的，而泰王宫却是“现在进行时”——迄今仍是泰国国王进行国事活动的所在。

泰国是君主立宪国家。国王仍是泰国的最高元首。正因为这样，我下了飞机，步入亚历山大宾馆，在楼梯的入口处，便见到泰国当今国王和王后的巨幅彩色合影。此后，我在诸多公众场合，都见到竖立着国王巨幅照片或者国王、王后的俪影。

泰国的当今国王普密蓬 · 阿杜德，是“曼谷王朝”的第九位国王，号称“拉玛九世”。照片上的他，戴一副黑边眼镜，和蔼可亲，温文尔雅。他 1927 年 12 月 5 日出生于美国马萨诸塞州，是唯一在美国出生的泰国国王。

1998 年，当第十三届亚运会在曼谷举行时，拉玛九世频频亮相于电视荧屏。曼谷亚运会的开幕式和闭幕式，都由拉玛九世主持，而且以他的生日作为曼谷亚运会开幕的日子。

在泰国，每一张纸币、每一枚硬币上，都印着拉玛九世的头像。

我来到泰王宫前的广场上，游人甚众。王宫前站立着威武的御林军。进入王宫参观，必须由王宫指定的专业导游带领。据说，这是为了保证王宫的安全和解说的准确。

泰王宫与玉佛寺紧邻。参观泰王宫之前，必先拜谒玉佛寺。

在上海，也有玉佛寺。虽然都是因为寺里拥有一座非同凡响的玉质佛而得名，但是曼谷玉佛寺和上海玉佛寺的建筑风格截然不同。

曼谷玉佛寺可以用“高、精、尖”三个字来概括。

先说“尖”。“尖”可以说是泰式建筑的特征。屋顶，总是尖尖的，像一座座埃菲尔铁塔高踞于屋顶之上。只是这尖顶不是铁的，而是闪耀着灿灿金光。大约受这种泰式建筑的影响，我注意到，泰国舞蹈演员也往往戴一顶尖尖的金帽子。曼谷的公用电话亭的顶部，也用泰式尖顶装饰，十分别致。自然，电话亭的顶无法用昂贵的金顶，改用绿漆，配上白色的亭子，显得赏心悦目。

有了“尖”，也就有了“高”。远远的，就可以见到玉佛寺高高的尖顶，这与上海玉佛寺的中式建筑完全不同。

至于“精”，可以说是泰式寺院建筑一大特色。玉佛寺非常精美，每一根廊柱，每一堵墙，或镶嵌着一颗颗小小的彩色贝壳，或装饰着一块块小小的镜片，或粘贴着一片片璀璨的镀金马赛克……如此精细，可以说是精雕细琢而成。

所有的建筑，都以金色为主色。据说，所用的是真金，经风雨而不褪色，在阳光下分外耀眼。身处其间，仿佛被团团金光紧紧围住。

步入玉佛寺正殿，必须脱鞋。一尊被称为泰国国宝的金褛玉佛，高高地踞

■金碧辉煌的泰王宫

■泰式的尖顶建筑

于群佛之上。我环顾大殿，四壁绘满彩色佛教图画，可谓精美绝伦。

玉佛寺一箭之遥处便是泰王宫。王宫同样“戴”着金色的尖顶，金光四射，分外耀眼。

王宫飘扬着红、白、蓝三色旗——泰国国旗。据说，红色象征国家、民族，白色象征宗教，蓝色象征国王和王室。

一只金翅鸟在王宫前展翅。这人身、鸟首、金色的鸟，是泰国传说中的神鸟，如今成为泰国的国徽。

王宫前还有 4 只大象的塑像。大象也是泰国的象征。

王宫两侧的入口处，都站立着御林军。军士穿白色上衣、黑色长裤，头戴白盔，下穿黑长靴，手持长枪。当我与他合影时，他依然挺立，连眼珠子都没有转一下。

如今的泰王宫，是“曼谷王朝”时才开始修建的。“曼谷王朝”，是泰国的第四个王朝。

泰国人都说自己的国家“历史悠久”，在我看来这大抵是相对于美国而言。其实，泰国只有 800 多年的历史，跟中国相比，就是个“小弟弟”了。

泰国人说起泰国的历史，屈指算得一清二楚。在这 800 年间，经历了 4 个王朝。

泰国原名暹罗，是由暹与罗两国合并而成。

第一个泰王朝建于 1257 年，那时候正是中国明朝。这个泰王朝叫“素可泰王朝”，经历 90 多年而亡，被阿瑜陀那王朝所取代。

阿瑜陀那王朝是泰国最漫长的王朝，从 1350 年起，经历了 33 个君主，历

湄南河畔泰王宫

■在泰国到处可见国王画像

时417年，在1767年被缅甸所灭。

泰国第三个王朝是最短暂的。在1767年华人郑信领导泰国人民打败缅军，建都于湄南河畔的吞武里，人称“吞武里王朝”。但是，郑信在位仅13年，王朝便覆灭了。

新王朝迁都于吞武里对岸的曼谷，被称为“曼谷王朝”。“曼谷王朝”延续至今。期中，最大的变革是在1932年，泰国人民党发动政变，从此实行君主立宪制。尽管泰国国王从此失去了最高权力，但是仍是泰国的最高元首。

从“曼谷王朝”的一世王开始，便在曼谷建造泰王宫。从一世王到八世王，不断修缮王宫、大王宫，使得王宫越来越大、越来越豪华。

到了泰国当今国王——九世王即位之后，又新建了王宫，即“集达拉宫”。从此，原先的泰王宫被人们称之为“大王宫”，开放为旅游点。尽管如此，国王有时仍在大王宫举行国事活动，所以“大王宫”只是部分对外开放而已。

九世王是泰国历史上在位时间最长的国王，所以泰国人都尊称他为“大帝”。他在1946年6月9日登基，那时他只有19岁。他在1950年5月5日加冕。迄今，已经在位60多年!

我的泰国朋友说起“大帝”，都很尊敬。他们说，“大帝”能够在位半个多世纪，大抵有两个原因：

一是他即位前，泰国实行君主立宪制。尽管他失去了最高权力，但是从此也就不必为政治操那么多的心。政务由内阁总理去处置。这样，他用不着过分操劳，当然长寿。

二是泰国国王除有王后之外，向来还有着众多的妃子。所以，泰国国王都有众多的王子，有的甚至有73个王子！但是，泰国当今国王是唯一的例外，他实行一夫一妻制，除了王后之外，没有任何妃子。子女少，家庭矛盾也少，而且节欲可以长寿。

据说，“大帝”的身体还很不错，迄今没有退位之意。

科学的力量

Kexue de Liliang

格林尼治天文台三件宝

早在上中学的时候，就知道格林威治时间、格林威治天文台。到了英国，方知格林威治这一中译名乃是误译，正确的中译名应当是格林尼治。经英国朋友解释，其中的缘由是原文 Greenwich 中的“W”是不发音的，所以按照音译当是格林尼治。最初的中译者不知“W”是不发音的，所以译成格林威治。如今正本清源，应当统一采用格林尼治这一中译名。

我花了半天时间，专程前往仰慕已久的格林尼治天文台。

格林尼治天文台坐落在离伦敦市中心 8 千米的泰晤士河畔。那里已经属于大伦敦地区了，叫做格林尼治镇。从伦敦市中心的 Charing Cross 火车站到格林尼治的 Maze Hill 站，15 分钟便可到达，每 15 分钟一班。也可以乘坐游船前往格林尼治天文台，从威斯敏斯特码头坐游船可以到达这里，虽然时间较长，需要 50 分钟，但是可以顺便游览泰晤士河风光。游船每小时有一班。

照理，天文台应当设在高山之巅，以尽量避开城市的尘埃，因为天文望远镜遥望太空的时候，大气越透明越好。据说，格林尼治天文台是设在一个“小山峰”——格林尼治山上，可是到了跟前，却发现那个“小山峰”其实只是一个土坡而已。我不由得记起上海天文台，是设在市区西面唯一的一座“小山峰”——海拔 98 米的佘山上，跟伦敦大本钟楼的高度差不多。伦敦跟上海一样，都是坐落在海滨平原之上，没有高山，所以矮子里面选将军，只能把天文台建在“小山峰”上。

沿着格林尼治的小山坡走向格林尼治天文台，沿途经过很大的格林尼治公园。公园里花木繁茂，绿草如茵。由于小山坡的坡度过于平缓，所以我一路走来，如履平地。一直走到尽头，这才发现自己已是上了山坡，因为山坡尽头设立了一个瞭望台，从那里可以眺望伦敦中心。伦敦虽然有些高楼，但是不多，而且零零散散，不像纽约曼哈顿、上海陆家嘴那样高楼高密度集中。

泰晤士河蜿蜒流过这里。

格林尼治原本是英国王室养鹿、放鹰和打猎的御苑，英国国王曾把这里称为“逍遥宫”。但是从15世纪初开始，英国国王下令在这里设置要塞，建设炮台和瞭望塔。这是因为格林尼治小山地位险要，扼守着泰晤士河河口，进出泰晤士河的所有船只都要从格林尼治小山跟前驶过。

叶永烈在格林尼治天文台

1675年，国王查理二世决定把瞭望塔改建成英国皇家格林尼治天文台。格林尼治天文台的名称之上冠以“皇家”，表明这个天文台是国家级的。

在瞭望台之侧，有几幢红砖砌成的小楼，那便是格林尼治天文台。相比之下，跟我想象中的格林尼治天文台有很大的落差，因为大名鼎鼎的格林尼治天文台应当比中国南京的紫金山天文台还大，没想到眼前的格林尼治天文台，看上去只是像一家贵族的别墅小院而已。

眼下的格林尼治天文台，其实已变成了英国天文博物馆。1948年，英国政府决定把天文台迁至英格兰东南部的赫斯特蒙苏，在那里新建了现代化的天文台，但是仍然沿用皇家格林尼治天文台的旧称。在新建的格林尼治天文台里，安置了包括直径为2.49米的牛顿望远镜、精确到1/10亿秒的原子钟等现代化先进设备。旧址在1997年已经被列入联合国教科文组织的《世界文化遗产目录》，自从天文台迁往新址之后，这里改建为天文博物馆，供来自四面八方的旅客参观。据统计，每年约有80万游客前来参观。

伦敦的格林尼治天文台名震世界，在我看来，这里拥有三件宝：

一是世界各国通用的“格林尼治标准时间”，是以这里为基准；

二是地球东西两半球的划分，是以这里为界；

三是历史悠久，在世界天文史上作出了杰出的贡献。

在格林尼治天文台大门口，我就见到“第一宝”。大门旁的墙上，镶着一台钟，钟盘上标着罗马数字，左上方有一个表示秒数的小圆盘。这钟与众不同，通常的钟时针走一圈是 12 小时，这个钟的时针走一圈是 24 小时。这是 1851 年安装的大型标准钟，而钟上显示的，就是格林尼治时间，也就是国际标准时间。

据说，在 1858 年 11 月 24 日，英国多塞特郡的时钟指在上午 10 时 6 分，该郡一位法官判决一名提请土地诉讼的人败诉，因为在上午 10 时开庭时他没有准时到庭。两分钟后，那人到庭，他向法官指出，他是按照他家乡肯柏兰郡喀来耳镇火车站的时钟校对手表的，他是准时到达的。该案因此必须重审。这一案件表明，喀来耳镇火车站的时钟跟多塞特郡法庭的时钟存在时间差异，英国政府因此规定，英国各地的时钟，都应当以格林尼治时间为标准。

不光是英国各地的钟表存在时间的差异，世界各国的钟表也都存在时间的差异。世界各国都以格林尼治时间为标准时间，跟格林尼治天文台“对表”，也就是跟这个标准钟“对表”。1924 年，格林尼治天文台第一次通过英国广播公司播发整点时间信号，世界各地的无线电听众便根据这种时间信号来校正自己的钟表。伦敦的大本钟，也是以格林尼治天文台的这个标准钟

■格林尼治天文台门口的标准钟

■在格林尼治天文台脚踩东西两半球

显示的时间为标准，不断加以校正。

■标准的 1 英尺

顺便提一下，在格林尼治天文台标准钟的下方，还有一把膨胀系数极小的铜合金尺，标明“ONE FOOT”，即1英尺。这可以说是1英尺的标准长度。

据说，在13世纪初期，由于英国尺没有统一的长度标准，给布匹贸易带来了很多麻烦。为了制订统一的长度标准，内阁召开了10多次大臣会议商讨，仍是没有结论。英格兰国王约翰听说之后，愤怒地在地上踩了一脚，然后指着凹陷下去的脚印对大臣们宣布：“There is a foot，let it be the measure from this day forward.”亦即“这个脚印让它永远作为丈量的标准”。这个“御足”的长度，成了英国的标准长度，即1英尺。由于当时约翰国王穿着鞋，所以1英尺的长度为30.48厘米。迄今，英国人仍习惯于以英尺作为长度的单位。在中文旧制中用“呎”表示英尺。

走进格林尼治天文台之后，我见到了“第二宝”，院子的地上笔直地嵌着一根长长的铜条。

通常，人们总是把叉开双腿拍照视为不雅，可是到了这里的游客，几乎都叉开双腿把两脚踩在铜条两侧拍照，我也拍了这么一张照片作为留念。这长长的铜条，非同一般，如同标牌上的说明词所写：

世界本初子午线，北纬51度28分38秒2，经度零度零分零秒。

这长长的铜条所显示的，就是著名的本初子午线（又称0° 经线或者格林尼治子午线）。那“经度零度零分零秒”，意味着世界以本初子午线为界，划分为东、西两半球，亦即划分为东经180° 和西经180° 。叉开双腿把两脚踩在铜条两侧，意味着双脚踩东、西两半球。

与经度相对的是纬度，纬度以“地球的腰带”——赤道为0° ，划分为南、北两半球，亦即划分为北纬90° 和南纬90° 。

纬度以赤道为0° ，这是“大自然决定”的，毋庸讨论。可是经度究竟以哪里为 0° ？可以说，世界任何国家都可以宣布自己的某一地点为经度 0° 。格林尼治子午线所以成为 0° 经线，是因为 19 世纪英国在天文学研究方面处于领先地位。1884 年，世界 20 多个国家的天文工作者在美国华盛顿召开会议，正式确定以通过格林尼治天文台中星仪的子午线为零度经线，向东称东经，向西称西经，各为 180° 。

经度的确定，与时间紧密相关。在 19 世纪，世界进入全球交通时代，各国都纷纷把通过自己首都的经线作为标准时间，一定程度上造成了国际交往以及远洋交通的混乱。1884 年的世界天文会议确定，按照经度把全球划为 24 个时区，每 15° 为一个时区，相邻时区相差 1 小时。处于 0 点的格林尼治地区，就是标准格林尼治时间。北京时间是采取东 8 区的标准时间，因此北京时间比标准格林尼治时间早 8 个小时。

格林尼治天文台的“第三宝”是天文博物馆。

天文博物馆总共有 16 个展览室，陈列有英国天文学家进行研究的各种天文仪器，诸如星盘、望远镜、钟、表、地球仪、太阳系和天象图谱等等。

我细细观看天文博物馆，仿佛时光倒流，“会晤”了诸多名垂青史的英国著名天文学家，了解了英国的天文学发展史。

英国的天文学发展史清楚表明，英国研究“天”是为了“地”，为了“海”。

英国是一个雄心勃勃要征服世界的岛国，所以英国很早就着重发展航海业，英国船舰遍及全世界。然而在远洋航行之中，确定船舰在海洋中的位置及时间是至关重要的。水手们只能凭借对于天文学的粗浅了解，以日月星辰来确定船舰在海洋中的大致方位，但往往弄错，轻则走错航向，重则搁浅以至触礁。英国海难事件频发，其中最严重的海难事件发生在 1707 年，一支由克劳斯利爵士率领的英国舰队，因测错了经度而失事，使 4 艘舰只沉没，上千人葬身鱼腹。

乔纳 · 摩里爵士意识到天文学研究的重要性，于 1674 年向国王查理二世建议设立专门从事天文学研究的皇家天文台。查理二世接受了乔纳 · 摩里爵士的建议，于 1675 年决定在格林尼治山顶上的瞭望塔处建立英国皇家天文台，并且规定它的任务是：“寻求确定经度的办法，改善航海与天文学。”

在格林尼治天文博物馆的入口处，我第一眼就看见一位长发垂肩的男士的半身白色大理石雕像。那长发显然是假发，当时英国的贵族男子以戴假发为时尚。他便是约翰 · 弗拉姆斯蒂德（John Flamsteed，1646—1719），格林尼治天文台的首任台长、英国著名天文学家。从 1677 年至 1717 年，整整 40 年，

约翰 · 弗拉姆斯蒂德在格林尼治天文台过着清贫、寂寞、艰苦的生活。格林尼治天文台虽然有着“皇家”的招牌，但是经费拮据，就连弗拉姆斯蒂德作为台长的年薪 100 英镑也经常被拖欠着，他不得不挤出时间为 140 名学生上数学课而维持生计。弗拉姆斯蒂德全身心投入天文学研究。光是在 1676—1689 年这 13 年间，弗拉姆斯蒂德就对 3000 颗星做了大约 2 万次观测，测量精度约为 10"。

弗拉姆斯蒂德长期严谨的观测所获得的大量数据，引起英国皇家学会会长牛顿的注意。牛顿多次向弗拉姆斯蒂德索要对于月球的观测数据，弗拉姆斯蒂德把数据给了牛顿。1700 年，弗拉姆斯蒂德对他的朋友洛瑟普说：“(牛顿)曾一度想使月球运行表符合他设想的定律，但是，当他开始将自己的定律与天体（即月球的观测位置）进行比较时，他发现自己错了，并不得不全部抛弃自己的定律。我曾给他提供了 200 个以上的月球的观测数据……”

牛顿获得了弗拉姆斯蒂德的观测数据之后，在他的《自然哲学的数学原理》中引用了这些数据。然而牛顿却多次以英国皇家学会会长的身份，“居高临下”地对弗拉姆斯蒂德的研究工作指指点点，惹怒了弗拉姆斯蒂德。

1712 年，牛顿未经弗拉姆斯蒂德的同意，出版了弗拉姆斯蒂德以毕生精力研制的观测星图，总共印刷了 400 册，并且把其中的 300 册回送给弗拉姆斯蒂德。弗拉姆斯蒂德认为，那观测星图还只是初步结果，还要进行许多修改才可以公开出版。弗拉姆斯蒂德焚烧了牛顿送给他的 300 册观测星图，并谴责牛顿。

1713 年，牛顿在再版《自然哲学的数学原理》一书时，删去月球观测数据提供者弗拉姆斯蒂德的名字，再度引起弗拉姆斯蒂德的无比愤怒。

经过弗拉姆斯蒂德的毕生努力，在他去世之后又经过 5 位天文学家的继续工作，终于在 1767 年摸清了主要天体的准确位置和运行规律，制成了世界上第一张海图，成为世界航海业的“指南针”。

在弗拉姆斯蒂德的雕像之侧，我看见另一尊同样披着假发的男士半身雕像，那面庞非常熟悉，一望而知是埃德蒙 · 哈雷。

哈雷在 1720 年被任命为第二任格林尼治天文台台长。

哈雷同样是一位优秀的天文学家，他在天文学上的贡献是多方面的。哈雷享誉世界的研究成果，是对彗星的预言。1705 年哈雷出版了《彗星天文学论说》，书中阐述了 1337—1698 年出现的 24 颗彗星的运行轨道，他指出，出现在 1531 年、1607 年和 1682 年的 3 颗彗星可能是同一颗彗星的 3 次回归，并预言它将于1758年重新出现，这个预言被证实了，这颗彗星因此被命名为“哈雷彗星”。

走遍天文博物馆的16个展览室，我明白了当年英国为什么那样重视天文学研究——因为天文学与远洋航行密切相关，而作为“日不落帝国”，必须把发展天文学研究列为向外扩张的重要课题。

正因为格林尼治天文台拥有弗拉姆斯蒂德、哈雷那样杰出的天文学家，使格林尼治天文台成为世界天文学的领军者。世界各国通用的“格林尼治标准时间”以及格林尼治天文台中星仪的子午线被世界公认为零度经线，这“两宝”都来自“第三宝”。

在格林尼治天文台的屋顶，我还看见悬挂着的红色气球。这是格林尼治天文台的天文学家约翰·庞德在1833年安装的报时球。在整年中的每一天都准时地在下午1时落下（在冬天是GMT，在夏天是BST）。GMT是“Greenwich Mean Time”的缩写，即“格林尼治标准时间”；BST是“British Summer Time”的缩写，即“英国夏时制”，比GMT快1小时，每年从3月底开始，到10月底结束。格林尼治天文台地处泰晤士河河口，当年进出泰晤士河的船只纷纷以红色的气球落下的一刹那，把船上的钟表的时间校正为13:00。尽管如今进出泰晤士河的船只不必以这红色的气球的落下来校正钟表，但是格林尼治天文台依然在每天下午1时落下红色的气球。

英国全国以格林尼治标准时间作为标准时间，然而近年来很多人呼吁英国应当以欧洲大陆的布鲁塞尔时间为标准时间，因为欧洲大陆30个国家3亿人口采用布鲁塞尔时间为标准时间，而英国以及爱尔兰和葡萄牙采用格林尼治时间，与欧洲大陆相差1小时，令人深感不便。

不过，在了解了格林尼治天文台非同凡响的历史之后，我深知格林尼治标准时间是英国的自豪所在，所以英国在时间上恐怕很难与欧洲大陆同步。

■格林尼治天文台顶上的红气球

硅谷的传奇故事

一次次住在美国硅谷，我听说了一个又一个关于硅谷的传奇故事。

在硅谷，弗雷德里克 · 特曼教授的大名无人不知，无人不晓。在说起硅谷的时候，谁都要提到这位“硅谷之父”。

特曼是一位传奇式的人物。他从小就在斯坦福大学的校园里长大。

特曼教授的父亲是斯坦福大学的心理学教授。今日世界上普遍采用的“斯坦福—比特智商测验法”，就是特曼教授的父亲发明的。

按照美国规定，父亲担任一家大学的教授，子女考入这所大学，可以享受优惠——免除学费。特曼念完中学之后，“理所当然”地进入了斯坦福大学。

最初，他念完化学系，拿到了学士学位。这时，他又以为电子工程富有发展前景，于是考入斯坦福大学电子工程系，拿到了硕士学位。

特曼在斯坦福大学创办了电子通信实验室。这个实验室，培养了一群“电子迷”。

特曼教授在 20 世纪 50 年代初，提出了“把大学与工业结合起来”的可贵思想。

当时，斯坦福所奉献的 9000 英亩土地，只有 5000 英亩被用作斯坦福大学校园，还有 4000 英亩的土地空闲。这些土地所以闲置，是由于斯坦福在遗嘱中曾规定永远不得出售这些土地。特曼巧妙地主张把学校附近这些空余的土地，出租给企业，一方面可以为斯坦福大学增加资金，一方面又可以在校园附近有一批工厂，便于“把大学与工业结合起来”。

硅谷

特曼教授的主张得到学校的支持。于是，在斯坦福大学附近建立了“斯坦福工业新村”。

IBM 公司决定落户“斯坦福工业新村”，因为这家公司专门喜欢“买偏僻的地方盖厂房”。

惠普（HP）公司也来了。这家公司的两位创办人，便是当年的“电子迷”、特曼教授的高足戴维·帕卡德和威廉·惠勒。

这样，许多电子企业纷纷落户“斯坦福工业新村”。这“斯坦福工业新村”就成了硅谷的摇篮。

雪球越滚越大。1955 年在“斯坦福工业新村”设厂的电子企业为 7 家。1960 年增至 32 家。1970 年猛增至 70 家。

1971 年，美国《微电子新闻》编辑唐·C. 霍夫勒给这里取了一个新的名字，叫做“硅谷”。这名字远比“斯坦福工业新村”简洁而又形象，一下子就传了开来。

硅谷的规模不断扩大，以斯坦福大学为中心，“版图”加大了一圈又一圈。至今，涌入硅谷的高科技企业已经超过 7000 家！

小儿子驾车，带我前往硅谷的一家又一家大企业。

在中国，大企业门口总是挂着金字招牌，以显示豪华气派。然而，在硅谷

■这里不是大排档，而是GOOGLE总部

的这些大企业门口，却见不到金字招牌。他们只是在大门口，用砖砌一堵长方形的矮墙，上面写着公司的大名。

在硅谷，大公司是如此的密集。在一个十字路口，我见到其中的三面，分别是大名鼎鼎的“CISCO”、“QUANTUM”和“SUN”。

名震世界的“微软”（MICROSOFT）公司也在这里。

就华人而言，当年美国西部大开发，华人奔赴旧金山淘金，从此在这里立足。

如今，华人的第二次淘金热再次在美国西部掀起。这一回，华人是奔赴硅谷“淘金”。

硅谷，活跃着中国人的身影。我在硅谷居住，常常见到同胞。不过，在硅谷电脑公司工作的中国人，几乎都有两个名字：一个是正儿八经的中国姓名，这是他们的父辈为他们取的；另一个则是他们来到美国之后自己取的英文名字，Peter李、Banton朱、David王之类“中西合璧”的名字，在这里处处可闻。

初来硅谷，我有点不习惯，因为用英文名字呼唤自己的同胞，总觉得别扭。特别是过去在上海熟悉的朋友，叫惯了他们的中文名字，如今要随众改口叫起“Leff”、“Kaven”，更感到别扭。然而，入乡随俗，几天下来，也就叫惯了。日子久了，甚至忘了他们的中文名字。朋友们开玩笑地对我说：“如果准备在此长住，你也取个英文名字吧！”

硅谷的中国人分为两种：一种是电子企业家，一种是高级技术人员。当然，第一种人往往来自第二种，即从高级技术人员上升为电子企业的老板。

在硅谷最出名的中国人，要算是杨致远。他与友人在1995年创办的“YAHOO”，如今在全世界已经是家喻户晓。

杨致远来自台湾。他两岁的时候，父亲去世。母亲毕业于台湾大学外文系。在杨致远10岁的时候，随母亲来到美国。母亲把他和他的弟弟都培养成人，而且都毕业于斯坦福大学。

斯坦福大学把杨致远的命运跟硅谷紧紧相连。杨致远在硅谷创办网络公司，从英文字典上取了“YAHOO”作为自己网络的名字。在英文中，“YAHOO”的含义是双关的：一是欢呼的声音，二是“没有文化水平的人”。

杨致远以“没有文化水平的人”自诩。然而，别具一格的“YAHOO”引来一片欢呼。

“YAHOO”的影响越来越大，以至成了世界网络之王……

勤劳的中国人无处不在。当硅谷还是一片果园的时候，这里就来了一批中国人，在果园打工或者在水果罐头厂做工。在中国人聚居处，形成了一座小小的中国城。

只是一场大火，使这里的中国城遭受一场浩劫。

尽管这里的中国城消失了，但是随着硅谷的兴起，在20世纪70年代，一批有着高学历、懂科技的中国人，向这里进军。

首先来到硅谷创业的中国人，来自台湾。

台湾的李信麟，早在1972年就闯入硅谷，在这里创立了“魔鬼系统”和“奎茂”。

台湾的张忠谋，在20世纪70年代闯荡硅谷，在半导体产业屡建奇功。

台湾的徐大麟、刘英武、虞有澄、王宁国等等，也都进入硅谷，大获成功。

在那个年月，中国大陆还处于“文化大革命”的阴影之中。中国大陆的科学家们正自顾不暇，哪里谈得上进军硅谷。

到了20世纪80年代中期，特别是到了90年代，中国大陆大批优秀的留学生拥入硅谷。内中，许多是来自中国大陆名牌大学的计算机尖子。上海交通大学计算机系毕业的我的小儿子，也加入了这一行列。光是硅谷ESS公司中，便有50位清华大学的毕业生，占全公司员工总数的1/10！

来自中国大陆的大学生们，学业扎实，富有智慧，而且能够吃苦。正因为这样，中国大陆的大学毕业生深受欢迎。

后来居上，硅谷的中国人激增！

步入硅谷电脑公司，我见到一排排灰蓝色的隔板。这些隔板围成了一间间半开放式的“冂”形办公室。办公室里照例是一台电脑，一把带轮子的转椅，一张工作台，一部电话，如此而已。从隔板敞开的口子——也就是“门”看过去，里面埋头工作着的，几乎都是黑头发的，只是肤色不同，要么黄色，要么深褐色。

那深褐色皮肤的是印度人。

印度的电脑业在20世纪90年代突飞猛进。印度的电脑软件人才也进军美国，大批涌入硅谷。

据统计，在2000年，硅谷的7000多家电子以及软件公司之中，有2775家公司是由中国或者印度的工程师主持着。

据统计，在硅谷的工程师之中，1/5具有华人血统。

据统计，硅谷的总裁之中，华人占17%。

我结识硅谷一家电脑公司的华人总裁陆弘亮先生。四十有六的他，童年时代在日本度过。他在日本读完高中，考入美国伯克利加州大学土木工程专业。在校内打工，担任冰淇淋店夜班经理时，他与在那里读经济学本科的日本学生孙正义相识。孙正义比他小3岁。后来，他们联手从事高科技产业。孙正义如今被誉为“日本的比尔·盖茨”。他的传记《数字化时代的英雄——孙正义》的中译本已经由海南出版社出版。陆弘亮也在硅谷大显身手，他的公司业绩不凡……

在硅谷日久，我渐渐对于硅谷有所了解。

走笔至此，我该回答关于硅谷的那些神话般的传说：

“硅谷是‘生产’百万富翁的‘流水线’！”

“硅谷每天诞生60多位百万富翁！”

硅谷的工资，确实比别的地方要高。一个电脑专业的大学毕业生来到硅谷的公司工作，一般可以拿到6万至8万美元的年薪。三五年后，有的年薪可以升至10万美元。

其实，光是靠工资收入，在美国还难以成为百万富翁。即使是年薪10万美元，由于要交税40%，所以实际收入是每年6万美元。硅谷的物价比别的地方高，特别是住房。租一套两房一厅的房子，每月租金就近2000美元，一年就要花费24000美元。至于买房子，这里的房价之高，在美国是数一数二的。

那么硅谷为什么会成为“‘生产’百万富翁的‘流水线’”呢？

这些新生的百万富翁，“财源”来自股票！

在硅谷，我还听说一个这样的故事：

一个美国中学生，暑假里到硅谷的一家公司打工。打工结束的时候，公司给了他500股股票，算是报酬。可是，这家公司的股票当时没有上市，这些股票近乎“空头支票”。然而，一年之后，这家公司的股票上市，每股股票升至40美元。这位中学生抛掉了那500股股票，拿到了2万美元！

我还听说这样的故事：

美国总统老布什当年曾经应硅谷两家网络公司之邀，前来发表演说。在给总统支付演说报酬时，网络公司征求总统的意见：“拿现金呢，还是要股票？”老布什的回答很干脆：“要股票！”尽管这家公司的股票在当时还没有上市，支付给总统的股票等于一张白条。然而，当股票上市之后，老布什的收入比拿现金不知翻了多少倍！

在硅谷，“制造”百万富翁的“原料”，就是股票。

硅谷每天都有几家新公司诞生。加入新公司之后，给予员工们的奖励就是那些没有上市的股票。少则几千股，多则几万、几十万股。公司的老板，则拥有几百万以至上千万股。

在这些股票没有上市之前，看上去都像“白条”。

在美国，一个新公司的股票要上市，是很不容易的。然而，处于突飞猛进之中的硅谷，高科技公司的业务发展迅速，往往在经过几年之后，就能够得到华尔街的垂青，股票得以上市。

股票上市，对于硅谷的公司来说，是最盛大的节日。虽然按照美国的规定，在上市之后6个月，才允许员工们抛出股票，然而百万富翁也就在这时候诞生了！

当然，那些公司的老板们，则在此时跃为亿万富翁！

硅谷的许多公司都曾经出现这样的景象：

本来，公司停车场停的全是旧车，看上去犹如美国的二手车市场。忽如一夜春风来，全都换成了一排排新车，看上去犹如从美国汽车厂流水线上刚刚开下来！

一旦出现这样“旧貌换新颜”的景象，不言而喻，这家公司的股票上市了。

不像停车场上的变化那么明显，另一更加巨大的变化是员工们纷纷成为房地产公司最热心的“上帝”。在几个月到一两年内，员工们差不多都买了新房——尽管硅谷的房子是那样的昂贵。

股票，其实也是硅谷公司“锁”住员工的重要手段。

硅谷密集着数以千计的公司，跳槽是易如反掌的。如果没有股票的诱惑，仅仅是工资，那么谁家给的年薪高，就会朝谁家跳槽，来个“欢乐蹦蹦跳”。公司是靠优秀人才支撑着的。新公司的底子薄，年薪当然不及大公司高。一旦优秀的电脑人才都“欢乐蹦蹦跳”，都朝大公司跳槽，新公司、小公司就会垮台。

然而，给员工们发了股票，而谁一旦跳槽，就意味着放弃股票。这么一来，跳槽者大为减少。特别是在股票尚未上市的艰难创业期，可以用股票“锁”住人才。还有，即便在股票上市后半年，也不允许员工们一下子抛出全部股票，而只能抛掉一部分——规定在几年之内，方可陆续抛售全部股票。这样，公司在股票上市之后，仍可继续“锁”住人才。

从进入一家新公司，到这家公司的股票上市，总要经过几年时间。有一位来自中国的毕业生，性子太急，等不及股票上市，一连跳了好几家公司。结果他的同学们都已经步入百万富翁的行列，他还什么都不是。

当然，股票上市之后，也并非个个员工都能成为百万富翁的。

在上市前的半年之中，如果公司业绩不佳，连连亏空，就会被摘牌出局，员工们一无所得。更多的是在股票上市之初，股价颇高，而在半年之后，如果跌去一半以至只及初价的1/10。这时，虽然员工们还能够从股票中得到一些钱，却不是那么多了。尤其是员工们大量抛股之际，股价也会大跌。

用稻草人赶鸟，古已有之。然而，在美国硅谷一位电脑工程师家的后院，我见到一棵叶茂果盛的杏树上，有一个什么东西在阳光下一闪一闪。细细一看，原来树上吊着一张光盘，随风晃动。这一发明的“专利权”，当属这位名叫戴维的工程师。他告诉我，常有鸟儿前来偷吃杏子。他“就地取材”，把一张废光盘挂到树上，轻而易举吓跑了那些空中飞贼。

杏树上的光盘有妙用

位于旧金山南湾的硅谷，是名震世界的高科技中心。我曾经一次又一次走访硅谷。不论是在YAHOO总部，还是在GOOGLE总部，见到的是一座座大楼，里面是高密度的方格子式的办公室，成千上万的IT业的白领们就在一间间小屋里编制程序，试制新产品。然而，这些白领们在下班之后，又是过着怎样的生活呢？7月下旬，我应邀到硅谷戴维家做客。虽说我曾经几次到过戴维家，但都是在夜间，总是在客厅里聊天，从未去过他家的后院。这一回在下午去了，他领着我走过客厅，才见到屋后有着他的一个小天地——花繁果硕的后院。戴维摘了一个梨给我。这梨鹅黄色，只比鸭蛋稍大些，却很甜。他告诉我，这杏树、梨树，都是他亲手栽种的。

戴维领我去参观他种的西红柿，红彤彤的，只有葡萄那么大，味道比普通西红柿要鲜美得多。他拔起一棵红萝卜，摆好姿势，让我拍照。看得出，这位电脑工程师对于园艺是那么喜爱。

戴维和他的太太游小姐，是我的老朋友。这一回，我从手提电脑中找出他、游小姐跟我在北京的合影。他笑道，时间过得真快，那是1990年的照片。照片上的他，一头卷发，可是眼前的他，却梳着笔直的分头。他告诉我，他的头发很奇怪，到了气候潮湿的地方，就会卷起来。那时候的他，从美国到台湾学习汉语，结识了台湾的游小姐。他爱好文学，来到上海找我，而我正在北京。于是，正准备前往美国留学的我的长子陪同他和游小姐来到北京。从此，他与我的长子成了挚友。随着我的小儿子后来也加盟硅谷白领，又成为他的好友。戴维当年曾经打算写一本文学方面的书，只写了一部分，至今尚未完成。戴维告诉我，他仍保持着对于文学的浓厚兴趣——这是除了园艺之外的另一业余爱好。

我曾经在他家过感恩节，也曾在他父母家过圣诞节。他的父亲是航天工程师。在节日里，家中的主厨是戴维，游小姐退居“大助理”，他的母亲则成了“二助理”。戴维的厨艺相当不错。他能够花几小时把一只巨大的火鸡烤得焦黄，而塞满鸡肚的蘑菇则香气扑鼻。烹饪，是他的第三业余爱好。我为他拍摄了系着围裙烤火鸡的照片，并加上标题“家庭主男”。

吃完饭，洗碗是“大助理”和“二助理”的事，他则乘机抽空跟我杀了三盘中国象棋。虽说他以0∶3输了，但是他的棋艺应当说还不错，尤其是他作为一个美国人能够下中国象棋，这本身就表明了他对中国文化的热爱，何况他的棋艺是从网络上学来的，“无师自通”。

当然，戴维的最爱，是他的两个可爱的混血儿女。女儿丽比，已经8岁，亭亭玉立，是父亲的“小尾巴”，总是跟随在戴维后边。在游小姐的教导下，丽比的琴艺飞速进步。她拿起一本很大的琴谱，安放在钢琴上，为我表演了一曲又一曲。平日格外顽皮的5岁的爱迪森，今天像被定身术定在客厅的一角，因为我送给他一架飞机模型，他正在按照图纸搭建这架飞机。一遇到不懂的地方，便大声叫喊“爸爸”，戴维总是随叫随到，帮助儿子解疑答问。

游小姐告诉我，戴维在下班之后，要么跟孩子一起玩，要么在后院“精耕细作”，是一个非常顾家的好丈夫。每逢假期，戴维成了家庭旅游团的“团长”，带领全家出游。她说，全家刚从欧洲旅游回来，拍了许多精彩的数码照片，只是美元贬值、欧元升值，欧洲的物价对于美国人来说，显得有点贵了。

游小姐是后院的主心骨。她温柔和善，但遇事果断。十几年前，她跟戴维结婚不久，原本住在离硅谷相当远的地方。每天，戴维要在高速公路上开很久的车，何况上班高峰时硅谷堵车一两小时是家常便饭。她很担心丈夫疲劳驾驶会出车祸。当时，尽管硅谷的房价相当高，而他俩刚开始工作，收入并不多，她还是毅然决定买下这座位于硅谷中心的房子，使他的先生在10分钟之内就可以到公司上班。她当时说了一句“名言”：“命比钱更重要！”十几年间，硅谷的房价一涨再涨，她家的房子也连连升值，她的先生既保了命又赚了钱，如今谁都夸游小姐这位后院主管当年的决定有远见，有魄力。

1990年叶永烈在北京接待戴维与游小姐

戴维得意地展示自己种的红萝卜

戴维在旧金山宴请叶永烈等

在“奔驰”汽车的故乡

外面是一个圆圈，里面是个“Y”形三叉——不言而喻，这是象征着汽车驾驶盘的标志。这个标志高高竖立在高楼的楼顶，缓缓地转动着。

我从卢森堡进入德国斯图加特市，远远地就能看见这个标志。入夜，这个标志变成白色通透，光耀四方，益发显得引人注目。

这是“奔驰”牌汽车的标志。在每一辆“奔驰”牌汽车车头，都能看到这个标志。所以我很熟悉这一标志。

不光美国是“车轮上的国家”，德国也是“车轮上的国家”：德国有7000多万人口，拥有4000万辆汽车，其中3000万辆是轿车。

汽车制造业是德国的支柱产业。德国的“奔驰”、“宝马”、“大众”、“保时捷”、“欧宝”，都是享誉世界的名牌汽车。内中，以“奔驰”的历史最为悠久，名气也最大。在德国，不仅处处可见“奔驰”轿车，而且大多数公共汽车也是“奔驰”公司生产的。

位于德国西南部巴登—符腾堡州的斯图加特市，四周环山。斯图加特与美国的底特律一样，是世界闻名的汽车城。底特律是美国通用汽车公司的“根据地”，而斯图加特则是“奔驰”汽车公司的所在地。“奔驰”公司拥有39万员工，如果加上这些员工的父母、配偶、子女，则达七八十万人，斯图加特市几乎要成了“奔驰”市了。

“奔驰”员工的工资，比德国中小企业工人的工资高出10%。

在斯图加特，随处可以见到“奔驰”标志的轿车。凡是“奔驰”汽车

■叶永烈在奔驰汽车展览馆

制造厂的员工，都能以极优惠的价格购买一辆“奔驰”牌轿车。两年之后，如果这一员工仍在“奔驰”工作，则可以用那辆用过两年的旧车，免费换一辆同一级别的新车。当然，如果要换更豪华的新车，则需要补上两车之间的差价。

由于“奔驰”公司的待遇优厚，“上岗”的竞争也激烈。南斯拉夫、意大利、土耳其的熟练工人纷纷前往斯图加特，加入这一竞争。这些外籍工人，成了德国工人激烈的竞争对手。

正因为这样，“奔驰”的员工上班都极认真，富有竞业精神。他们绝不在工作时间里抽烟，而且上班几乎不接外线电话，就连上厕所的次数都比别的工厂工人少，匆匆进去，匆匆出来。中午休息半小时。上班铃声还没有响，工人们已经回到工作岗位。

工人们每天清早在家喝一杯牛奶或者咖啡，吃几片抹了黄油、果酱的面包，就驾驶“奔驰”轿车匆匆上班。中午吃一顿简单的快餐，通常是两块夹火腿的面包，一小碗汤。只有晚上回家，这才从冰箱里取出牛排、奶酪以及种种食品，喝着啤酒，从从容容吃一顿晚餐。

在德国食品店里，我总是见到各种各样的灌肠。在街头小吃摊，烤灌肠、煮灌肠、熏灌肠，琳琅满目。德国人喜欢沾着芥末吃灌肠。德国制作灌肠所用的肠衣，1/3是从中国进口。

我在斯图加特买西红柿，发现那里的西红柿又小又红，像杏子那么小，红枣一样红。菜市场里水果的价格跟蔬菜的价格相近。那里的苹果、葡萄都很不错。土豆到处都有，价格最便宜。

德国人很喜欢喝酒，酒吧在德国街头随处可见。德国人喜欢喝的是啤酒和葡萄酒。德国盛产啤酒和葡萄酒。据说，一个德国人每年要喝掉 150 升的啤酒。

不过，德国人喝酒也很有讲究。他们总是先喝啤酒，再喝葡萄酒，从不先喝葡萄酒，再喝啤酒。

许多德国人在下班之后，并不直接驾车回家，而是喜欢去健身俱乐部。尤其是那些坐办公室的白领们，经常在健身俱乐部泡上一两个小时，进行各种健身体育运动，然后才回家。德国人太爱吃那些来自荷兰的奶酪。如果不在健身运动中消耗多余的脂肪，那些脂肪就会在身体里堆积，使身体变得臃肿不堪。

来到斯图加特之后，我才知道，“奔驰”的标志，最初确实取义于汽车的驾驶盘，然而如今又有了新的解释：外面的圆圈，象征着地球，而那三叉则象征着海陆空。意思是说，在整个地球，在地上、海上、空中，都有“奔驰”。

我不知道在海上、空中怎么“奔驰”？

那是因为快艇、飞机，装上了“奔驰”发动机。

这种新的解释表明，“奔驰”的奔驰范围，已经从德国扩大到整个地球，成为世界级的著名品牌。

本来，我只以为“奔驰”是根据德国汽车品牌原意翻译的。到了斯图加特，方知是根据汽车早期的发明者、“奔驰”汽车公司的创始人本茨的名字音译的。把“本茨”音译成“奔驰”，不能不说是传神的译名，妙极了！

在斯图加特市中心，有一幢四壁全是玻璃的大楼。楼里灯光通明，所以从外面看进去，大楼仿佛成了全透明的水晶宫。那是“奔驰”汽车公司的销售大楼，各种型号、各种款式、各种颜色的新车，整齐地陈列在这“水晶宫”里，供顾客任意挑选。

我注意到，斯图加特的出租车也是“奔驰”轿车，前车顶部镶着一块玻璃。这样，车内显得非常明亮。驾车的时候，面前的仪表看得一清二楚。

在斯图加特街道两侧，我常见到整齐地停着一排排轿车，前面的车窗玻璃上贴着一张纸。那是“二手车”，纸上写着出售的价格。通常，新车使用一年，售价会比原价跌 20% 到 30%。东欧解体之后，许多人来到这座著名的汽车城，淘买“二手车”。这是因为东欧的生活水平低，“二手车”正适合于他们的消费能力。

斯图加特市的“奔驰”汽车博物馆，成了当地的“名胜”。这家博物馆陈列着世界上第一辆汽车，各个不同时期的汽车，最新式的汽车。沿着参观路线徐徐前进，仿佛在逐页翻阅一部汽车发展史。

来到“奔驰”汽车博物馆，第一印象不是汽车，而是一位高鼻碧睛的德国姑娘。她笑容可掬地走过来，一开口就令我吃惊：居然能讲一口流利的普通话！

她是这里的汉语解说员。她的出现，表明“奔驰”汽车公司非常重视开拓中国那庞大的汽车市场。

德国著名的汉学家马丁教授，是我多年的老朋友。他曾告诉我，德国人学汉语是极其困难的，那些方块字对于他们来说犹如天书。只有极富毅力的德国人，通过多年的努力，才能学会汉语。然而我面前的这位姑娘，充其量不过 30 来岁，居然在留学中国之后，学会了世界上最难掌握的语言之一——汉语。

经过这位姑娘的解说，我才得知，“奔驰”汽车公司准确的名字，叫“戴姆勒 · 本茨汽车公司”。这个公司，是由戴姆勒和本茨（德文的原文是“DAIMLER UND BENZ”）共同创办的，所以用这两位创始人的名字来命名。这家公司所生产的汽车，其实叫“戴姆勒 · 本茨”汽车。由于中国人把“DAIMLER UND BENZ”音译为“奔驰”，删去了“戴姆勒”，于是也就造成中国人只知“奔驰”，不知“戴姆勒”。

在“奔驰”汽车博物馆入口处，竖立着两尊青铜塑像，左面的是戴姆勒，右面的是本茨。

1885 年，世界上第一辆汽车诞生。这辆汽车只有 3 个轮子，用汽油发动机发动。这辆汽车的发明人便是本茨，本茨有着“汽车之父”的美誉。

戴姆勒也是世界上早期的汽车发明家。本茨和戴姆勒共同致力于汽车的发明与制造。

我细细观看世界上第一辆汽车。与其说是一辆汽车，倒不如说是一辆“老爷”摩托车。那是在一辆木轮自行车上，装了一个发动机，能够跳跳蹦蹦开几米，如此而已。然而，正是这只“丑小鸭”，成了如今世界上数以亿计的漂亮的汽车的老祖宗！

从“丑小鸭”到“天鹅”，经历了漫长的过程。汽车发明家们不断地加以改进。本茨和戴姆勒作出了很大的贡献：从两个轮子到四个轮子，从木轮子到

■世界上第一辆汽车是在德国的“奔驰”汽车公司诞生

铁轮子到实心橡胶轮子到充气橡胶轮子，从无棚到有棚，直至装上了车灯、喇叭。汽车从实验室里的试验品，逐渐过渡到达官富豪奢侈的消费品。

本茨和戴姆勒各自开设了汽车制造公司。由于他们的努力，降低了汽车的生产成本，使汽车终于摘去了“奢侈消费品”的帽子。1926 年，两家公司合并成了“戴姆勒 · 本茨汽车公司”，开始生产“戴姆勒 · 本茨汽车”——“奔驰”汽车。

在“奔驰”汽车博物馆的小卖部，我见到出售的各种汽车精巧的模型。仔细一看，这些模型大都“MADE IN CHINA”！中国生产的汽车，无法打入德国市场，然而，中国生产的儿童玩具以及各种模型，倒是在欧洲各国随处可见。在美国，我也见到诸多中国生产的玩具。此外，欧洲的中低档的服装，很多也“MADE IN CHINA”。这一方面表明，在高科技领域，在高产值产品中，中国还处于弱势；但是在劳动力密集型产品，在小商品、手工产品领域，中国已经在世界市场上占一席之地。

“奔驰”汽车有着悠久的历史，在世界汽车制造史上有着光辉的地位。“奔驰”汽车，向来以高质量取信于客户，就如“瑞士表 = 高质量”一样。人们常说，德国大众公司生产的汽车以价廉物美著称，巴伐利亚摩托公司生产的汽车以启动快、加速快为特色，而“奔驰”汽车公司生产的汽车以质量上乘而取信于用户。

然而，“奔驰”汽车公司在 1998 年居然在质量上摔了大跟斗：瑞典人经过多次测试，发现一种新型的“奔驰”轿车在连续急转弯时会翻车！世界各报都把这当成出人意料的消息加以曝光。当时，正值这种新型的“奔驰”轿车大量上市的时候。那曝光新闻使“奔驰”车的销售大受影响。

向来重视质量的“奔驰”汽车公司认真加以研究，发现那种新车在设计上确实存在问题。他们给这种车加了一套电子设备，解决了连续急转弯时会翻车的问题。加这套电子设备增加了成本，而“奔驰”公司为了维护公司信誉仍按原价出售。这当然影响了“奔驰”汽车公司的产值，但是他们宁肯减少产值也不愿公司的信誉受损。

这件事给“奔驰”汽车公司以深刻的教训。他们在生产新型车的时候，更加注意把好质量关。

“奔驰”赛车也深受垂青。在“奔驰”汽车博物馆里，我见到各种新型赛车。一年一度的世界一级方程式赛车比赛，也在斯图加特举行。

斯图加特市的硕大的体育场，是“奔驰”汽车公司出资修建的。世界田径

■乘坐“奔驰”敞篷轿车

锦标赛曾在这里举行。中国的“马家军”首次问鼎世界纪录，就是在这里。每一位田径世界冠军，都获得了“奔驰”汽车公司奖励的一辆“奔驰”轿车。

在汽车城斯图加特，虽然家家户户差不多都有轿车，但是地铁仍相当发达。我乘卷扬式电梯来到地铁站，那里的地铁站朴实无华，装修简单，看得出有年头了。地铁出车频率相当高，奶黄色的地铁列车几分钟一趟。地铁不塞车，就是地铁在斯图加特这样的中等城市仍受欢迎的原因。

在美国登临航空母舰

我在美国所住的旧金山阿拉米达小岛，是美国西海岸的重要军港。

我在这里居住，常与妻在楼前海滩散步。好几次，我看见面前宽阔的旧金山海湾里，航空母舰在游弋。那时候，我不大在意这庞然大物，只是好奇地望了望。

在“9·11”事件之后，航空母舰引起了我的注意，因为美军远征阿富汗，航空母舰便是主力。其中，把阿拉米达作为母港的，有4艘航空母舰，即卡尔·文森号、林肯号、珊瑚海号和黄蜂号。

其实，航空母舰所停泊的码头离我小儿子家不远，开车十来分钟就可以到那里。知道我对航空母舰有兴趣，儿子儿媳就开车带我和妻去看航空母舰。

我饶有兴味地登上硕大的黄蜂号航空母舰。这是我头一回登上航空母舰……

航空母舰是“海上巨无霸”，既是海上的流动机场，也是流动的军事基地。

美国是现在世界上唯一的超级大国，也是拥有航空母舰最多的国家。航空母舰是进攻性军事设施，这“海上巨无霸”是保证美国在全球“巨无霸”的重要军事力量。美国在世界各地建立了诸多军事基地。但是，毕竟军事基地是固定的，而且美国不可能在世界的每一个角落都建立军事基地。航空母舰可以到处游弋，哪里需要，就驶向哪里。正因为美国要称霸于世界，所以才建造了一艘又一艘航空母舰。

2001年“9·11”事件爆发之后，9月15日，美国总统布什在戴维营和

■黄蜂号航空母舰

副总统切尼、国务卿鲍威尔、国家安全顾问赖斯举行了国家安全会议。这次戴维营会议，作出了军事打击阿富汗的决定。

布什总统在会后表示，9 月 11 日对美国几处目标进行的一连串恐怖攻击中，沙特阿拉伯极端分子本 · 拉登“无疑是主嫌”。布什宣布，美国已处于战争状态，所有军事人员都要随时待命。在讲话中布什表达了军事报复本 · 拉登及其庇护者的决心，“有军服的人都要准备好打仗”，“我们的反应必须威力无边、持久而且有效。”

根据布什总统的命令，分布在全球范围内的美国军事力量也开始了历史上罕见的大集结。

就在这时，停泊在阿拉米达的航空母舰卡尔 · 文森号奉命出击，在众多军舰的护航下，驶过太平洋，向海湾进发。

卡尔 · 文森号航空母舰属于美国海军第五舰队。第五舰队还出动了另外两艘航空母舰企业号和罗斯福号驶往海湾。另外，美国海军第七舰队的航空母舰小鹰号，也离开加利福尼亚州的圣地亚哥，前往海湾。

每一艘航空母舰，都有众多的军舰相配合，形成一个个战斗群。这样，4 艘航空母舰集结海湾，构成了对阿富汗的巨大军事威胁。

在这 4 艘航空母舰之中，企业号是美国第一艘、也是世界上第一艘核动力航空母舰。企业号部署在阿拉伯海，战斗群内共有军舰 12 艘，战机 75 架。舰上人员总共有 3200 多人，航空人员 2500 人，另有司令部人员 70 人。

来自阿拉米达的卡尔 · 文森号，是空中打击阿富汗的主力。舰上有官兵3500人，配备了66架战机，包括E—2C预警机、F—14和F—18战机、S—3反潜机和AE—6B电子战飞机等。

小鹰号拥有兵员5500多人，装备各种舰载飞机80多架。

罗斯福号部署在波斯湾，拥有军舰14艘，飞机75架。

在驶向阿富汗参战时，美国这4艘航空母舰都起了巨大的作用。

虽然现在阿拉米达停泊着好几艘航空母舰，但是现役的航空母舰乃军事要地，不能采访。我被允许参观不久前退役的航空母舰黄蜂号（WASP）。

陪同我参观的是黄蜂号的美国老兵菲利浦。他说，黄蜂号退役了，他也退役了，留下来看守这艘他曾经度过青春岁月的巨舰，可以说是他能够找到的最合适也最乐意的工作了。

他知道我来自中国、来自上海，马上跷起大拇指。他指着我的细格西装，开玩笑地说："上海的西装，比美国的漂亮！"

我沿着漆成灰色的铁梯攀登上了黄蜂号。从此，跟在菲利浦先生后面，不断地在各种铁梯子上爬上爬下，因为航空母舰相当于十几层的大楼，全靠攀铁梯上上下下。

沿着铁梯，我首先来到的是一个很大的船舱，看上去像个大礼堂，空荡荡的。菲利浦先生告诉我，这是飞机仓库。仓库上面的甲板，就是起降飞机的机场，即飞行甲板。飞行甲板有多大，这飞机仓库就有多大。平常，飞机就存放在这仓库里。这个飞机仓库，可以同时停放100架飞机！

菲利浦先生带我去看运输飞机用的电梯。那电梯看上去像是半个篮球场！这电梯只是一块巨大的平板，飞机从仓库里行驶到这平板上，电梯把飞机升上去，与飞行甲板上的停机坪持平，然后飞机驶向跑道，飞向天空。

这个电梯有15米高。虽然那么大，但是仅用11秒钟就能把一架飞机从仓库送上飞行甲板。

在飞机仓库的墙上，挂着一块很大的牌子，上面密密麻麻画着许多红色五角星。菲利浦先生告诉我，这是黄蜂号的战绩表，每一颗红五星表示打下的敌机。黄蜂号总共打下敌人空中战机668架，击毁停在地面的飞机742架。另外，还击沉许多敌舰。不过，击沉敌舰不是论艘计算，而是总吨位计算，总共是270万吨。

对于击下多少敌机，我一看就明白，而对于这击沉敌舰的总吨位，我没有形象的概念。我问，黄蜂号的吨位多少？

菲利浦先生回答说，4万多吨。

这下子我明白，被击毁的敌舰的总吨位相当于60多艘黄蜂号航空母舰！

说到这里，菲利浦先生告诉我，脚下的这艘黄蜂号，是重建的航空母舰。

“重建”意味着什么呢？他由此讲起了黄蜂号航空母舰的历史：

黄蜂号最初是在1934年3月设计的。1936年4月1日，在Bethlehem Fore River造船厂开始建造，1939年4月4日下水，1940年4月25日服役。

黄蜂号航空母舰最初在大西洋服役，用作护航和运输。

1941年12月7日，日军偷袭珍珠港，太平洋战争爆发。由于美国太平洋舰队缺乏航空母舰，黄蜂号被调往太平洋作战。

日军统帅山本五十六在袭击珍珠港之后，曾经十分感叹地说：“尽管炸沉了美军许多军舰，但是没有炸沉美军的航空母舰！”

日军的攻击矛头指向美军的航空母舰。

1942年9月15日，对于黄蜂号来说，是一个沉重的日子。

这天，黄蜂号航空母舰和大黄蜂号航空母舰一起编队，在南太平洋瓜达尔卡纳尔岛以南海域，正在为运输船队护航。

中午12时50分，日本海军的伊—19号潜艇正在这里巡逻，声呐兵侦听到水声信号，判断有一庞大舰队驶近，于是，艇长高一木犁立即操纵潜艇上浮，用潜望镜观察，发现了黄蜂号（未发现大黄蜂号航空母舰），于是悄然进行跟踪。

到了下午2时45分，伊—19号潜水艇与黄蜂号航空母舰的距离只有900米，而且这时黄蜂号航空母舰正好转弯，舰身横对日本潜水艇。高一木犁意识到这是绝好的攻击机会，便瞄准黄蜂号，下令艇首6枚鱼雷齐射！

这6枚鱼雷齐射的间隔时间为3秒，航行深度设定为6米。

第一枚鱼雷脱靶，鱼雷跑完1200米航程沉没了。

第二枚鱼雷也没有打中黄蜂号航空母舰，却正好击中远在1100米外的黄蜂号航空母舰的护航驱逐舰奥布赖恩号！

第三、第四、第五这3枚鱼雷，命中了正在转向的黄蜂号！黄蜂号连中3枚鱼雷，舰上的航空汽油燃起熊熊大火，并引发了一连串的大爆炸。

那第六枚鱼雷虽然没有命中黄蜂号，却意外地击中1200米外的北卡罗来纳号新型战列舰！

海上巨无霸

这样，日本海军的伊—19号潜艇创造了海战史上的奇迹：6发鱼雷5发命中，击中3艘敌舰！

黄蜂号中弹太多，10分钟后这庞然大物便沉没在太平洋的万顷碧波之中。

护航驱逐舰奥布赖恩号也中弹沉没。

北卡罗来纳号新型战列舰虽然没有沉没，却遭到重创！

高一木犁在发射鱼雷后，立即下潜躲藏，溜之大吉。当美国军舰投掷深水炸弹攻击时，伊—19号潜艇已经在返航途中！

得知美军惨败的消息，美国总统罗斯福深为震惊。

罗斯福总统下令，按照黄蜂号的原图纸，重新建造一艘“黄蜂号”航空母舰。

重造工作在1943年开始。当时，美国工人爱国热情高涨，只用了13个月的时间，就造好了新的黄蜂号航空母舰。

当黄蜂号重新加入太平洋舰队的战斗行列时，遭遇强大的台风。台风竟然把一大块飞行甲板掀掉！黄蜂号只得回厂修理。

当黄蜂号修好飞行甲板，驶出工厂，第二次世界大战很快就结束了。

不过，在第二次世界大战之后，世界依然不太平。黄蜂号航空母舰作为美国海军的主力之一，横行四海，甚至曾经来到中国海域。

最令菲利浦感到自豪的是1969年，黄蜂号航空母舰执行了一次和平使命，这一次，全世界的目光都投向了黄蜂号。

那时候，正处于美国与苏联两个超级大国的冷战时期。

1957年10月4日，苏联首先成功地发射了第一颗人造卫星，1961年4月12日又把人类第一个宇航员加加林送上了太空。苏联这两次“第一”，使美国感到大丢面子。

美国政府声言：“这是美国科技史上的‘珍珠港事件’！”

美国决心在登月计划上夺取第一，超过苏联。美国总统肯尼迪在1961年5月21日的演讲中声称：美国要在20世纪60年代末将人送上月球。

美国宇航局根据总统的命令，组织了40多万人、耗费250多亿美元进行“阿波罗登月工程”。

果真，到了60年代末，即1969年7月16日，美国成功地发射了阿波罗号宇宙飞船，美国宇航员登上了月球，摘取了“第一”。

7月24日，美国宇航员乘飞船返回地球，预定溅落在太平洋。为了及时捞救落入太平洋中的宇航员，美国派出了9艘军舰、54架飞机和7000多名官兵前往太平洋。黄蜂号航空母舰理所当然成为旗舰。美国总统尼克松坐镇黄蜂号，指挥这一举世瞩目的重大行动，众多新闻记者也蜂拥而至。

这一回，黄蜂号大出风头。那天中午12时41分，尼克松总统在黄蜂号上看到了宇宙飞船划过碧空，溅落在太平洋碧波之中。14分钟之后，宇航员被抬到黄蜂号上，受到英雄般的欢迎。

尼克松总统在黄蜂号上亲自主持欢迎典礼，发表热情洋溢的演说。这一

■起吊阿波罗回收舱

■阿波罗回收舱还保留在黄蜂号上

天，成为黄蜂号航空母舰历史上最辉煌的一页。

菲利浦先生带我到飞机仓库的一角，那里陈列着当年宇航员溅落时所乘坐的太空舱。

参观黄蜂号航空母舰给我留下的深刻印象，可以用一个字来概括，那就是“大”！

航空母舰巨大的甲板

当菲利浦先生领着我登上飞行甲板，哇，比足球场大多了！尽管如今一架飞机也没有，但是我可以想象，当年上面停满 100 架飞机时，该是何等的壮观。

推动这么一个“海上巨无霸”在大洋中前进，需要多么强大的发动机！在主引擎室，我见到两台 75000 匹的汽轮发动机。这发动机是用蒸汽推动的，而蒸汽又是靠用重油烧热锅炉产生的。菲利浦告诉我，锅炉室、引擎室是航空母舰的心脏，也是工作最艰苦的地方。因为这里又闷又热，温度高达七八十摄氏度。士兵们每隔 5 分钟换一班，一出来个个像从水里捞出来似的，从头到脚全是汗水。

锅炉里烧的水，必须是淡水。在航空母舰启程前，要从岸上装入大量的淡水。不过，这些淡水不够用。航空母舰上还安装了淡化海水的装置。即便这样，在作战时，航空母舰在海上一待就是几十天，淡水总是不够用。这时候，仅有的一点淡水，首先是供应锅炉，第二是供应擦枪洗炮，第三是供应饮用，第四才是洗澡水。这第四往往排不上号。菲利浦说，刚刚擦好肥皂，淋浴龙头就断水了，这在航空母舰上是家常便饭。有时几天无法洗澡。

我曾经乘坐过潜水艇，在东海航行。潜水艇里又闷又小，只能睡担架一样的小床，而且一起床，那床马上就自动翻了过去，紧贴在墙壁上。我以为，航空母舰那么大，水兵们一定比潜艇里住得宽敞。谁知参观了水兵宿舍，才知道密密麻麻全是双层铁床，床与床之间只够一个人侧身而过！因为“黄蜂号”航空母舰虽大，偌大的机舱要用来停放飞机。剩下的空间又被发动机、发电站、弹药库之类占据。航空母舰的锚也是特大型的，锚与锚链也占去一个篮球场那么大的地方，黄蜂号航空母舰上有 3500 ~ 4000 人，不这样密密麻麻地挤在

■美军航空母舰的床位也很挤

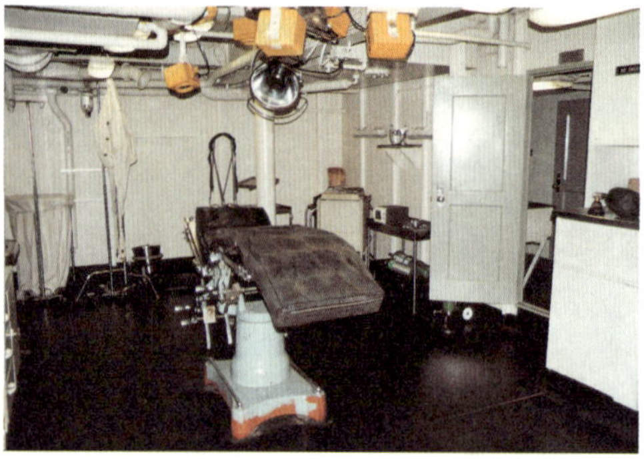

■航空母舰里的手术室

一起，怎么装得下呢？

只有高级军官，才拥有单人房间。但是，那单人房间比火车列车员的办公室大不了多少。

我很惊讶地发现，航空母舰上设有完善的手术室。手术室倒有好几间，而且看上去还算宽敞。这是因为在作战时，受伤的战士成批成批地被送往这里，以便及时地得到医治。伤员住的房间，没有双层铺。

在飞行甲板一侧，是高高的指挥塔。我沿着窄窄的铁梯攀上指挥塔，发现那里四面是窗，可以清楚地俯视整个飞行甲板。舰长就是在这里工作。这里的作战室，有着各大洋的海图。四壁装着14部电话。内中有两台是红色的加密电话。

菲利浦告诉我，当航空母舰出动时，起码有两艘巡洋舰护航。还有一艘油轮专门供油，几艘供应船供应食品和弹药。所以航空母舰相当于一座海上城市。

航空母舰实在太大，我从上午9时一直参观到下午1时半，匆匆上下走了一遍，还只能算是走马观花。

从某种意义上说，航空母舰是一个国家国力的体现。几个月前，我在俄罗斯，那里正在把苏联时代建造的航空母舰廉价出售，因为今日俄罗斯没有那么多的国防经费，“养”不起耗资巨大的航空母舰……

航空母舰是“海上巨无霸”，而美国如今成了“世界巨无霸”。正因为这样，为了打击躲藏在阿富汗的塔利班恐怖组织，美国竟然出动了4艘航空母舰。

银光闪闪的玻璃幕墙

异想天开的人，其实是最富有创造性的人。窗，原意是“墙上的洞口”，在 1919 年有人却要把玻璃窗无限扩大，以致取代整个墙壁。这个人就是德国建筑学家米斯 · 范 · 德 · 罗（Ludwig Mies，Van der Rohe，1886 —1969）。

米斯是德国一个石匠的儿子，他从打弄石料中爱上建筑，自学成才，成为建筑设计师。他是 20 世纪中期世界上最著名的 4 位现代建筑大师之一。他的经典名言是“少即是多”，主张简洁的建筑设计风格。

在 1921 年，米斯把他异想天开的设想做成模型——整幢大楼的外墙全部是用玻璃做的，称之为“玻璃大楼”。他宣称自己把窗与墙合二为一，那玻璃外墙既是透明的窗又是坚实的墙。

1971 年，著名美籍华人建筑设计师贝聿铭终于把米斯设想的“玻璃大楼”变为现实，在美国波士顿建成了 60 层的汉考克大厦，这是世界上第一座玻璃外墙的摩天大楼。

汉考克大厦——世界上第一座玻璃外墙的摩天大楼

NO STANDING
15
27
East Harlem
Port Authority
Bus Term
West Side
1 Avenue &
East 42 St

联合国总部大厦正面

这座通体透明、外墙如同镜子般的新颖大楼，令人眼睛为之一亮，顿时轰动了美国，轰动了世界。那玻璃外墙被称之为玻璃幕墙，米斯则被誉为玻璃幕墙之父。

不过，好景不长。对于汉考克大厦的赞美声很快变成了批评声。大厦的玻璃幕墙总共有 1.4 米 ×3.5 米的玻璃 10344 块，才 3 年光景就噼里啪啦碎了 2000 多块！美丽的高楼千疮百孔。这是因为那些玻璃的强度不够，而且支撑玻璃的钢架强度也不够。经过 5 年的修整，汉考克大厦好不容易总算治好了外墙上的“伤疤”。

现在，经过不断改进，玻璃幕墙的质量明显提高：

一是“钢化”—— 经过钢化处理（热处理）的玻璃的抗冲击强度比普通玻璃提高了 3 ~ 5 倍，而且即使碎裂也只是碎成无锐角的细小玻璃块。

二是“中空”—— 把幕墙玻璃做成双层（甚至三层），在两片玻璃之间充入干燥的空气层或惰性气体层，能够大大提高保温、隔热、隔音性能。据测量，当室外温度为 -10℃时，单层玻璃窗前的温度为 -2℃，而使用三层中空玻璃的室内温度为 13℃。中空玻璃充入的空气强调必须是干燥的，那是为了防止水气在冬天凝结在里层，影响透明度。

美国洛杉矶高楼的玻璃幕墙像镜子一样

上海浦东玻璃幕墙双塔在夜晚通体透明

三是“双银”—— 在玻璃上镀了两层极薄的银膜，这种“双银玻璃”能够很好地透过可见光，却把太阳的热辐射（红外线）反射掉。在炎热的夏天，双层双银中空玻璃可以透过 90% 的可见光，挡住 90% 的太阳辐射热。

改进后的玻璃幕墙，面目一新，深受欢迎。

一是“里里外外风光无限”—— 从外面看，高楼大厦穿上无比漂亮的玻璃外衣；走进大楼，光线通透，处处是“大屏幕”，窗外无限风光尽收眼底。何况室内亮堂，大大减少白天人工照明用电。到了夜间，玻璃幕墙通体透明，大楼成了“水晶宫”，又有另一番灯火通明不夜城的迷人景观。

二是“自重轻”—— 玻璃幕墙的自重只有每平方米 50 千克左右，仅为砖墙的 1/12 ~ 1/10、混凝土预制板墙面的 1/7。如果说砖墙、混凝土墙是笨重的铠甲，那么玻璃幕墙就是披在大楼上的轻纱，明显减轻墙体的重量，降低了高层建筑基础和主体结构的造价。

玻璃幕墙创建筑设计的一代之新。由于玻璃幕墙具有很大的优越性，风靡全世界，成为摩天大楼的漂亮外衣。纽约曼哈顿、东京银座、香港铜锣湾、上海浦东陆家嘴，都成为玻璃幕墙大厦云集之处。

玻璃幕墙在 1984 年才进入中国，短短的 20 多年间中国跃为世界上头号“玻璃幕墙大国”：玻璃幕墙面积猛增至 2 亿平方米，占全世界的 85%；中国的玻璃幕墙产量则占世界的 75%。光是上海，就拥有 3000 多幢穿了华丽的玻璃幕墙外衣的大厦。

不过，玻璃幕墙也有缺点：其一是玻璃质量虽然有了很大提高，但并不能完全杜绝个别的“噼里啪啦”自爆现象。为了避免从天而降的“玻璃雨”伤及行人，玻璃大楼四周通常设立了绿化带。其二是玻璃幕墙的反射炫光会造成“光污染”，所以居民楼、学校建筑不得采用玻璃幕墙。

世界第一高楼迪拜塔

争夺世界最高建筑的桂冠，由来已久：

公元前 2575 年，古埃及的胡夫金字塔以塔高 146.5 米创造并保持着世界最高建筑物的纪录 3875 年之久。

1300 年，英国林肯大教堂以约 160 米（524 英尺）的高度，终于超越了胡夫金字塔。不过，在 1549 年，英国林肯大教堂由于尖顶倒塌，那世界最高建筑的桂冠重新回归胡夫金字塔。

经过长达 6 个多世纪的建造，德国科隆大教堂最终于 1880 年落成，凭借约 157 米（515 英尺）的高度超越了胡夫金字塔。

科隆大教堂保持世界最高建筑物纪录才 4 年，1884 年美国华盛顿纪念碑竣工，以高度达到约 169 米（555 英尺）成为世界最高建筑物的冠军。

华盛顿纪念碑保持世界最高建筑物纪录才 5 年，1889 年法国巴黎埃菲尔铁塔建成，以 300 米的高度，超越了华盛顿纪念碑。

不过，不论是胡夫金字塔、英国林肯大教堂、德国科隆大教堂，还是美国华盛顿纪念碑、法国埃菲尔铁塔，都还不是真正意义上的高楼。

1929 年，纽约克莱斯勒大厦以约 319 米（1046 英尺）的高度，不仅成为世界最高建筑物，而且是成为世界最高楼。值得提一句的是，克莱斯勒大厦的高度包括高约 55 米（180 英尺）的尖顶。

仅仅过了一年多的时间，1931 年纽约帝国大厦崛起，战胜了克莱斯勒大厦。帝国大厦共有 102 层，屋顶高度为 381 米。

此后，世界贸易中心双子星大厦在纽约熠熠生辉。北塔110层、楼高417米，完工于1972年；南塔110层、楼高415米，竣工于1973年。这两幢摩天楼都超过了帝国大厦，成为纽约的新地标。不幸的是，2001年9月11日这座双子星楼遭到恐怖袭击，轰然倒塌。

1974年竣工的芝加哥西尔斯大厦，共108层，高度为443米，超过世界贸易中心双子星大厦。

1996年，吉隆坡佩特纳斯双子星大厦，各为88层，高度452米，成为世界瞩目的最高大楼。

2004年，台北101大楼共101层，高度为508米，刷新了世界最高楼的纪录。

此外，1967年，为了纪念1917年俄国十月革命50周年，莫斯科建造高约540米（1772英尺）的奥斯坦金诺塔，成为当时的世界最高建筑物（不是世界最高楼）。

1976年，加拿大国家电视塔高度达约550米（1800英尺），又胜过了莫斯科奥斯坦金诺塔，成为世界最高建筑物。

迪拜拒绝平庸，向来以创造奇迹自豪。

2010年1月4日，一颗耀眼的“明星”在中东升起，20亿观众从电视中观看了焰火纷飞的迪拜塔落成典礼。满脸春风的阿联酋副总

统兼总理、迪拜酋长谢赫穆罕默德·本·拉希德·阿勒马克图姆宣布，这座大楼高达828米，是当之无愧的“世界第一高楼”。当然，迪拜塔也同时是世界最高建筑物。

阿勒马克图姆还宣布，这座世界第一高楼以阿联酋总统、阿布扎比酋长谢赫哈利法·本·扎耶德·阿勒纳哈扬的名字命名为“哈利法塔”。

尽管如此，人们毕竟还是叫惯了“迪拜塔”。

我仿佛成了“追星族”。几天之后，我从上海飞往迪拜，以求亲眼一睹这颗刚刚升起的“明星”的风采。

从飞机上看下去，这座瘦长的高楼，像根牙签插在那里。

下了飞机，从迪拜国际机场T3航站楼望过去，高塔则像一根电线杆竖在那里。当时，我途经迪拜前往埃及，所以只能从机场远眺迪拜塔。

从埃及回来，我来到迪拜，得以走近迪拜塔。

近了，近了，从汽车上看过去，迪拜塔浑身上下闪耀着玻璃的光芒，像一座高高的纪念碑。

下了汽车，穿过迪拜购物中心，迪拜塔近在眼前，哇噻，我要使劲扬起脖子，才能看见高高的塔尖。我不由得记起，第一次到上海的时候，父亲曾叮嘱我，看国际饭店的时候，要当心掉了帽子，而仰望这世界第一高楼时我幸亏没有戴帽子。

迪拜塔前是一个人工湖，面积达12公顷。迪拜塔倒映在人工湖的粼粼碧波之上。人工湖上有一座米黄色的桥，我站在桥上，妻在桥下拿照相机仰拍，这才好不容易把人连同整个迪拜塔“装进”画面。

依着桥的栏杆，我细细打量面前的迪拜塔：整座大厦在阳光下呈钢灰色，如同用9根竖立的硕大钢管焊接在一起，中间的这根最长，两边的4根依次矮下去，塔楼的总体形状如同笋尖。再仔细观看，每一根“钢管”上又有一圈圈横纹，如同一叠竖放的饼干。不言而喻，那一圈横纹就是一层楼。迪拜塔总共有160层，是一座“商住楼”，既有顶级豪华宾馆阿玛尼酒店和摩天住宅，也有大牌公司的办公场所以及商店、餐厅。其中有49层为办公楼，住宅为1044间。迪拜塔可同时容纳1.2万人，总共拥有57部高速电梯，包括最高时速64千米的世界最快电梯。

迪拜塔成了迪拜的地标式建筑，从95千米之外，也可看到这座高楼。

迪拜塔不仅夺得世界最高楼的桂冠，而且还创造了三个世界第一：位于76层的游泳池，是世界上最高的游泳池；124层的户外观景台，也赢得世界第一；158 层设立了回教祷告厅，成为世界最高的清真寺。

迪拜塔是在 2004 年 9 月 21 日破土动工，2010 年 1 月 4 日竣工的。这座高楼消耗了大约 33 万立方米混凝土和大约 3.14 万吨钢材。迪拜塔表面所用的玻璃足以覆盖 14 座标准规格足球场。

迪拜塔由美国芝加哥公司的美国建筑师阿德里安 · 史密斯（Adrian Smith）设计，韩国三星公司作为建筑承包商负责施工，安全顾问是澳大利亚人，低层内部装修由新加坡公司完成。4000 名印度劳工在工地上奔波，他们分三班昼夜不停地工作。

迪拜塔及其周边的配套项目，总投资超过 70 亿美元。

迪拜塔在阳光之下，在蓝天的衬托之下，显得那么雄伟，而在夜晚则在雄伟之余更增添了妩媚。

■ 人工湖的音乐喷泉

我在迪拜购物中心二楼的“熊猫餐厅”喝过珍珠奶茶之后，一看手表，已经过了下午 6 时，赶紧走向迪拜塔前的人工湖。天黑下来了，那里人山人海，因为音乐喷泉在 6 点 30 分开始表演。桥上的人最多，那里仿佛成了观景台。音乐声起，迪拜塔万灯齐放，人工湖中银珠飞溅，喷泉如同长龙在波涛中飞舞。喷泉长 275 米，最高喷至 150 米，可以变幻 1200 种花样，是世界上最大、喷得最高的喷泉。

■ 夜里的 The Address 酒店依然美丽

值得一提的是，来来往往于迪拜塔前人工湖的人们，总是把目光投向高耸的迪拜塔，却“忽视”了迪拜塔对面、人工湖彼岸的一座酒店。

这座酒店也是五星级酒店，论高度虽然不如迪拜塔，但是也高达 306 米；论外形虽然没有帆船酒店那么特殊，却也十分漂亮。这座 The Address 酒店如果坐落在阿拉伯别的城市，一定会成为当地万众瞩目的地标式建筑，但是处于迪拜塔的“阴影”之下，只得“默默无闻”了。人们对于 The Address 酒店的评价只不过是这样一句话：那里是观赏迪拜塔的最佳场所！

世界第八奇迹——棕榈岛

迪拜之“牛”，还在于建成了庞大的人工岛。尽管我在日本、新加坡看到过诸多人工岛，但是在飞机上看到迪拜的人工岛棕榈岛时，我的目光被牢牢地吸引了：在蔚蓝色的波斯湾，一个巨大的棕榈状的人工岛，静静地躺在万顷波涛之上，像一把蒲扇那样平放在海面。

正如帆船酒店被“形容”为“七星级酒店”那样，棕榈岛被“形容”为“世界第八奇迹”。

在提到金字塔时，我曾经写及古代世界的七大奇观；由于古代世界的七大奇观只剩下了胡夫金字塔，后来人们又选出中古世界的七大奇迹；如今，迪拜的棕榈岛作为当代的世界奇迹，被“增补”到世界七大奇迹的行列，成为“世界第八奇迹”，应当说是当之无愧的。除了长城之外，棕榈岛是另一个可以从太空用肉眼看见的地球上的人造工程。

迪拜的棕榈岛工程，包含 4 组大型人工岛，即久美拉（Jumeirah）棕榈岛、阿里山（Jebel Ali）棕榈岛、代拉（Deira）棕榈岛和世界岛（The World）4 个岛屿群。前 3 个都是按照棕榈树的形状建造，而世界岛则是 300 多个小岛按照世界地图的形状建成的世界岛，建成后人们从空中可以看到这些岛屿勾勒出的一幅世界地图。

迪拜为什么要建造那么多人工岛呢?

迪拜不像日本、新加坡那样国土狭小，需借助于建造人工岛扩大生存空间，迪拜有的是尚未被利用的沙漠。迪拜却舍弃现成的浩瀚的沙漠，花费巨资

■世界第八奇迹——迪拜棕榈岛

在海中建造人工岛，其中的原因就在于人们喜欢“海景房”。

记得在香港，同一幢大楼里，从窗口能够看见大海的比看不见大海的房子要贵得多，就在于从窗口能够看见大海的房子叫“海景房”。当然，广义而言，海边的房子都叫“海景房”。人们除了喜欢从窗口观赏海景之外，更喜欢海滨的沙滩，去那里晒日光浴，去那里游泳。

就迪拜而言，海岸线毕竟有限，海滨的沙滩毕竟有限。要想建造更多的“海景房”，那就只能向海里扩展。倘若在海中建造一个圆形或者方形的人工岛，那海岸线也终究有限，建造了棕榈树状，那就大大扩展了海岸线，形成到处是沙滩、到处是海景的巧妙布局。

至于为什么选择棕榈树形状，不用柳树状、松树状，那是因为迪拜到处是棕榈树，棕榈树成了迪拜的象征。

我在去迪拜之前，曾经观看了一部介绍建造棕榈岛过程的纪录片。

中国古代神话《精卫填海》中的神鸟精卫是口衔一颗颗石子填海。建造棕榈岛则是就地取材，用沙子填海。迪拜有的是沙漠，不过沙漠里的沙子太粗，不适宜用来建造人工岛，而波斯湾的海底有的是细沙，是建造人工岛取之不尽、用之不竭的材料。

意想不到，建造棕榈岛的“主角”是普通的挖泥疏浚船。这些挖泥疏浚船从海底“吸”沙。迪拜附近的海不深，所以从海底“吸”沙并不难。这些“吸”上来的沙被放在运输驳船上，运到指定海域，用喷沙机往海里喷沙，渐渐把海填平。从吸沙到运沙到喷沙，这一切全部机械化、自动化。虽然建造棕榈岛的工程量不亚于当年建造金字塔，但是只消揿揿电钮即可。建造棕榈岛，

迪拜棕榈岛的游船

是一支由 34 艘挖泥疏浚船和 14 条运输驳船组成的船队进行施工的。

建造棕榈岛有两大难题：

第一是定位，因为在茫茫大海之中，严格地按照设计图纸建造人工岛不是一件容易的事。迪拜使用了全世界唯一一颗私人卫星“伊科诺斯”进行定位，保证喷沙的位置准确。正因为这样，建成的人工岛从空中俯瞰，是一棵完美的棕榈树。

第二是固基。人们常用“一盘散沙”来形容沙的“散漫”。在海浪的冲击之下，那些堆起来的细沙会像“一盘散沙”散掉。我看到喷沙时，工人用巨大的震颤器震颤细沙，排挤掉细沙中的空隙，使沙子结结实实聚在一起，有点类似于用水泥建造大厦时用震颤器排除夹杂在水泥中的气泡。此外，在沙子的外围，铺上一堆石块，以阻挡海浪的冲击。另外，在整个棕榈岛四周，还建造石砌的环形防波岛，以防海浪的冲击。

经过一座 300 米的桥梁之后，我踏上了向往已久的棕榈岛。双脚踏在棕榈岛上，却毫无异样的感觉。这里看上去就像普通的小岛。那棕榈树的形状，只有从飞机上才能看出来。

棕榈岛的道路主干宽 350 米，长 5 千米，笔直贯穿全岛，那就是棕榈树的“树干”。在“树干”两侧，是 17 根“棕榈枝”，每根“棕榈枝”宽 75 米、长 2 千米。在棕榈岛外的防浪堤长 11.5 千米。

■迪拜棕榈岛成群的海鸥

■棕榈岛的防浪石滩

久美拉棕榈岛从 2001 年开始填海，到 2010 年已经全部完工。另外两个棕榈岛，即阿里山棕榈岛和代拉棕榈岛，分别从 2002 年和 2004 年开始建造，尚未完工。棕榈岛填海造岛耗资 140 亿美元。

久美拉棕榈岛已经成为一座美丽的海上新城，人称“海上天堂”。我看见那里到处是绿色可餐的草坪和一棵棵高大的棕榈树。岛上一幢幢米黄色的高楼大厦，很难令人相信，那是建造在沙堆之上。

在海滨，我看见一大片用大石头垒成的石滩，那是防浪石滩。

如今，在久美拉棕榈岛已经建成 1.2 万栋别墅和 1 万多套公寓住宅。还建成数十座商场以及 32 家大型旅馆，已经有来自世界 174 个国家的 6 万多户居民入住。

我来到久美拉棕榈岛上最豪华的亚特兰提斯棕榈酒店。亚特兰提斯是古希腊著名哲学家柏拉图著作中描绘的理想国。传说亚特兰提斯在地中海西方的遥远的大西洋上，盛产黄金与白银，那里所有的宫殿都围绕着用黄金及白银建造的围墙，宫内墙壁也镶满黄金。这座久美拉棕榈岛上的顶顶级酒店，花费 15 亿美元巨资打造，以亚特兰提斯命名，就是象征着财富和奢华。

这家大酒店拥有 1539 套客房。每晚租金从 800 美元至 25000 美元。顶层则是超级富豪的专属区域，顶楼套房拥有 3 个卧室和 3 个浴室，并有一张可供 18 人用餐的金叶餐桌，住客可以饱览久美拉棕榈岛全景。

■棕榈岛上伊斯兰风格的建筑

亚特兰提斯棕榈酒店以水元素为设计特色：在酒店的地下有一个超大型的水族馆，储水量可达110亿立方米，里面有65000条各种各样的海鱼。来到那里的水下大厅以及观赏通道，如同来到了海底世界。此外，在酒店的旁边还有一个大型水上公园，供客人畅游。

漫步在棕榈岛，这座建造在海上的人间天堂是令人流连忘返的。无疑，迪拜又创造了一个世界之最。

细节的文化

Xijie de Wenhua

英国人的帽子

英伦之行，英国人对帽子的情有独钟，给我留下了难忘的印象。

从上海飞抵伦敦希斯罗国际机场，我看到一幅写着“Welcome”的巨大的宣传画，画着一位头戴黑色圆顶硬礼帽的英国绅士张开双臂，表示欢迎。

到了英国，我得知那黑色圆顶硬礼帽，是英国绅士的“三件宝”之一，另外两件宝是嘴上叼着的烟斗和手中拄着的手杖（或者长柄黑雨伞）。我不由得记起，在看英国福尔摩斯探案电影时，福尔摩斯总是带着这“三件宝”出现在

■形形色色的英国男帽

■英国女警的窄檐帽

银幕上。

就像北京王府井有老字号盛锡福帽庄一样，伦敦圣詹姆斯街上有200多年历史的詹姆斯 · 洛克帽店。那里精工制作的黑色圆顶硬礼帽是英国名牌，几百英镑乃至上千英镑一顶（相当于几千元至上万元人民币），英国达官富贾们都以戴洛克帽店的圆顶礼帽为荣。

黑色圆顶硬礼帽成了英国绅士的象征。他们在进屋时，总是摘下帽子交给侍从或者佣人，挂在衣帽架上。在街头，倘若跟熟悉的女子打招呼，绅士同样要摘下帽子。记得，在中国汉代的《陌上桑》一诗中，有“行者见罗敷，下担捋髭须；少年见罗敷，脱帽著帩头”。罗敷是传说中的美女，可见“脱帽施礼”乃中英同礼。

黑色圆顶硬礼帽是在正式场合戴的。我发现，英国男子在平常也喜欢戴帽子。各种各样男式便帽，有檐儿的，无檐儿的，半截舌的帽，鸭舌帽，灰色的，黑色的，苏格兰格子式的，不一而足。世界上的警察通常戴大盖帽，而英国警察则戴黑色窄檐儿帽，显得轻便利索。

跟深色、式样有点保守的男帽相比，英国的女帽像春天的百花那样多姿多彩。我在观看英国威廉王子与凯特的大婚典礼的电视转播时，感觉像是在看一场盛况空前的“帽子秀”！由于英国男子在室内不戴帽子，所以那天让形形色色的女帽抢尽风头，女宾们的“头上风光”引发一阵阵“品头论足”。众多女贵宾的帽子样式和帽饰，无一雷同。在众多的大檐儿花帽之中，英国足

■威廉王子大婚典礼成了“帽子秀”

■戴帽子的伊丽莎白二世

球明星贝克汉姆的妻子维多利亚戴了一顶小小的圆盒子一般的黑色锁扣帽，别出心裁，与众不同。

在英国，女王伊丽莎白二世在不同的场合，更换不同的帽子。伊丽莎白二世的帽子显得端庄高贵，通常都是宽檐儿的，但是以不遮挡脸部为度，而色彩有时很鲜艳，诸如明黄、粉红、天蓝。已故戴安娜王妃的帽子，当年往往领导英国时尚女帽的新潮流。她们的帽子，往往是由专门的帽子设计师为之设计。在设计时，女帽的颜色、款式要考虑到与服装相匹配，形成整体美。

英国人为何男男女女都对帽子如此偏爱？英国朋友告诉我，这是英国特殊的气候所致。帽子具有四大功能，即“防雨、遮日光、保暖、装饰”。英国是岛国，空气中水汽充沛，雨说下就下，但往往是细雨霏霏，而且一转眼就云开雨散。像英国绅士那样手中老是持一把长柄黑伞，当然可以“防雨于未然”，然而长柄黑伞毕竟是个累赘。最便当的办法，当然是戴帽子。再说，英国一旦阳光璀璨，紫外线就相当强，戴顶宽檐帽子可以遮日光。还有，英国冬日阴冷，戴帽子是保暖的措施之一。还有就是帽子戴在头上，占领“居高临下”的显要地位，能够美化脸面形象，当然人人都喜欢。所以帽子的四大功能，在英国每一项都用得上，自然而然英国人自古就养成了爱帽癖。随着时代的进步，尤其是家家户户都有了轿车，帽子的前三项功能弱化了，而第四项功能即“装饰”得到强化。特别是英国女帽，成为爱美女性必不可少的装饰品，所以女性进入无雨、无阳光、有暖气的室内，依然会戴着俏丽的帽子。

在英国，帽子引发激烈的争议，倒是出人意料。不过，那不是普通的帽子。我在伦敦的王宫——白金汉宫前观赏皇家御林军换岗仪式，曾被御林军头上又高又大的毛茸茸的黑色帽子所吸引。引起争议的，便是这英国军队最

■ 皇家仪仗队威武的帽子惹了不少争议

有标志性的黑色礼帽。这帽子高 45 厘米、重 0.68 千克（相当于高 18 英寸、重 1 磅 8 盎司），是用加拿大黑熊皮制作而成。环保团体抗议说，英国皇家御林军的黑礼帽乃是残害野生动物的“标志”。皇家御林军一度改用人造毛皮试制黑色礼帽，但是卫士们反映，人造毛皮黑色礼帽戴在头上气闷，而遭遇下雨就粘在一起，不美观。看来如何解决这一难题，尚有待开发更佳的代用品。好在加拿大黑熊皮制作的黑色礼帽很耐用，英国皇家御林军再戴个十年八年没有问题。

英国皇室制帽名师崔西先生说，“帽子是最具魅力的配件，它让人们串连上优雅与美的字眼。”这句话道出了英国人爱帽的真谛。

东京的乌鸦

登上东京都厅大厦第 45 层的展望台，居高临下，那里是俯摄东京的绝佳所在。我正在拍摄东京的风景，然而“煞风景”的是一群乌鸦闯入我的镜头，旁若无人一般穿梭于高楼大厦之间。

此后，在东京屡屡见到从空中招摇而过的乌鸦，而且不时发出“呱、呱”的鸦噪声。以高科技武装起来的日本人，不时精确测定东京乌鸦的数量，据说最高峰的时候东京的乌鸦多达 36000 只！不过，在定义“东京的乌鸦”时发生困难，因为日本科学家在给乌鸦戴上无线电发射器进行跟踪之后，发现白天在东京上空盘桓的乌鸦，大多数在夜晚飞往东京之外的神奈川县或者千叶县，这样的乌鸦算不算“东京的乌鸦”呢？

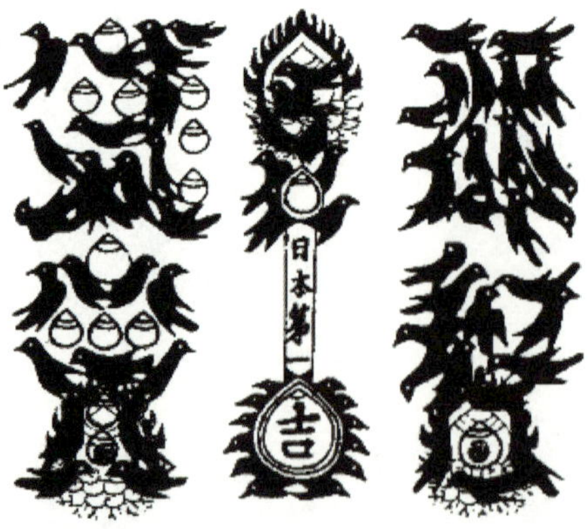

■日本把乌鸦奉为吉祥鸟

乌鸦们把家安在神奈川、千叶，看中的是那里良好的“居家环境”——繁茂的树林，而每天飞往东京，则是看中那里是食物丰富的“免费餐厅”。人口众多的东京，每天产生大量的生活垃圾，尤其是东京那么多餐馆，人们的残羹剩菜，正是乌鸦们的美食。越是食物发臭，偏爱食腐的乌鸦更是如得甘饴。东京是在早上收垃圾，于是家家户户把垃圾袋堆在街头，而乌鸦们也就赶“早班”飞往东京市区，用锋利的喙啄破垃圾袋，享受着“美味佳馔”。吃饱之后，它们就在东京的楼宇间“散步”，反正东京无鹰无隼，人们对乌鸦们也很友善，所以乌鸦在东京充满“安全感”。直到暮霭降临，乌鸦这才“下班”，飞回神奈川县、千叶县安身养神，以便明早再去东京“上班”。大阪市习惯于深夜收垃圾，那里的乌鸦则改为上“夜班”。

乌鸦

科学家们经过无线电跟踪，除了发现到东京“上、下班”的乌鸦之外，还有真正的“东京的乌鸦”。比如，有些乌鸦在东京代代木公园筑巢，生儿育女，夜晚在东京著名的明治神宫“安寝”，而“就餐”则在附近的新宿歌舞伎町，因为那里每天产生的生活垃圾就有32吨，乌鸦们饱食无忧。也有的“东京的乌鸦”在东京的公园或者国立自然教育园等绿树蓊郁之处建立爱巢。这些“东京的乌鸦”没有“上班、下班”的路途劳累，在东京更加优哉游哉，心宽体胖。所以人们在总结“东京的乌鸦”的特色时，归为三点：量多，嘴大，肥硕。

说实在的，对于乌鸦我没有什么好感，这倒不是出于中国人向来把乌鸦视为“凶鸟”，而是那毫无美感的一身乌黑以及刺耳、沙哑的聒噪。我不明白，为什么在日本、特别是在东京，乌鸦竟是那么的多?

其中最重要的原因，是日本人把乌鸦当作“吉祥鸟”、“神鸟”以至日本的“立国神兽”。日本足球协会采用八咫乌图案当作会徽，参加世界杯足球赛的日本队员的球衣上都绣着八咫乌，而八咫乌就是一只三脚乌鸦。

日本对于乌鸦的尊敬，可以追溯到日本第一代天皇，即神武天皇。据日本《古事记》和《日本书纪》记载，神武天皇在东征时，进入和歌山县熊野一带

的山林中，迷失了方向。由于神武天皇是天神御子，所以天神派八咫乌为他引路，破解迷阵，走出了熊野山。从此，日本人视乌鸦为神鸟。

其实，在中国，对于乌鸦也不是一味的否定。中国儒家推崇乌鸦“反哺慈亲”，树为“孝顺的典型”。白居易的《慈乌夜啼》，也热情讴歌乌鸦反哺。乌鸦严格遵守一夫一妻制，也受到人们的赞许。脍炙人口的唐朝诗人张继的名句“月落乌啼霜满天”中，“乌”就是指乌鸦，张继居然把乌鸦的啼声跟苏州寒山寺悠扬的“夜半钟声”相提并论，以为乌鸦跟月、霜、渔火、客船一样充满诗情画意。

当然，在中国更多的是对乌鸦的“批判”。所谓“天下乌鸦一般黑”，所谓“乌鸦嘴”，所谓“乌合之众”，所谓“乌鸦头上过，无灾必有祸”、“老鸦叫，祸事到”，都把乌鸦列为“反面角色”。

据说，乌鸦在中国“形象受损”，始于春秋。当时鲁国有个能听懂鸟语的人，名叫公冶长，贫而闲居，无以给食。某天有老鸦飞临他家，叫道：“公冶长，公冶长，南山有只大绵羊，你吃肉，我吃肠。”公冶长听后寻到山里，果得一只无主的大羊，食之有余。后失主追踪而至，竟诬公冶长偷羊，讼之鲁君，鲁君不信鸟语，遂将公冶长逮捕入狱。公冶长因此蒙受不白之冤。人们为他鸣不平，认为那只老鸦为公冶长招来了灾祸。从此，乌鸦就被视为招灾引祸的不祥之鸟。

在日本，由于人们的偏爱，乌鸦也就“目中无人”起来。日本人向来爱干净，乌鸦却在锃亮的轿车、充满花香的阳台甚至漂亮的衣服上，毫不留情地撒下那充满恶臭的排泄物。饱食终日的乌鸦还在春情发动的时刻无端攻击妇孺，甚至攻击上野动物园里的熊猫。

日本的乌鸦不仅狂而不羁，又非常聪明狡黠——据说，乌鸦的脑袋比较大，所以在鸟类之中算是“高智商”者。

比如，在“水泥森林”东京难以找到筑巢用的枯枝，乌鸦们就地取材，居然看中阳台上的铁丝晾衣架，便不客气地叼去作为建窝的“栋梁”，再配以在都市里俯拾皆是的塑料袋、香烟的过滤嘴，就筑成十分暖和而富有“东京特色”的新巢。

乌鸦喜欢吃胡桃肉，可是用喙啄不开坚硬的胡桃壳。东京的乌鸦居然把胡桃扔在马路上，当汽车的轮胎辗碎了胡桃壳之后，乌鸦们便惬惬意意地吃起了胡桃肉。

乌鸦们也屡屡给东京制造麻烦。比如，最常见的就是乌鸦们啄破垃圾袋，

■东京的乌鸦

用喙和爪翻找食物时，经常把垃圾乱丢一气，一片狼藉，然后扬长而去；乌鸦们把巢筑在电线杆上，那铁丝晾衣架多次使电线短路，造成停电事故；乌鸦们啄破光缆，使东京繁忙的通信中断；无聊的乌鸦们甚至抓起石子丢到铁轨上，使新干线的乘客们捏了一把汗；日本防疫专家甚至在两只死乌鸦身上发现H 5型禽流感病毒，这意味着乌鸦可能成为禽流感疫情的传染源……

面对乌鸦们的胡作非为，东京市民居然忍声吞气，对这些神鸟“礼让三分”。爱好干净的市民们不得不随时随地清除自天而降的乌鸦的“臭弹”。乌鸦的繁殖力颇强，越来越多的乌鸦给东京居民的生活带来诸多麻烦，东京终于设立了“乌鸦对策专门官员”，来研究如何对付乌鸦。按照日本当今的科技水平，根除东京的“鸦患”易如反掌，可以在几天内全部、彻底、干净地消灭乌鸦。然而，“乌鸦对策专门官员”只是对乌鸦采取“温和政策”，比如给垃圾袋盖个网，乌鸦居然能够掀起网的一个角然后钻进去觅食；又如在电线杆上安装特制的铝箱，给乌鸦当窝，以免乌鸦筑巢造成电线短路……后来，不得不进一步采取稍微“强硬”的措施，端掉一批乌鸦巢，处理掉一批乌鸦蛋和小乌鸦，然而这样做马上会受到东京动物保护协会的抗议。正因为这样，乌鸦仍然成批在东京上空悠悠盘旋，成为这座高度现代化的大都市的一道特殊的风景线。

印度的大象、神牛与蛇

斋浦尔可以说是我遇见大象最多的地方。特别是在从山脚前往山顶琥珀堡的时候，那络绎不绝的大象，仿佛是一支大象运输队。

中国人称乘坐出租车为“打的”。乘坐大象也就可以叫做“打象的”。在从山脚前往山顶的琥珀堡时，很多外国旅客“打象的”。

与通常的“打的”不同，“打象的”要到高高的“象的站”上排队。那“象的站”与大象的高度差不多。轮到你的时候，可以从“象的站”直接跨到大象背上的“雅座”。

大象通常可以载客 3 人，其中 1 人为“象夫”（对不起，不能叫司机）。“象夫”分开双腿，屁股下垫着个方形坐垫，骑在大象的头颈上。乘客的“雅座”是一个长方形的藤椅，用绳索固定在大象的背上，其中三面有护栏，另一面是一根活动的链条，在旅客上、下时拉上或者解开。藤椅上放着两个坐垫，可供两位乘客乘坐。

大象身上披红挂绿，打扮得相当漂亮。出租车有车牌，大象也有编号的“象牌”，只是大象身上无处可挂，就挂在象背的藤椅外侧。

“象的”很稳重，从不超速，当然也不会“酒驾”。大象迈着又粗又壮的四条腿，慢慢地而又有序地沿着公路前进，从山脚到山顶的琥珀宫，大约需要 20 分钟。

由于轿车可以直接开上山顶，我没有“打象的”，也就没有机会领略那与众不同的“象背风光”。

骑大象吸引了许多外国游客

轿车在上山的公路上，不断地为“大象的士”让路。一路上，“大象的士”鱼贯而行，比我在任何动物园里见到的大象都多。我算是开眼界了，原来印度在动物园之外，有那么多的大象。

此后在斋浦尔的大街上，也经常看见大象，或驮重物，或驮客。大象总是那样勤劳而温顺，给我留下美好的印象。

在恐龙灭绝之后，象是世界上最大的陆栖动物。象的栖息地主要是在非洲和亚洲，分别称为非洲象和亚洲象。

中国原本有许多大象。中文的“象”字是从甲骨文的象形文字转换而来的。三国时期著名的故事《曹冲称象》中那头大象就是孙权送给曹操的。

随着人类工农业生产的发展，野生大象的栖息地越来越小，数量急剧减少。在20世纪，野生大象一度从中国境内消失。直至20世纪90年代，由于云南生态环境的明显改善，近百头野生大象从泰国越过边境“回国”，择善而居，来到云南西双版纳。如今在西双版纳的原始森林里，已经栖息着300头左右的野生象。

据统计，在20世纪初，地球上还曾经有20多万头亚洲象，然而到了今日，亚洲象已被列入《濒危野生动植物种国际贸易公约（华盛顿公约）》附录一，被国际自然保护联盟（IUCN）列为濒危物种（EN）。现在，亚洲象只剩

下5万头左右，其中3万多头生活在印度。象的平均体温高达39.9℃，畏寒，所以印度那样炎热的环境适合它的生活。

在三百六十行之中，印度的象夫这一行是其他各国所罕见的。象夫把野生象驯化为“工作象”——为人类干活的大象。像斋浦尔的“大象的士”，就属于“工作象”。大象是非常聪明而且记忆力很强的动物。一头被驯化的“工作象”，至少记得40个来自象夫的指令。正因为这样，当“大象的士”排队上山的时候，一头挨着一头，很有秩序。大象通常的寿命可以达70～80岁，有的还是百岁寿星。因此，经过驯化之后，一头“工作象”可以多年为主人服务。

成年的大象身高达3米，重量达4～5吨，力气很大。然而大象是一个严格的“素食主义者”，虽说食量很大，但只吃嫩叶、野果、野草、野菜和嫩竹之类。大象吃的是草，干的是重活，而且从不“横行霸道”，只是到处随地大小便。

印度是最早驯养大象的国家，始于3500多年前，而印度的大象又多，所以大象深深地渗入印度人的生活，甚至渗入印度的宗教、艺术和文化。

印度人崇敬的动物有四，即大象、神牛、蛇和猴子，其中最受推崇的是大象。大象成了印度国家形象的标志。

中国的象征动物是龙，印度的象征动物是象。人们用“龙象共舞”来形容中国与印度携手共同发展。“飞奔的大象正在紧抓着龙的脚后跟”，则是印度媒体对本国经济迅速发展的比喻。

在印度教寺大门口左右，我常看见立着一对大象石雕。在印度的古代宫殿，大象的浮雕如同中国古代宫殿中龙的图案那样普遍。走进印度的工艺品商店，最多的是大象形象的工艺品，千姿百态的大象，不一而足。就连印度年轻人穿的T恤，胸前也印着大象图案。

印度商店里的象神雕像

我最常见到的是象头人身的雕像——象头神。象头神是印度教受崇敬的神之一，是智慧和财富的化身。象头神是大象常常渗入印度的宗教意识的典型。

关于象头神的来历，有着各种各样的传说，其中流传最广的说法是来自《湿婆往世书》：

印度教的主神湿婆沉醉于修行，经常外出修行多年也不回家一次。他的妻子帕尔瓦蒂在一次湿婆外出修行期间，利用净身用的姜黄黏土做出一个小男孩并赋予其生命，取名甘尼沙（Ganesh）。22年后，湿婆终于回家了，刚到家门口，就看见一个他不认识的英俊帅气的男孩儿守在那里，湿婆告知自己是帕尔瓦蒂的丈夫，谁知只听从母亲吩咐的男孩儿就是不肯放其入内。湿婆失去耐性，说话间便与男孩儿开战，不料这个小子力大无穷。这下湿婆急了，使出杀手锏三叉戟，一下子就把男孩儿的头颅给砍下了。

待帕尔瓦蒂沐浴完毕后，发现儿子居然在看家护院时被自己不知情的父亲所害，万分伤心，要求湿婆救活儿子。湿婆只好向创造神梵天求助。梵天告诉湿婆，在他一路寻找过程中所遇到的第一个且头朝北方的生物，便可将其首级拿来代替做甘尼沙的脑袋。于是湿婆便派遣他的天将四处寻找，最后发现一只正好头朝北方的垂死大象，待大象死后便取下其首级装到了甘尼沙身上，男孩甘尼沙复活了，但是他从此变成了象头神。

在印度，象头神甘尼沙家喻户晓。由于象头神是智慧之神，所以孩子们在上学前要向他朝拜；由于象头神还是财富之神，类似于中国的赵公元帅，所以商人们对他礼拜最勤。

印度人在写信的时候，喜欢在开头写上：“荣耀归于甘尼沙……”

关于象头神甘尼沙，还有一个有趣的故事：

象头神曾为记下印度大史诗《摩诃婆罗多》而不眠不休地听其作者广博仙人口述，并用自己的神笔抄写下来。但由于这篇史诗的长度有如海量，最后把神笔也写坏了。象头神于是把自己的右牙折断，沾上墨水，继续听仙人的口述，不断抄写，终于把大史诗《摩诃婆罗多》整篇笔录下来。所以，众多画像或雕塑中的象头神只有左牙而没有右牙。

如此说来，近年来在中国各地兴起的口述历史热，其“祖师爷”当推象头神甘尼沙。

■象神

不过，这样少了一颗象牙的象头神甘尼沙的形象毕竟不对称，不好看，所以在通常的各种各样的象头神甘尼沙的雕像、画像之中，甘尼沙左右都有象牙。

每年的9月3日起，前后10天，是印度的“象头神节”。象头神节是印度重要的宗教节日之一。在节日期间，印度教教徒把象头神的神像“请”（也就是买）回家中，意思是引入智慧、财富和吉祥。在节日的最后一天，印度教教徒们举行盛大的仪式，把象头神的神像“送”（也就是放）入河流和大海，让它随波而去，意味着除旧布新。

大象在印度有这么多趣事和传说，令我在印度的街上看见迈着稳健步伐、干着苦力活的大象们，肃然起敬。

印度还有着奇特的“牛文化”。

在印度，到处可以看见无忧无虑、悠然自得的牛。如果牛在地球上可以选择“国籍”的话，百分之百要选择印度。

在印度，我这才亲切体会到“横行霸道”的含义是在印度的马路上牛享有高度的自由，不论是乱穿马路、横冲直撞、逆行以至躺下来晒太阳，都无所顾忌，旁若无人，甚至还在高速公路上自由自在地散步。人车与牛交会，只有人让牛，不可能牛让人。可以说，印度的牛的“横行霸道”，真是达到罄竹难书的地步。

唯一的例外是新德里挂着“神牛止步”的牌子。

牛在印度享有“刑事豁免权”。牛在印度总是尽其天寿而亡，屠宰场的屠刀从不沾上牛血。那里只是羊的“刑场”，与牛无关。

在印度人眼里，或者更准确地说，在印度教的教徒眼里，牛不是一般的动物，而是罩着神圣光环、至高无上的“神牛”和“圣牛”。

牛在印度是怎样戴上“神牛”、“圣牛”的王冠的呢？

这是因为牛与印度教的主神毗湿奴以及湿婆都有很密切的关系。

据传说，毗湿奴最重要的人间化身黑天在牧区长大，从小是个放牛娃，与牛亲密无间，所以牛也是神；

又据传说，牛是湿婆神的骑乘，也是它的麾下，所以牛是神。

印度教经典认为，牛还是繁殖的象征，是人类维持生活的基本依靠，是人类最好的朋友；是牛帮助农民耕作供养人类，是牛献出乳汁哺育人类。因此，与其他动物不同，牛是不可侵犯的，是应该受到人类顶礼膜拜的，是神圣动物。

就这样，传说加上经典，把牛推上了神坛。

圣雄甘地曾经说过这样的话：“尊敬、保护牛类，是人类最崇高的行为，这种行为能使人超凡入圣。牛，它代表一切生物，人类经过对牛的尊敬可达万物化一之圣境。牛为亿兆人民的母亲，慈爱的化身。”

就这样，在印地语中，“奶牛”一词常和“母亲”一词连用，组成复合词“奶牛母亲”，即如汉语的“祖国母亲”，可见牛在印度人心目中的崇高地位。印度现在最大的一家牛奶公司的名字就叫“母亲奶制品公司”。

印度教徒以为，牛是神，只能年迈病死，不可宰杀，更不能食其肉，否则会恶有恶报，宰杀牛其罪等同杀害生身父母！

正因为印度如此“崇牛”，所以我去印度的时候，只背棉布做的双肩包，没有背那个牛皮包，以免给印度教徒太强烈的刺激。

锡克教徒、佛教徒和耆那教徒等也不食牛肉，与印度教有着相同的看法。在英国统治印度时期，印度教徒多次发动“护牛运动”。但是伊斯兰教则无此观念，这成为印度教徒和印度穆斯林之间的重要分歧点之一。有时候，印度教徒和印度穆斯林之间会为牛产生矛盾，原因就在于对牛的看法不同。

据统计，印度大约有 2 亿多头牛，居世界第一。

在印度，我常常看见瘦骨嶙峋的牛。这些牛大都是年迈的牛。印度的牛由于是神，几乎不干活，充其量是母牛担负起生产牛乳的责任。印度的乡间有马车、驴车，也有骆驼、大象拉车，唯有牛惬惬意意、懒懒散散，不干活，到处晃荡。

牛在印度不仅受到印度教义的保护，有人甚至还要把“禁止宰牛”写入法律。

印度的这种“牛文化”，不仅其他国家的人难以理解，就在国内也有很多人表示反对。曾经担任印度粮食农业部部长的恰克吉芬 · 拉姆就明确指出：

“现今的印度教教义太狭隘了。古时候的印度人就吃牛肉，圣典《吠陀经》上也有记录。所以将‘禁止宰牛’予以法律化实在不恰当。”

恰克吉芬 · 拉姆的言论一出立即遭到了许多印度教徒的猛烈抨击。

不过，在印度的五星级饭店，也供应牛排、牛肉，那是为了迎合外国游客的需要。那里的牛排、牛肉，是从国外进口的。杀牛的“刽子手”在国外，印度教徒们也就无从追究了。

印度这种特殊的“牛文化”，表明了宗教的力量是何等的强大，宗教的意识是何等的深入人心。尽管时间列车已经驶入21世纪，印度也口口声声在宣称实现现代化，然而牛在公路上妨碍交通，牛粪到处都是，印度人依然故我，仍在“尊牛”、“崇牛”，在这一点上绝不与国际接轨。

印度人崇敬大象，形成了特殊的“象文化”；印度人尊敬牛，形成了不多见的“神牛文化”；印度人又崇拜蛇，形成了富有特色的“蛇文化”。

在瓦拉纳西，当我走出印度教庙，一位耍蛇的印度老人手持一条大蝮蛇向我招手。在付了小费之后，他把蝮蛇架在我的脖子上，并与我合影。当时这条大蝮蛇给我的感觉是又凉又滑。

在斋浦尔，当我在山顶的琥珀堡参观时，忽然听闻一阵嘹亮的笛声。我走向前去，看见两位耍蛇者正在让最具毒性的眼镜蛇在笛声中翩翩起舞。一位穿着“ARMY”（军队）T恤的游客走向前，坐了下来，耍蛇者让眼镜蛇从他的头顶盘至他的脖子。

蛇放在脖子上的感觉是又凉又滑

在印度，这样的耍蛇者在街头比比皆是。

我不由得记起，在1964年我曾经专程到江苏南通采访季德胜大夫。穿着白大褂的他，原本就是一个摆地摊、耍蛇卖药的流浪汉。季德胜出生在江苏省宿迁县乡村，家境贫穷，历代依靠耍蛇卖蛇药为生。季德胜从父亲那里学会捕蛇、耍蛇技巧，并继承了祖传蛇药秘方。后来因宿迁大旱，他流浪到南京，辗转来到南通，在当地的土地庙住了下来。1956 年，一辆轿车在破旧的土地庙前停下，南通市卫生局派专人接他去南通市中医院，担任蛇毒专科医师。他深受感动，献出了祖传蛇药秘方。南通市根据他的祖传秘方，开设了季德胜蛇药厂，大量生产季德胜蛇药。由于季德胜蛇药具有很好的治疗疗效，所以行销全国。1958 年，季德胜出席全国医药卫生经验交流会，被聘为中国医学科学院特约研究员……

采访季德胜，使我得知，他早先作为一位街头的耍蛇者，确实有一套捕蛇、耍蛇的本事，而且还能以祖传蛇药治疗被毒蛇咬伤的患者。

正因为这样，我来到印度，也就格外关注那些街头的耍蛇者。在我看来，他们能够耍剧毒的眼镜蛇于股掌之间，确实有一套真功夫。

印度的耍蛇者远比中国多，是因为印度天气炎热，所以蛇的繁殖很快。

印度蛇多，还因为印度人敬重蛇。印度人把蛇看作是“神”的化身，内中眼镜蛇特别受到崇敬，被称为“努拉盘布”，即“善蛇”。印度教徒以为，蛇是通人性的神。只要人无伤蛇之心，蛇就没有害人之意，所以印度人愿与蛇共舞。

在印度古代，就有关于“蛇女”那伽的传说。那伽半人半蛇，下半身是蛇体，上半身是人形。那伽美丽动人，富有性感，既是智慧的化身，又是生殖之神，还是财神的化身。印度人崇拜“蛇女”那伽，相信蛇能够给他们带来智慧，多子多孙，财源广进。

中国有着家喻户晓的神话《白蛇传》，而印度版的《白蛇传》也很动人，那就是印度古代故事集《五卷书》中所写的《与蛇结婚的女孩子》：

> 迦玛什已经结婚了，但一直没有与她的丈夫同床，因为她的丈夫每天晚上都与情人在一起，他回到家中时只是默不作声地吃饭。迦玛什为赢得丈夫的爱，特制了一种富有魔力的饮料，但她后来又害怕这种饮料会致丈夫于死地，因此她把做好的饮料扔掉了。花园里有一条蛇喝了这种饮料，深深地爱上了迦玛什。他走进迦玛什的家，迦玛什在卧室里看到外面有个非常像她丈夫的男人，便走向前去与他说话，他说起话来与她的丈夫一模一样。她没有再多问他，而是将他引进了屋里，那天晚上，他使迦玛什享受到了万分的快乐。此后，他每天夜里都来到她的身边，不久她便怀孕了。

知道这种情况后，那由蛇变成的丈夫想告诉她事情的真相。他说："迦玛什，你知道我是谁吗？我不是你的丈夫，我是蛇王。"然后他现出了自己蛇的面目。迦玛什吓得不敢睁开自己的眼睛。为了不让她害怕，他又变成她的丈夫的模样。

迦玛什的丈夫发现她怀孕后，对她的不忠行为进行了谴责，因为他知道自己从来没有与她睡过觉。但迦玛什坚持自己是贞洁的，丈夫对她进行考验时，蛇王帮她渡过了各种难关，证明了她的贞洁，这使她的丈夫也开始怀疑，自己是不是在某个时候于无意识之中与妻子同过床。数月后，迦玛什生了个儿子，可爱的儿子使她的丈夫开始对她着迷了，他抛弃了情妇，与妻子幸福地生活在一起。从此以后，蛇王不再与迦玛什幽会了，后来，蛇王悲伤地死去了。迦玛什一家为蛇王举行了葬礼。

跟中国的《白蛇传》中作为蛇化身的白娘子无比善良一样，印度版的《白蛇传》中作为蛇化身的与迦玛什幽会的男子同样心地善良。

印度不仅有蛇神，有蛇的神话，还有蛇庙、蛇村、蛇舞、蛇船赛，每年甚至还有蛇节。

印度雪拉莱市因与蛇共舞了数百年，被印度人视为蛇节的发源地。据称，每年8月份当蛇节到来的时候，雪拉莱的市民是这样庆贺的：

市民们不分男女老少，不约而同到郊外去捕一次蛇。他们把捕来的蛇集中放到一座古老的庙宇里"囤积"。

吃过晚饭后，他们来到庙宇里，争先恐后徒手捉起一条蛇或数条蛇，步出庙宇外开始尽情狂欢，与蛇共舞。

他们几乎人人手上都揣着一条蛇，有的人将蛇抱在怀里，不停地亲吻着；

有的人将蛇缠绕在身上，大摇大摆地迈着方步，像是借以炫耀自己的胆大无比；

有许多年轻的女性竟然把蛇系缚在肚脐间，当作美丽的"腰带"；

还有一些小孩子，只穿着短裤，赤裸着的身体上倒挂着八九条红绿斑纹相间的小蛇……

尽管众多人会被蛇咬伤、缠伤，但他们却引以为豪。这些人认为，被蛇咬了、缠了，预示着今生今世无灾无病。

澳大利亚的袋鼠和考拉

记得，前往上海澳大利亚总领事馆签证的时候，领事馆的墙上，挂着澳大利亚国徽，左边是一只袋鼠，右边是一只鸸鹋。

当我乘坐的飞机刚刚降落在悉尼国际机场的时候，便见到停机坪上好几架飞机高高翘起的尾翼上，都漆着红地白色的图案，那白色图案便是一只正在奔跑的袋鼠。这表明，袋鼠成了澳大利亚的标志性动物。

进入澳大利亚之后，我发现在澳大利亚的硬币背面，刻着各种各样澳大利亚特有动物的图案。尤其是考拉，格外的可爱。

于是，我和妻决定去悉尼的动物园一游，看看澳大利亚的动物。我向在悉尼住了20年的一位朋友打听，去悉尼的动物园该怎么走？他的回答令我惊讶，他居然没有去过！

后来，我向一位悉尼的大学生打听，她告诉我，悉尼的动物园叫塔郎加（Taronga）动物园，就在悉尼歌剧院的对面，可以从悉尼歌剧院的环形码头乘船到那里。她还告诉我，买“套餐票”最方便。所谓“套餐票”，即包括来回渡船费、公共汽车费、动物园门票费和缆车费。塔郎加动物园很大，可以游一整天。最好别在周末或者周日去，人太多。

真是“路在嘴边”，经这位小姐一介绍，我心中就有底了。

于是，在一天早上，我和妻吃过早餐之后，就从阿什菲尔德乘火车出发，直达环形码头站。从火车站一下来，迎面就是前往塔郎加动物园的渡船码头，非常方便。按照那位小姐的提示，我们买了“套餐票”，每人39澳元。售票员给了我们一张卡。

塔郎加动物园在北悉尼。我在码头等了一会儿。起初，只有几位印度小姐在等船。当乘客“积累”到二十来人时，渡轮来了。渡轮很大，可以载几百人，所以二十来人上船之后，显得很空。我挑选了二楼甲板上的露天红色长椅坐了下来，便于观赏海景。渡轮启动后，在碧海中犁出一道雪白的浪迹。

真不错，渡轮横穿杰克逊海湾，可以说是一条景观路线。因为平常只能从岸上观看悉尼歌剧院和港湾大桥，而现在可以从海上欣赏，角度不同，景观也全然不同。船行景移，在二楼的甲板上，我拍摄了一帧又一帧照片。我不光是从各种角度拍摄了悉尼歌剧院和港湾大桥，而且还拍摄了悉尼市区的高楼群以及杰克逊海湾中的小岛。这个小岛当年是关押犯人的监狱，倘若不是渡轮从小岛之侧驶过，在岸上是很难拍到的。

渡轮大约行驶了 20 分钟，在北悉尼的莫斯曼码头泊岸。一上岸，便有一辆公共汽车等在那里。“套餐票”里包括公共汽车票，所以刷一下卡就可以了。公共汽车把我送到了塔郎加动物园的正门。

塔郎加动物园的拱形正门古色古香。塔郎加——Taronga，在澳洲土著民族的语言里面是“美丽的水上景色”的意思。这个动物园建于 1916 年，已经有 90 多年的历史。

动物园里的路径曲里拐弯，必须拿一张动物园地图，才能心中有数。看了地图，经过游览，我发现塔郎加动物园的布局极佳。通常，动物园是在平地，而塔郎加动物园却在一个巨大的山坡上。正门设在山坡的最高处，让游客从高往低游览，这样很省力。动物园的出口，就设在莫斯曼码头。游客也可以不乘公共汽车，那里的出口同时也是入口，从那里进入之后，可以乘动物园里的缆车，从山脚到山顶，再从山顶慢慢往下游览。当然，也有不少年轻的游客喜欢从低处往高处游览，到了高处之后，仍可以乘缆车回到低处。

在动物园的正门以及出口这两端，设有商场、餐厅，便于游客购买纪念品以及用餐。

我很欣赏这里的缆车，不仅可以观赏动物园的全貌，而且可以观赏杰克逊海湾以及对岸的悉尼歌剧院，真可谓“美丽的水上景色”。

塔郎加动物园很大，既有大象，也有海豚、老虎。我把观赏的重点放在澳洲的特有动物上。

我来到了袋鼠园。袋鼠园的园门有两道，关好第一道门之后，再开第二道门。原来，袋鼠园里的袋鼠是自由放养的，这样两道门可以防止袋鼠外逃。

调皮的袋鼠

袋鼠园里有许多袋鼠，在那里或觅食，或散步。虽说过去在电视里看见过袋鼠，但现在能够跟袋鼠零距离接触，也觉得特别新奇。袋鼠不会伤人。不过，管理员还是站在那里避免意外。这里的管理员一律穿灰色制服，脚蹬皮靴，腰间挂着步话机，如同警察一般。

我开始拍摄袋鼠。袋鼠居然大模大样跑过来，甚至还抓住我的背包，跟我玩耍。

据说，英国库克船长在登陆澳洲之后，第一次看见袋鼠是在1770年7月22日。那天，他派几名水手上岸打猎，打算改善一下伙食。水手们打猎回来，说是见到一种特殊的野兽，有猎犬那么大，老鼠颜色，跑起来一蹦一蹦的，行动迅速，转眼之间就不见了。过了两天，库克船长也亲眼看见了这种前腿短、后腿长的奇特动物。

库克在日记中这么写道："走了几里之后，他们发现四只这样的野兽。本克斯的猎狗去追赶其中两只，可是它们很快跳进长得很高的草丛里，狗难以追赶，结果让它们跑掉了。据本克斯先生观察，这种动物不像一般兽类那样用四条腿跳，而是像跳鼠一样，用两条后腿跳跃。"

库克在日记中提到的本克斯先生，是参加考察的一位英国生物学家。

当库克向当地的土著居民询问怎样称呼这种动物，土人回答："康格鲁（kangaroo）"。从此"康格鲁"成了袋鼠的英文名字，并沿用至今。

后来，人们才明白，原来"康格鲁"在当地土语中是"不知道"的意思。

袋鼠可以说是动物世界里的跳远冠军。袋鼠以跳代跑，最高可跳到 4 米，最远可跳至 13 米，是跳得最高最远的哺乳动物。袋鼠蹦跳时速度可达每小时 40 ~ 65 千米。袋鼠尾又长又大又硬，仿佛是袋鼠的第五条腿。袋鼠跳跃时，尾巴可作为平衡器，而休息时可以跟两条后腿一起成为支撑身体的"三脚架"。

袋鼠是食草动物，吃多种植物，有的还吃真菌类。

袋鼠的品种很多，澳大利亚有 47 种袋鼠，诸如百喉袋鼠、红颈袋鼠、岩袋鼠、羚袋鼠、东澳灰袋鼠等。

袋鼠的最大特色还在于“袋”。所有雌性袋鼠都长有前开的育儿袋，育儿袋里有 4 个乳头。袋鼠每年生殖 1 ～ 2 次。刚出生的小袋鼠很小，只有铅笔头那样大小，长 2 厘米，重 0.5 ～ 0.75 克，没有毛，看不见东西。小袋鼠生下后立即被妈妈存放在育儿袋里。小袋鼠在育儿袋里被抚养长大，直到一年后正式断奶，才离开育儿袋。

袋鼠跟大熊猫不同，不属于珍稀动物。袋鼠的繁殖力很强。一只公袋鼠的繁殖能力相当于 26 头牛。正因为这样，目前在澳洲大约生活着 6000 万只袋鼠。

在高速公路之侧，我常见到画着袋鼠图案的标志。当地友人告诉我，这是在提醒司机，附近是袋鼠活动频繁的地区，要格外小心。我问，袋鼠并不伤人，为什么要提防袋鼠？友人答道，在袋鼠活动频繁的地区，袋鼠有时会跑到高速公路上活动。大的袋鼠一般身高有 2.6 米，体重约有 80 千克。万一轿车躲避不及，撞上大袋鼠，就会造成车毁人亡的惨剧。再说，袋鼠太多，也会对森林、草原造成危害。

正因为这样，在袋鼠太多的地区，澳大利亚每年都要组织人力射杀一批袋鼠，有时一年要射杀 100 万到 200 万只袋鼠。袋鼠肉可供食用，味道像猪肉。

离开袋鼠园，我便去参观考拉园。

考拉园里静悄悄，不见考拉的踪影。见到别的游客仰首瞻望树冠，我也仰起头来，嗬，见到考拉了，正抱着树干在那里呼呼大睡！

考拉的模样，要比袋鼠可爱。我非常喜欢考拉那副憨态：黑黑的小眼睛，长而乌亮的鼻子，两只大而圆的耳朵，一身棕灰色的毛（腹部的毛为淡黄色）。考拉紧紧地抱着树干，睡得又香又甜。正因为这样，考拉有着“世界上最可爱的动物”、“从童话里走出来的动物”的美誉。

在睡觉的考拉之侧，还有两只考拉，正在那里咀嚼树叶。

考拉只吃桉树的树叶。澳大利亚有几百种桉树，考拉只爱吃其中的 20 多种桉树叶。每天，管理员要从桉树林里采摘新鲜的桉树枝，一束束放到考拉树下的桶里，让考拉伸手就能抓到桉树枝，不停地咀嚼着桉树叶，真可谓“饭来张口”。

在野外，澳大利亚满山遍野都是桉树。桉树叶有着一股强烈的气味，别的动物都退避三舍，而考拉却非要吃这种桉树叶不可。正因为这样，考拉只能生活在长满桉树的澳洲，成为澳洲特有的动物。

考拉只吃桉树的树叶，不喝水，“Koala”的澳洲土著语原意，就是“不喝水”的动物。其实，考拉是从桉树叶里摄取脂肪和水分。一只成年考拉一天能吃 1 千克以上的桉树叶。

考拉没有尾巴，所以又称“无尾树熊”。

考拉是树栖动物，喜欢独居，没有固定的窝。考拉绝大部分时间是在树上度过的。考拉难得从树上下来，而考拉下地也是为了爬上另一棵树。

考拉非常贪睡，每天平均至少要在树上睡 15 ~ 19 个小时。正因为这样，我给那只抱着树干的考拉咔嚓咔嚓拍了许多照片，考拉照睡不误。所以考拉的一个雅号叫“懒熊”。

考拉性情温顺，不伤人。考拉胆子小，受到惊吓，会发出婴儿一般的哭声。

小考拉抱着树睡觉

过去我只知道袋鼠有育儿袋，这一回我才知道考拉也有育儿袋。刚刚出生时，小考拉也像小袋鼠那样小，像一颗粉红色的软糖，没有毛发，双眼紧闭。小考拉爬进妈妈的育儿袋，袋里有两个乳头，育儿袋成为小考拉的宾馆兼餐馆。在开头的几个月里，小考拉只吃母乳，而且从不钻出育儿袋。到了出生 5 个多月，小考拉的眼睛、耳朵和皮毛慢慢长好，这才从育儿袋中探出头来。

到了一岁的时候，小考拉能够直接吃桉树叶了，这才离开妈妈的襁褓，开始独立生活。

原本澳大利亚到处是考拉。后来由于考拉赖以安身立命的桉树被大量砍伐，而且人们还大量猎杀考拉，使考拉的数量急剧降低。如今，澳大利亚联邦政府规定，每年 10 月 20 日为全国考拉日。每逢这一天，人们自发地组织起来，开展各种挽救考拉的活动，树立保护考拉的意识。

那天，我在塔郎加动物园度过了愉快的一天。我见到许多中小学生在老师的带领下，一边参观，一边认真地记笔记。塔郎加动物园既是游玩的乐园，又是知识的殿堂。其实，不仅对于中小学生是如此，对于我何尝不是如此。

日本的名片——樱花

什么时候去日本最好？

日本朋友说，当然是樱花烂漫时。

樱花是日本的国花。在千树万树樱花开的时节，正是一年之中日本最美丽、最动人的时刻。

我正是选择了樱花盛开之时前往日本的。

一年一度樱花开。当和煦的春风吹拂日本列岛，从最南端的九州岛开始绽放，逐渐向北推移，吹开四国岛、本州岛的樱花蓓蕾，最后推进到最北端的北海道岛。日本把每年的 3 月 15 日至 4 月 15 日定为“樱花节”。

由于办理签证、预订机票要提前多日，我选定了 4 月 10 日飞往日本。不过，去日本之前曾经暗暗担心，虽说年年樱花开，大致上是在 3 月 15 日至 4 月 15 日，可是各地的花期年年各不同。日本相关部门每年都会就当年的樱花花期做出预报。就像天气预报常常会出错那样，樱花的花期预报也不尽准确。春日春风多变幻，频频袭来的寒潮会推迟樱花绽开的时间，而阵阵暖风又不断把樱花的花期提前。樱花无限美，而这“美人”亮相人间却又是那么的短暂，就一朵樱花而言，从蓓蕾初绽到凋谢只有 7 天而已，而一棵樱树从开花到全谢大约为 16 天左右，其中盛花期同样不过一周。赏樱的最佳时刻，当然是在盛花之际。然而，樱花的开放除了跟气温相关之外，还受风雨制约。当樱花盛开之际，一场狂风横扫，或者遭遇一场猛雨，则娇嫩的樱花便落英缤纷，盛况不再。正因为这样，就日本人而言，每年总有赏樱时，然而就远道赶来的外国人来说，能够相逢樱花烂漫时，并非易事。

就在去日本前，我去了杭州。一路上，从火车的车窗望出去，金灿灿的油菜花一片又一片。到了西湖，粉红的桃花、雪白的梨花，如同彩云飘浮在澹澹湖水之侧。去了日本我才明白，当中国的桃花、梨花、油菜花绽放的时候，大致上也就是日本樱花笑迎天下客的时候。

在前往日本的前一天，我特地去了上海植物园。那里有不多的几棵樱花，其中一大半的樱花已经谢了，只有一棵的半边处于盛花期。我在那里试拍樱花，发觉在逆光下拍摄樱花最为漂亮，在蓝天的反衬下，樱花的花瓣近乎半透明，看上去像景德镇生产的薄瓷一般。

选择在 3 月 15 日至 4 月 15 日之间去日本，除了赏樱之外，就天气而言，并非旅游的最佳季节。这时，在中国正值“清明时节雨纷纷”，正是所谓“春天孩儿面，一天变三变”，正是所谓“东边日出西边雨”，下雨天对于旅游者来说当然扫兴。尤其是喜欢摄影的我，晴天格外重要，因为摄影是光与影的艺术，我盼望着在蓝天白云的衬托下拍摄樱花。另外，就气温而言，在春日里旅行没有夏日或者初秋轻松，因为春天乍暖还寒，外出时不能不穿着春装，却又不得不带着显得累赘的冬衣。

我在离开上海之前，从网上查看了日本的天气预报，真是令人沮丧：预报开列的未来 3 天天气，全是阴有雨，而且还是小雨转雨量中等！

唉，运气竟是这么不济，我恨不得把飞机票改期。

离开上海那天，阳光灿烂。然而，到达大阪的时候，机翼下是浓厚的云层。出了机场之后，朝神户进发，半途中飘起了细雨。到了神户，果真变成了“雨量中等”。我和妻不得不冒雨游神户。我的心境也像低垂的铅灰色的乌云一般变得压抑。

在头一天遭遇“下马威”之后，翌日一早，我一起床，第一件事就是撩开窗帘，一看，雨住了，只是天仍是阴沉沉的。然而，在吃完早餐之后，云层渐渐变薄，天渐渐发亮。在前往大阪途中，我欣喜地见到天幕中露出了蔚蓝色的一小块“天眼”！当我来到大阪城公园，金黄色的太阳当空高照，开始了一个大晴天。

从那以后，老天对我仿佛格外“照顾”，居然总是“晴到多云”或者是“多云转晴”，只是在东京遇上一场雨，不过那场雨只在上午下了两个小时就“收摊”了，到了中午便晴空万里。然而，就在我回到上海不久，从报纸上读到新闻，“暴风雨席卷东京，逾八万旅客受阻”。

■樱花下的古老的大阪城

更值得庆幸的是，到达日本的翌日，我在大阪城公园竟然处于樱花的海洋之中！据说，这是由于2008年日本的早春气温偏低，春寒料峭，樱花的花期推迟了。这样，我正好遇上樱花盛花期。

从大阪到名古屋，从静冈到富士山，从横滨到东京，一路上樱花似潮。纯白的，粉红的，浅黄的，桃红的，各色樱花争艳赛丽。日本共有340种不同种类的樱花，不仅花色不同，树的高矮形状也不同。在历史悠久的京都，我在一处老宅里见到有几棵像电线杆那么粗、那么高的樱花，真可谓玉树琼花，迎风挺立。然而，也就在京都的一家中华料理店的停车场旁，有一排十几棵玫瑰红色樱花，状如垂柳，随风起舞。

在日本，樱花漫山遍野。在道路两侧，樱花夹道而立；在河边，樱花沿河招展；房前屋后，一株又一株；在田野山坡，一丛又一丛。尤其是在松柏、草坪那墨绿、翠绿衬托之下，浅色的樱花更加显得突出。

住在东京成田的时候，清早起雾，我在雾中见到山野中的一丛樱花，若隐若现，给人一种朦胧之美；入夜，我在静冈的滨名湖畔散步，见到一束束彩光照射在一棵棵樱花上，又给人一种幻梦之感。

樱花在植物学分类上属蔷薇科（Rosaceae）樱属（*Cerasus* Mill.）落叶乔木，中国是樱花的主要原产地之一。“樱花”一词，最早见于唐李商隐的诗句：

■东京的樱花

“何处哀筝随急管，樱花永巷垂杨岸。”日本种植樱花，已经有 1000 多年的历史。最初，品赏樱花只是日本达官权贵们的雅兴。在公元 7 世纪，日本持统天皇偏爱樱花，每年樱花盛开之际，要前往奈良的吉野山赏樱花。到了公元 9 世纪，嵯峨天皇主持了日本历史上的第一次赏樱大会。樱花之美人人爱。日本的文人雅客为樱花吟诗作歌，百姓也在樱花绽放时成群结队前去山野观赏。从此，“花见”（观赏樱花）成为日本春日的象征。

渐渐的，天皇的皇宫里种满樱花，可以不出宫便与樱花为伍。百姓也在院子里、阡陌侧、河之畔遍植樱花。这样，每当春姑娘翩翩来临，处处便可以见到以花相迎的樱花了。樱花也就当之无愧成为日本的国花。

樱花似乎“红颜薄命”，樱花转瞬即逝。我见到一阵风吹过满树樱花，挟持着纷纷扬扬的细嫩的樱花花瓣，在空中形成一场“花雨”。一夜春雨，更使樱花落红无数。倘若林黛玉此刻也来到日本，恐怕又要为葬花而热泪纵横。更可叹的是，樱花有花无果，未免给人以“晚景凄凉”之感。也正因为这样，能够在红云朵朵般的樱花树下漫步，呼吸着带有淡淡清香的空气，能够用数码照相留住瑰丽多姿的樱花的倩影，随时随刻都能在电脑屏幕上再现永远的樱花，使我对东瀛之行深感满足。

韩国名片——泡菜和人参

在路过光州的一家韩国餐馆时，我惊讶地发现，那硕大的一个个招牌字，竟然是写在一个个泡菜瓮上的！

在全罗道内藏山，我还看见一家餐馆，居然把一个个泡菜坛嵌在墙上。

在世界上，虽说好多国家也食用泡菜，中国也有知名的四川泡菜、湖南泡菜，但是对泡菜的爱好达到如痴如迷的国家，唯有韩国。

2009 年 11 月 9 日，2700 名韩国志愿者在首尔一所学校的操场上摆开阵势，人人动手制作泡菜。如此众多的“泡菜迷”一起做泡菜，创造了世界吉尼斯纪录。

泡菜甚至成了韩国的“名片”。在 2005 年，一群“泡菜迷”发布了《泡菜宗祖国宣言》，宣称：“泡菜，是显示祖先智慧的传统食品，与米饭相配是我们民族的最重要食品”。接着发出感叹道：“然而，近来因外来食品的涌入，在我们的餐桌上泡菜日渐被疏远，这不能不令人着急”。宣言最后说：“我们向世界郑重宣布，大韩民国是泡菜的宗主国，同时我们庄严宣誓，为了让泡菜作为韩民族的骄

■韩国餐馆的外墙上砌着泡菜坛

傲，进一步发展成全球性食品，将竭尽全力研究和发展泡菜。”这篇《泡菜宗祖国宣言》最后发出了呼号：“大韩泡菜万岁！”

■大白菜也能当标志物

非常巧，当我来到韩国西南部的名城光州的时候，正好那里在举行一年一度的“光州辣白菜文化庆典”。发酵辣白菜，也就是泡菜。为泡菜举行如此盛大的庆典，使我有机会亲身感受韩国人对于泡菜的高度热情。

“光州辣白菜文化庆典”在光州市中心的光州体育场举行。这座可以容纳几万人的体育场，那天不是挤满球迷，而是涌来众多普通的市民。“辣白菜，千年的美味！”是庆典的主题词。

作为“光州辣白菜文化庆典”的标志物，竟然是一棵高高矗立的辣白菜（泡菜），这在世界上恐怕绝无仅有。在巨大的欢迎标语上，画着做泡菜的一系列辅料的形象：大葱、辣椒、洋葱、黄瓜、茄子、大蒜、萝卜……

“光州辣白菜文化庆典”原本叫做“光州辣白菜庆典”，已经举办多年，最近加上了“文化”两字，以提高泡菜的文化层次。“辣白菜是一种文化”的标语，贴满光州体育场。

由于加强了泡菜的文化含义，所以庆典开展了一系列“辣白菜研讨会”活动，其中有“共同分享充满爱的辣白菜”会议，光州市市长朴光泰、光州辣白菜文化节促进委员会委员长金成勋都出席了会议。此外，还有“韩国辣白菜协会”、“世界辣白菜协会”、“韩食世界化促进委员会”的成员们也出席了会议。

电影《食客Ⅱ——辣白菜战争》的主要演员金正恩、金钜、王智慧等明星，也作为“光州辣白菜文化庆典”的宣传大使，为庆典造势。

光州体育场用近千平方米的面积，设立“辣白菜博物院”，供市民参观。这个博物院分为“世界辣白菜研究所宣传馆”、“世界健康食品发酵馆”、“调味料和香辣料探秘馆”、“世界饮食文化馆”、“八道辣白菜文化馆”，所有的展品都紧扣主题——“辣白菜文化”。庆典还准备出版《国际泡菜学术论文集》、《泡菜产业目录集》。韩国人浓得化不开的泡菜情结，真令我感动。

“光州辣白菜文化庆典”的种种活动中，有一项“外国人做泡菜”活动。

我们这群外国人也就成了嘉宾。

一踏进“腌制泡菜体验馆”，我就见到一大排桌子上，已经放好一个个圆盘和一份份泡菜的原材料。一位身穿蓝衣红裙的韩国小姐正在迎候大家。她开始讲解泡菜的基本知识，另一位小姐担任汉语翻译。

她说，韩国的泡菜有着3000多年的悠久历史。你们中国也很早就有泡菜，《诗经》里出现的“菹”字，在中国的字典里被解释为酸菜。韩国人认为，这是世界上首次有文字记载泡菜的文献。

她说，韩国有着漫长的冬季，往往吃不到新鲜的蔬菜，因此腌制蔬菜就成为保存蔬菜的重要方法。最初是腌制萝卜。在中国明朝的时候，大白菜传入“李氏朝鲜”，腌制大白菜日渐盛行。由于腌制之后的大白菜总是沉在水中，所以当时叫做“沉菜”。后来这名字演变成“泡菜”。

她说，到了16—17世纪，辣椒从美洲传入“李氏朝鲜”，由于辣椒能够去腥，很快就被用作制作泡菜的佐料，所以在光州也叫做“辣白菜”。

她说，如今韩国家家户户都会做泡菜。我们要向外国普及泡菜，所以开展“外国人做泡菜”活动……

接着，她介绍一位身穿白色工作服的中年男子出场。他的工作服上缝着韩国的太极标志。他是光州食品协会的会长，亲自出马，为大家示范泡菜的制作方法。

会长手上戴着透明的塑料手套，拿起一棵已经劈成两半的大白菜说，大白菜要先洗干净，晾干。

我原本以为，泡菜就是用盐腌而已。然而，会长又指着面前的一大堆小碟子说，做泡菜要加许多佐料，有青葱、青蒜、韭菜、姜泥、松子、新鲜鱿鱼、虾皮、虾酱、苹果泥等等，此外辣椒也是必不可少的。

■加了辣椒以及其他佐料的韩国泡菜

会长接着进行示范，把各种各样的佐料涂抹到每一片菜叶上。他打比方说，涂抹时的动作要像母亲为婴儿擦拭身体一般细腻！

会长仔仔细细在每一片菜叶上都抹了佐料之后，小心翼翼地把菜放入瓮缸里，层层码好。他说，泡菜的腌制过程，也就是乳酸菌把蔬菜中的糖分转化为乳酸的过程。泡菜贮存得愈久，味道就愈好。

接着，我们这批中国嘉宾来到那一大排桌子前，开始按照会长的示范动作做泡菜。我让妻加入“外国人做泡菜”的队伍，而我拿着照相机忙于拍照。我发现，韩国的电视台把镜头对准了这批中国嘉宾，我则把摄像机也一起拍进画面。

■ 中国客人参加“外国人做泡菜”活动

我在光州体育场漫步，发现韩国泡菜品种甚多，有白菜泡菜、萝卜泡菜、小葱泡菜、鱼酱泡菜、肉汁泡菜、牡蛎泡菜、海蜇泡菜、鱿鱼泡菜等等。据说，各种各样的泡菜已经多达数百种，令我眼花缭乱，目不暇接。内中，甚至还有掺了人参的泡菜。泡菜的“衍生物”，诸如泡菜水饺、泡菜烧麦、泡菜汉堡包、泡菜三文治、泡菜比萨饼、泡菜寿司……五花八门，奇招迭出，彰显韩国这个泡菜王国把简简单单的泡菜发挥得淋漓尽致，凡是能够用上泡菜的地方都“泡菜化”了！

韩国还生产了专门用来贮藏泡菜的冰箱，便于在夏日使泡菜保持味道鲜美。

韩国人还反反复复强调泡菜的优越性，诸如含有众多的维生素，可以开胃，增强食欲，帮助消化，防止便秘，降低血脂，甚至可以防癌等等，反正泡菜既是“味道好极了”，又是“营养丰富极了”，还是防病治病的“万应灵丹”。

那个晚上，我住在光州。打开电视机，真是无巧不成书，居然在光州新闻节目中看到了下午拍摄的“中国贵宾做泡菜”的报道。

我在韩国旅行，无一日无一餐不与泡菜为伍。不过，我从一家韩国餐馆老板那里得知，如今韩国市场上的泡菜，大都来自中国山东。这是因为山东盛产胶东大白菜，价廉品质高，而且中国劳动力便宜，所以韩国也就大量从中国山东进口泡菜。小小泡菜，居然也折射出时代的光芒：作为“世界工厂”的中国，就连韩国的泡菜市场也去占一席之地，分一杯羹。

经过“泡菜王国”的“浸泡”和熏陶，我和妻居然都受到感染，喜欢上了泡菜。不过，我不喜欢加了那么多佐料以及辣椒的韩国泡菜，只爱用大白菜、萝卜、胡萝卜那样绿、白、红三色清清爽爽的泡菜。回到上海之后，妻按照韩国人教的方法自己动手做泡菜，居然也做成功了。虽然没有像韩国人那样无泡菜不动筷，但是在餐桌上摆一小碟泡菜作为开胃菜，我总是吃光的。

韩国人爱泡菜，也爱人参。

在韩国电视里有这么一则有趣的广告：一个年轻小伙子在打一个白发苍苍的老人。路人都纷纷指责小伙子。谁知那小伙子说：“我在教训我的孙子，你们多管闲事！”白发老人怎么会是小伙子的孙子？路人不相信。小伙子说：“我天天吃高丽参，所以我那么年轻！我叫孙子吃高丽参，他不肯吃，所以我教训他！”

高丽参，也就是中国的人参。由于朝鲜半岛早年称高丽王朝，所以那里出产的人参被称为高丽参。高丽参是否具有电视广告所说的那样的神效？不得而知。据说韩国足球队员体力特棒，是因为从小就吃高丽参，一年到头吃高丽参。是否真的如此，也不得而知。虽说在韩国高丽参的作用被过分夸大，甚至被说成是能治百病的灵丹妙药。

不过，高丽参是健身补品，却是公认的。2002年卢武铉当选总统后，一家网站搞了一项调查，问如果给新任总统送礼，最希望送什么，结果27%的人希望送高丽参，以使卢武铉能够精力充沛。

韩国人可以说是高丽参迷：

做菜放高丽参，“代表作”是高丽参鸡汤；

酒里放高丽参，名曰高丽参酒；

茶里放高丽参，名曰高丽参茶；

香烟里放高丽参，名曰高丽参烟；

就连化妆品里，也掺进高丽参，据说可以使皮肤嫩白；

甚至连足浴水中也放进高丽参（当然是高丽参须或者高丽参末），据说也具有健身功效。

如今，高丽参已经成为韩国的“国家名片”。凡是来到韩国的外国游客，必定要去高丽参专卖店去一觑高丽参。我也不例外，来到首尔的高丽人参专卖店，从那里得知许多关于高丽参台前幕后的情况。

韩国人称“高丽参是人参中的极品”，这话多多少少有点道理。在韩国，十分珍惜高丽参这一品牌，宁精勿滥，由国家专卖。在韩国，只有电话卡、香烟和高丽参是国家专卖的，其余商品由私有制经营，价格随行就市。

虽然现在的高丽参绝大部分是人工种殖，但是由于只能在北纬 38° 线附近地区生长，所以数量仍然相当有限。高丽参业务由国家管理，统一种植，不施化肥，严格保证质量。所以在韩国，高丽参没有假冒伪劣商品。

在朝鲜，我在开城参观高丽参专卖店，他们宣称开城是高丽参的原产地，开城高丽参是最好的。韩国则宣称“正官庄”高丽参是最好的。所谓“正官庄”高丽参，是韩国“高丽人参公社”生产并包销的。韩国“高丽人参公社”有着官方背景，拥有韩国高丽参市场的最大份额。

韩国高丽参的主要产地是忠清南道，那里有着1500多年高丽参种植历史，其中以锦山、扶余、瑞山等地的高丽参为上乘。韩国高丽参 80% 是在锦山交易的。

高丽参既怕冷也怕热，只能生长在阳光斜照的地方，土壤必须干燥，不允许雨水沉滞。一般来说，平缓的斜坡和山麓附近的干燥土地最适合种植高丽参。

高丽参通常在 3 月末到 4 月初播种。高丽参并非越老越好。据人参专卖店营业员介绍，高丽参一般生长 4 ～ 6 年收获。由于在第四年时高丽参开花，其热性随着花开而释放掉了，所以 6 年的高丽参品质最好，超过 6 年的高丽参品质便会下降。

通常的高丽参剥皮之后，以太阳光或热风自然晒干，色泽呈微白的黄色，叫做白参；把高质量的高丽参热蒸后烘干，颜色发红，称为红参。红参分为天、地、良、切四个等级：天参为一级品，地参为二级品，良参为三级品，切参为四级品。

中国的人参主要产于东北，人称“关东人参”、“长白山人参”、“吉林人参”。中国人参曾经享誉世界人参市场。从 1989 年开始，中国东北对人参种植不适当地放开经营，导致人参产量迅速增加，质量急剧下降，价格大跌，人参只卖萝卜价！现在中国东北吸取教训，实行“人参振兴工程”，严格控制人参种植，坚持质量第一，中国东北人参已经逐渐成为韩国高丽参的劲敌。

不同的"厕所文化"

在陌生的国度，在陌生的城市，遇上内急，总要寻找厕所的指示牌。

记得，2008年4月，我在洛阳"大不同"饭店里，见到有个指示牌上写着"轻松花园"四个字，起初不明白是何意。后来看到旁边的两个英文字母"WC"，不由得被这富有幽默感的指示牌逗得扑哧一笑。

到了台北，我发现，很多厕所的指示牌上写着"化妆室"。后来，在日月潭畔、在高雄的爱河边上，都见到醒目地竖着"化妆室"指示牌。

在台湾，厕所被称为"化妆室"，源于日本。在日本，我经常见到厕所的指示牌上写着"化妆室"。

这小小的细节，反映出日本殖民统治台湾50年所留下的深刻影响。然而，当我把照相机的镜头对准那"化妆室"指示牌时，台北的朋友见了，觉得奇怪，这有什么可拍的？因为他们从小就叫厕所为"化妆室"，早就习惯了，也就不以为然了。

洛阳的"轻松花园"

不过，我也注意到，在台湾的机场或者火车站，指示牌上没有写"化妆室"，而是按照国际常规写作"厕所"或者"盥洗室"，因为那里来来去去的外国人很多，写"化妆室"会使许多旅客在“方便”时找不到“方便”之所。

台湾曾经被日本占领50年，所以深受日本的影响。在台湾，不光是把厕所称为“化妆室”来自日语，把快餐叫做“便当”也来自日语。台湾的“宅急便”，亦即快递，同样来自日语。至今，台湾人把英语作为第一外语，把日语作为第二外语。在街头，我经常看见“地球村美日语”的广告，那是一所速成英语、日语的学校。

■日本厕所标志上同时标明英文

我在台北还见到专售榻榻米的商店，这也表明不少台湾人喜欢睡榻榻米，保持日本的生活方式。在日本殖民统治台湾的时期，台北街道曾经有过“满街木屐声”的景象。如今，我在台湾仍见到许多出售木屐的小铺。不过，台湾朋友告诉我，现在台湾没有多少人喜欢穿木屐。那些木屐主要是卖给前来台湾旅游的日本人。台湾与日本相距不远，从日本乘一个多小时飞机，就可以到达台北，所以前往台湾旅游的日本人甚多。当然，前往日本旅游的台湾人同样也很多。

在日本，为什么会把厕所叫做“化妆室”呢？那是因为日本的许多厕所里都有洗脸盆、镜子，进入厕所之后，可以整理一下自己的衣衫，梳理一下头发，女士还可以搽一下粉、抹一下口红。

日本人是一个非常爱干净的民族。日本人养成一进屋就换拖鞋的习惯。我住在日本三重县志摩市鸟羽温泉的时候，那里的合欢之乡宾馆里，一进客房就要换拖鞋，而客房的盥洗室与厕所是分开的，在进厕所时还要再换一次拖鞋，那双拖鞋上写着“御手洗用”，意即厕所间专用的。

日本宾馆的抽水马桶非常考究：马桶坐圈是用电预热的。大便之后，可以揿动马桶右侧的电钮，便有一股细小而压力颇大的温水水柱喷了出来，把便处冲洗得干干净净。这水柱的压力大小、水温高低都可以调节。起初，我以为我这次所住的都是四星、五星级宾馆，才会有这样讲究的抽水马桶，后来发现连公共厕所里也是这样的马桶，只是马桶坐圈没有用电预热而已。

我不由得记起，在美国，总是把厕所称为“休息室”（rest room）。在美国找厕所时，也总是得问“rest room”在哪里。

由于不知道“休息室”是厕所，一位中国留学生在美国耶鲁大学神学院里有过这样的找厕所的经历：

当我第一次到耶鲁大学神学院图书馆时——神学院是耶鲁大学最老的学院，我想找厕所。我首先找“WC”，“Ladies”，“Bathroom”和“Washroom”等字样，我几乎用了我学过有关厕所的所有词汇，但还是没有找到。生活常识告诉我，在这么大的图书馆没有厕所是不可能的，我又继续寻找，最后找到标有“WOMEN”字样的门。尽管从外表上看一点也不像厕所，但是直觉告诉我，这就是厕所。我确实也憋不住了，不得不去试一下。当我推开门时，我认定我弄错了，立即退了出来。因为我看到的房间比我在北京的客厅还要大。房间里铺着漂亮的绿色地毯，古色古香的桌子旁有一个落地台灯。房间的一侧放着一个相当漂亮的棕色长沙发，沙发上方有一个覆盖了一面墙的大镜子顶着天花板。房间的另一侧在桌子旁是一对单人沙发。房间的一角放着衣架，另一角放着一个种有绿色植物的大花盆，看上去像个豪华宾馆的休息室，一点不像厕所，但是这又是唯一可能是厕所的地方。纳闷时我记起这个房间里还有一个门，我决然走进去，把门打开。如释重负！我终于找到了厕所。它只有外面休息室一半大小的面积，有两个便座和两个洗手池、这太奢侈了！像是个两居室住所。完恭后，我又想，这么大的一个图书馆不可能只有这么一个厕所，我不得不去请教别人。“休息室”，是厕所的另一代词。它只有一个便座，而且是不分性别的，谁进去只要把门反锁上就可专用。

“休息室”(rest room)与中文厕所的概念相距十万八千里。我从没把“休息室”与“厕所”联系在一起。而在耶鲁大学，当我使用标着“休息室”的厕所时，真有点像当上了皇后的感觉，在休息室大镜子前面自我欣赏一番，整理一下自己的衣着。当我使用“休息室”时，确实领会到休息的实在含意，因为休息室窗明几净，窗外景色迷人。

在耶鲁大学使用厕所的经历，使我明白了为什么以前美国来宾到我们学校时，总会问“厕所在哪里？”现在回想起来，她们有可能是要使用厕所，但更需要的是在去见校长前，梳理化妆一番。她们需要一点“隐私”的时间。我可以想象，当她们发现我们的厕所里没有镜子时，会多么沮丧。她们的厕所功能远比我们的多。

其实，美国人所说的“休息室”，跟日本人所说的“化妆室”，有着异曲同工之妙。

确实，美国的公共厕所，都干干净净，而且都很宽敞。美国的公共厕所免费提供洗手液和手纸。有的还免费提供铺在马桶圈上的纸圈。

■纽约麦当劳里的“休息室”指示牌

在繁华的纽约街头，往往找不到“休息室”。告诉你一个窍门，纽约到处有麦当劳。走进麦当劳，你一准可以见到“restrooms”的指示牌。我的这张“restrooms”的指示牌照片，就在纽约最热闹的第 42 街的麦当劳里拍摄的。当然，倘若一时找不到麦当劳，进入其他快餐店或者餐馆，也能找到“休息室”。这一“窍门”也适用于其他城市。比如在香港，进入快餐店或者饭店，准能找到厕所。

不过，在美国之外，询问“restrooms”在哪里，对方往往一脸茫然，问“Toilet”才能让对方听懂你要找的是厕所。

厕所的入口处，通常用“MEN”（男）和“WOMEN”（女）来区别性别。在日本，有的厕所则以“绅士”和“妇人”区别男女。在法国的厕所，则以埃菲尔铁塔的图像和凯旋门的图像分别表示男性与女性。最奇特的是，在海南岛琼海市的“红色娘子军纪念园”里，厕所区别男女的标志，居然是手持短枪的男战士与女战士。

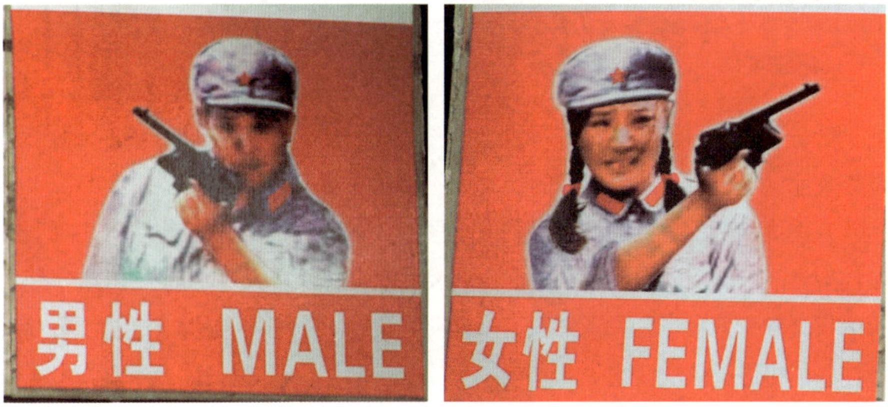

■海南琼海“红色娘子军纪念园”里的厕所标志

■ 旧金山市政厅前原本干干净净

■ 两天之后，旧金山市政厅大楼前出现了大批流动厕所

北京市原本的公共厕所，达不到“化妆室”、“休息室”的水平。2008 年 6 月，我来到北京时，发现随着奥运会的临近，北京新建了一大批公共厕所，这些公共厕所不在胡同里，就在热闹的街面上，相当干净。

除了种种固定的厕所之外，临时性的厕所有时候也很需要。

2007 年 6 月，我在美国旧金山的市政厅广场拍了不少照片。旧金山的市政厅，豪华而气派，外形像华盛顿的美国国会大厦，但那圆顶是蓝色的，镶着一根根金边。那天市政厅广场干干净净，草坪翠色可餐，广场上行人不多。

然而两天之后，我再度来到那里，竟吃了一惊，市政厅广场上临时搭建了一排排像公用电话亭那么大的浅灰色临时厕所，每排几十个。就连市政厅前旧金山一位市长的青铜塑像两侧，也摆满了临时厕所。

为什么会一下子冒出这么多临时厕所呢？原来，旧金山每年 6 月的最后一个星期日都要举行“同性恋大游行”，有几十万人参加，集合地点就是市政厅广场，不搭建那么多的临时厕所，怎么够用呢？

在澳大利亚的公共厕所里，我发现居然放置了一个黄色的铁盒子，专门收集注射毒品的针筒。据说，这是因为澳大利亚充分尊重人权，其中甚至包括吸毒的权利。一旦吸毒者犯了毒瘾，可以到公共厕所里注射毒品，注射完了，就把注射器扔进黄色的铁盒子。

最原始、最“天然”的厕所，要算是新疆。

新疆太大，从乌鲁木齐到伊犁，那天我差不多坐了 11 个小时汽车，而从库车到吐鲁番，也是坐了 10 小时的汽车。新疆的面积大约占全国面积的 1/6。光是巴音郭楞蒙古族自治州这么一个州，面积就相当于浙江、江苏、福建、江西四省面积的总和，达 48 万平方千米。好在新疆的高速公路相当不错，汽车行进又快又稳。高速公路那嫩绿色的栏杆，给广袤的沙漠带来了春意。新疆地广人稀，总人口只与上海相当，2000 万人。硕大的巴音郭楞州只有 104 万人口。在漫漫戈壁滩，往往几十千米不见一间屋、一个人，路旁连厕所都没有，旅客只能在野地里找个坡“方便”。我曾问为什么不建厕所？当地朋友说，砌个厕所不是难事，问题是没有水，无法冲洗厕所，所以只好不建。

德国街头的厕所

在法国巴黎、在德国斯图加特，我曾见到粗大的广告柱。细细一看，广告柱的“腰部”写着“WC”。原来，这广告柱还兼厕所的功能！在这广告柱上设有投币口，投进硬币之后，厕所的门自动打开，供人们进去“方便”。

不过，“方便”是限时的。如果到时你还要用厕所，必须再投入硬币，不然厕所的门会自动大开，然后放水冲洗。在法国，上一次这种圆筒式厕所，要投进 6 法郎。4 分钟之后，厕所的门自动打开。据说曾有人贪图小便宜，在别人“方便”完毕，开门走出之后，他乘机进入厕所，关上了门。不料，突然从上面哗的一声冲下冷水，把他淋得像落汤鸡！原来，每“方便”一次，这厕所上方会放水冲洗一遍，直到冲毕，有人投币，才会重新开门……

世界上形形色色的厕所，折射了形形色色的观念和文化，形成了不同的“厕所文化”。世界上居然有一个专门的 World Toilet Organization——世界厕所协会。这个协会从事各国厕所以及厕所文化的研究。其实，改善世界各国的厕所环境，也是一个关系民生的重要问题，值得加以研究和探讨。正因为这样，“世界厕所协会”在世界各国设立分会，各分会设立主席，每年还举行年会，组织各会员国互相参观，以改善和提高各国的厕所设备与环境。

“世界厕所协会”也给了我以启示，所以写下这篇透过厕所比较世界各国厕所文化的文章。

名校的风采

Mingxiao de Fengcai

漫步哈佛大学

对于我来说，哈佛大学可以用“如雷贯耳”来形容。正因为这样，2007年7月我来到美国东海岸的波士顿，第一目标便是哈佛大学。哈佛大学的主要校园区位于波士顿以西数千米的查尔斯河沿岸，从波士顿市中心搭乘地铁到Harvard Square站，十几分钟就可以直达哈佛大学。

哈佛大学与麻省理工学院毗邻。如果说，哈佛大学相当于中国的北京大

■哈佛铜像

学，麻省理工学院便相当于中国的清华大学。很巧，北京大学也与清华大学比邻而立。

哈佛大学很大，不光拥有众多的教学楼、实验室，那里好多条街道上的商铺、咖啡吧、餐馆、书店，都属于哈佛大学。哈佛大学校园内还有公共汽车。

从古老的校门进入哈佛大学，迎面便是一大片草坪，宁静而清新。红砖、红墙、红楼，与碧绿的草坪相辉映。草坪之上，有好多棵苍劲而枝繁叶茂的大树，象征着哈佛大学有着悠久的历史。美国是一个历史短暂的国家，而哈佛大学创建于 1636 年，拥有 370 多年的历史，在美国已经是很古老的学校了。

阳光照在翠绿的草坪上。一棵大树下，一个穿着 T 恤、趿着拖鞋的小伙子躺在树荫中，那脑袋斜靠着树干，双手捧着一本厚书，正在那里聚精会神地看着。突然，一只小松鼠在草坪上跳跳蹦蹦，一点也不怯生，奔到我跟前，被我的照相机的镜头“捕捉”。

在一座很普通的办公楼前，我见到一尊铜像被众多的参观者团团围住。在美国，青铜雕像不少，但是像这样被许多“粉丝”包围的情景却不多见。

在哈佛大学的毕业生之中，曾经有 7 位当选美国总统，29 位获得诺贝尔奖金。然而，这尊铜像，既非出自哈佛大学的美国总统，也非诺贝尔奖金获得者中的哈佛大学校友，而是一位图书馆馆长。“粉丝”们对于这位图书馆馆长的崇敬，似乎远远超出了对于一位美国总统的热情。“粉丝”们排着队，逐个与这位图书馆馆长的铜像合影，然后用手摸一下他的右脚。我注意到，他的右脚的皮鞋，已经被“粉丝”们摸得黄澄澄的发亮，以求获得好运——如果摸脚者是年轻人，定然是希冀自己能够借此进入鼎鼎大名的哈佛大学；倘若摸脚的是年长者，则定然是祝愿自己的子女能够跨过哈佛大学的门槛。

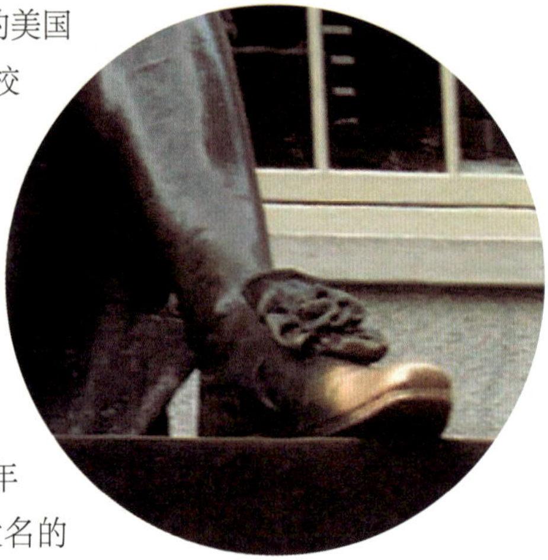

哈佛铜像发亮的脚

铜像的花岗岩基座上，刻着“John Harvard”，即约翰·哈佛。哦，原来是哈佛的铜像，怪不得引来这么多的“粉丝”。

约翰·哈佛常常被误传为哈佛大学的创始人。其实，哈佛大学的前身是哈佛学院，而哈佛学院的前身叫剑桥学院——“Cambridge College”。1636年10月28日，马萨诸塞海湾殖民地议会通过决议，决定筹建一所像英国剑桥大学那样的高等学府，命名为剑桥学院。当时总共拨款400英镑。1638年剑桥学院在马萨诸塞的剑桥正式开学，最初只有1名教师、9名学生！

约翰·哈佛是英国清教牧师。所谓清教，是基督教新教中极力主张改革的一派。清教徒倡导虔敬、谦卑、严肃、诚实、勤勉和节俭，非常重视教育。在16世纪后期，英国曾经出现声势颇大的“清教运动”。但是，清教徒受到作为英国国教——基督教的排斥，清教徒纷纷出走海外。约翰·哈佛正是在这样的背景之下来到北美洲，进入刚刚建立的剑桥学院，担任第一任图书馆馆长。

1638年9月14日，哈佛病逝，他把自己的积蓄720英镑和400余册图书捐赠给了剑桥学院。对于建立不过两年的剑桥学院，这是一笔难得的捐助。翌年——1639年3月13日，马萨诸塞海湾殖民地议会通过决议，把这所学校命名为哈佛学院。1780年，改名为哈佛大学。

经过300多年的努力，哈佛学院发展为哈佛大学，从最初9个学生1个教师发展到如今的拥有10个研究生院、40多个系科、100多个专业的大型院校。现在，哈佛大学以研究生为主，也包括本科生，正式注册有18000名学位候选人。此外，还有13000名非学位学生在哈佛大学扩展学院学习一门或更多的课程。哈佛大学的教职员工超过14000人，其中包括2000多名教授和讲师。正因为这样，哈佛大学已经成了一座庞大的“哈佛城”，成为美国的知识精英荟萃之地。

■哈佛校园一景

哈佛先生当年是第一任图书馆馆长，所以哈佛大学也特别重视图书馆的建设。如今，哈佛大学图书馆是美国最大的大学图书馆，藏书达1000多万册。

在我看来，哈佛大学能够成为美国第一名牌大学，关键在于哈佛大学历任校长所坚持的“3A原则”，即学术自由、学术自治和学术中立（这三个原则英文词第一个字母均是A）。我不由得记起，我的母校北京大学校长蔡元培先生提倡“思想自由、兼容并包”，与哈佛大学的“3A原则”有着异曲同工之妙。

在哈佛大学的校徽上，用拉丁文写着“VERITAS”字样，意为“真理”。哈佛大学校训的原文，也是用拉丁文写的，意为“以柏拉图为友，以亚里士多德为友，更要以真理为友”。崇尚真理，是哈佛大学的追求。

就学校的性质而言，哈佛大学并非公立学校，而是私立大学。哈佛大学的学费是昂贵的，每年的学费4万多美元（含生活费）。即便付得起这样的学费，也未必能够进入哈佛大学。哈佛大学坚持高标准的招生原则，保证了学生质量。对于家庭年收入低于4万美元，哈佛大学提供读大学的全额费用，包括学费、生活费，甚至两个假期回家的路费，即使家庭年收入达到16万美元，哈佛大学仍提供部分助学金——哈佛大学提供奖学金的原则，那就是择优而奖。正因为哈佛大学所挑选的是最优秀的学生，毕业之后大都被美国各大公司高薪聘用。哈佛大学的名声，也随之鹊起。哈佛大学正是在这样的良性循环之中，

■畅销的哈佛书包和哈佛帽

品牌效应愈发强烈。

在哈佛大学的商场，最畅销的是印有“Harvard”（哈佛）字样的T恤、球衣和帽子。摸过哈佛铜像的右脚的家长们，差不多都要买一两件印有“Harvard”字样的纪念品带回家，以鼓励孩子们从小就立志向哈佛大学进军。

伯克利大学怎样研究中国

在美国，我见到了一个奇特的钟：通常的钟面上，总是写阿拉伯数字，也有的写罗马数字。然而，钟面上写中文数字“一、二、三、四、五……”却是“举世无双”的！

这个奇特的钟，挂在美国“CENTER FOR CHINESE STUDIES”（中国研究中心）的墙上，大约是为了显示这里是专门研究中国的机构，连钟都“中国化”了！

至于墙上的郑板桥手书“难得糊涂”以及巨大的“忍”字，跟那几位碧睛高鼻的研究员，虽然有着强烈的反差，也表明这儿确实是美国研究中国问题的中心。

这个中国研究中心，设在伯克利加州大学里。

从我所住的阿拉米达小岛，乘坐51路公共汽车，由南向北穿过奥克兰市区，前面就是一座不陡也不高的山。那里有个热闹的街区，叫做伯克利（Berkeley），又译为“伯克莱”。

我在伯克利下车，迎面就是色彩斑斓的广告牌和广告圆柱，上面贴满五颜六色的小张彩色广告。这是美国大学的一道风景线：大学生们要出让旧书、旧电脑以及舞会消息、交换宿舍、寻找工作什么的，就在这进进出出的校门口的广告栏里贴张广告。

走过广告，那便是伯克利加州大学了。由于乘一部公共汽车就能直达，而且那里又有一个中国研究中心，所以这一回在美国，我去得最多的大学，要算

伯克利加州大学

是伯克利加州大学了。

伯克利加州大学的英文名为University of California at Berkeley，当译做伯克利加利福尼亚州大学，又译作“加利福尼亚州大学伯克利分校”，简称伯克利加州大学。

加州大学跟加州州立大学（California State University）很容易混淆。

其实，加州大学也是州立大学，与加州州立大学一样都是由加利福尼亚州政府主办。但是，加州大学比加州州立大学要高一个档次：加州大学以培养高级教育和人才为主，研究生院颁授博士、硕士学位。通常，加利福尼亚州的高中毕业生，只有10%最优秀的学生才能进入加州大学。至于加州州立大学则培养普通四年制的大学生，研究生院也只能颁授硕士学位。

加州大学有伯克利加州大学和洛杉矶加州大学。

伯克利加州大学是美国的名牌学校，在美国的大学“龙虎榜”上排名第五。在加利福尼亚州，要算伯克利加州大学和斯坦福大学名气最大。

伯克利加州大学创建于1868年，最初的校址在奥克兰，只有学生一百来人，5年后迁往伯克利。如今的伯克利加州大学有14个学院，100个系，3万多学生，其中研究生1万多人。

1993年前，我曾经来过伯克利加州大学。后来，我每一次去美国，都到这所大学。这所大学建在山坡上，绿树成荫，花草遍地。漫步校园，钟声悦耳。这钟声不是发自那只墙上写着中文的挂钟，而是从校园中心那萨瑟钟塔顶上悠悠传出的。这座钟塔高达100多米，乘电梯上去不仅可以俯视整个伯克利加州大学，而且可以遥望碧蓝的旧金山海湾、那横卧清波的海湾大桥以及对岸旧金山的高楼大厦。

中国研究中心是伯克利加州大学所设的研究机构。旧金山是美国离中国最近的城市之一，又是华人众多的城市，应当说，在伯克利加州大学设立中国研究中心是非常合适的。

伯克利加州大学中国研究中心成立于1957年，已经有40多年的历史，曾经由魏斐德博士（Dr. Frederic Wakeman）担任主席。研究人员有美国人、韩国人、日本人，更多的是中国人。现在的负责人是Lowell D. Hmer教授与Hoong Y. Lee教授。

在中国研究中心的一个个小房间，研究人员在忙着自己的研究课题。有人专门研究中国“文化大革命”中的“红卫兵”运动，有人专门研究刘少奇，有人研究《红旗飘飘》，有人研究《中国青年》，还有人研究中国的“社会主义教育运动”，甚至还有人专门研究中国与坦桑尼亚的关系……

中国研究中心也接纳研究中国社会科学的研究生以及访问学者从事研究。我的朋友李逊在这里研究“上海工人造反总司令部”的历史，另一位朋友毛桂荣博士则从日本来此进行中国问题研究。

为了研究中国，伯克利加州大学还制定了“中国学者口述历史计划”，比如对于赵元任教授所作的录音访问《中国语言学家和音韵学家、作曲家和作家》，等等。

为了拥有众多的研究资料，研究中心还设立了专门的图书馆。

我早就听说这个图书馆的中文藏书非常丰富。1993年，我来到旧金山时，《星岛日报》驻旧金山记者里戈先生在采访我之前，曾经来此查阅我的著作。在馆长戈定瑜女士的帮助之下，一下子查到我的50多部政治性著作。

这一回，我请赵亚静、傅莉敏小姐用电脑检索我的著作。她们告诉我，这里“叶永烈”三字用的不是汉语拼音“Ye Yong Lie”，而是用韦氏音标，写成“Yen Yung Lieh”。傅小姐在电脑中“著者检索”栏里输入了“Yen Yung Lieh”，确实一下子便查出馆藏的50多部我的著作的目录。我请傅小姐打印了一份，给我作个“纪念”。

戈定瑜馆长很热情地接待我，带着我在馆内浏览丰富的各类藏书。她告诉我一个有趣的故事：

在20世纪50年代，中美之间横亘着坚冰。美国的中国问题专家们很难看到中国大陆出版的报纸。美国驻香港的领事馆偶然发现，从大陆出口香港的水果，往往用旧报纸包裹。于是，领事馆大量收集这些皱巴巴的旧报纸，撸平之后，用照相机翻拍，制成微缩胶卷，运到美国。当时，有什么报纸就拍什么报纸，能够从水果箱里拿到这些报纸已经是很不容易的了。

戈馆长给我看了一个微缩胶卷，那些翻拍的报纸，就来自当年大陆出口香港的水果箱。其中有的报纸被果汁弄脏，像倒上了酱油一样，看不清字迹，也只好由它去了……

真是今非昔比。随着尼克松总统跟毛泽东主席的握手，中美之间的坚冰融化了，大批中国图书、报刊通过正常渠道运到这里，使这里的收藏大为丰富。

她说，这里很重视中国出版的各种文史资料，内容翔实，而且很多是第一手的，即当事人的回忆。中国研究中心在研究工作中很注重第一手资料。

中国的各级政协，是社会名流荟萃之处。政协出版这些社会名流的回忆，名曰“文史资料”。这里不仅收藏了全国政协从1960年以来出版的文史资料，而且收藏中国各省乃至中国各县出版的文史资料！即便在中国，也没有一家图书馆拥有全国各县出版的文史资料。

除了政协系统出版文史资料之外，中共各级党史研究室则出版《中共党史资料》。他们得到中共中央党校的帮助，赠送了全套中共中央党史研究室编印的《中共党史研究资料》。他们也系统收集中国各省、县出版的中共党史研究资料，也收藏了中国各地出版的《中国共产党组织史资料》，同样收藏到县一级的出版物。

省志、市志、县志，是研究中国各地情况极为宝贵的资料。戈馆长领我参

■叶永烈在伯克利加州大学

观了一间藏书室，书架上陈放着一部部比砖头还厚的书——中国各省省志以及4000多部市志、县志。我注意到，我老家的《温州市志》、《平阳县志》、《苍南县志》也在架上。

“历史是过去的事，使过去的事永远也不会过去的，是传记文学。”伯克利加州大学中国研究中心图书馆也很注重中国各种传记文学的收集。诸如《毛泽东前传》、《王若飞传》、《李宗仁回忆录》等等。一套几十册《中共党史人物传》及各种人物画册也一应俱全，如《毛泽东》、《周恩来》、《刘少奇》、《朱德》、《邓小平》、《陈云》等等。

报架上，既放着来自北京的《人民日报》、《光明日报》以至《中华读书报》，也放着来自台北的《中央日报》、《联合报》，还有香港以及在美国出版的中文报纸。戈馆长告诉我，《人民日报》是中国最重要的报纸，他们订的是航空版。中国各省省报、市报，只能靠水运，以节省经费。由于中国报纸实在太多，加利福尼亚州的9所大学的中文图书馆作了分工，各有侧重。他们这里主要收藏中国长江以南各省的省报。也有的中国报纸供应微缩胶卷，那就更节省些，而且便于收藏、便于阅读。订一份省报1年的微缩胶卷，大约是50多美元。

他们很重视收藏各种工具书。从摆满书架的工具书中，我随手摘抄如下书名:《中国科学院科学家人名录》、《中国曲学大辞典》、《古文观止辞典》、《海外杰出华人》、《中国文艺研究年鉴》、《元代杂剧全目》、《江南大学五十年》……

这里还有由日本“毛泽东文献资料研究室”编辑、日本苍苍社出版的《毛泽东集》，共10卷，所收很多是中国出版的《毛泽东选集》中没有的文章。《傅斯年文集》、《林希翎自选集》、《西安事变真相》、《记者笔下的抗日战争》、《审讯汪伪汉奸笔录》、《中国现代文学》、《当代吴语研究》、《中国地域文化》、《东北文化研究》、《冷眼看台湾》、《辛亥革命回忆录》等等，林林总总，不一而足。

我注意到，他们收藏了许多在美国的华人记述中国大陆印象的书籍，如《大陆行》、《访中国记》、《母女浪游中国》、《江南游》、《中华万里纪游》、《探亲回来写大陆》、《游华记录》、《无限江山万里情》、《中国游记年选》、《神州漫游记》等等。

他们十分注意研究中国的“文化大革命”。在图书馆里，有一大排红色封面的《新编红卫兵资料》(A NEW COLLECTION OF RED GUARD PUBLICATIONS)，共20大本，收入了中国“文化大革命”中各地红卫兵及其他群众组织出版的小报(又称“文革小报”)。内中有《井冈山》、《农奴戟》、

《6月天兵》、《北京公社》、《赤卫军》、《民院东方红》、《长缨》、《长江风云》、《常州工人》、《八·八战报》、《安徽八·二七》等等。还有香港东方出版社出版的《"文化大革命"博物馆》上下卷大画册、《中共"文革"运动中的组织与人事问题》等等。他们也收藏上海"文化大革命"史料整理小组编辑的《上海"文化大革命"史话》一至三卷。

北京国防大学内部出版的三大卷《"文化大革命"研究》，他们没有原版的书，却收藏了这三大卷的复印件。我的《叶永烈采访手记》，这里收藏的也是全书的复印件。这是因为他们没有买到原版书，而这些书又是研究工作中需要的资料，就从美国其他中文图书馆全文复印、收藏。

我对台湾《中共研究》杂志社出版的《中共年报》(1968年前称《匪情年报》)产生了兴趣。这套书，一年一厚册。后来我多次来此，逐年细细查阅。虽然是台湾出版物，带有明显的政治倾向，但是其中一些文章和资料，还是颇有参考价值的。比如，在1969年出版的《中共年报》中，对中共九届中央政治局委员作了详细介绍。内中关于江青的介绍，大约有5000字，详细记述江青的身世、20世纪30年代在上海的影剧活动、进入延安的情况、"文化大革命"中的崛起等。内中写及与江青十分熟悉的姚克(电影《清宫秘史》编剧)对江青的评价："不结人缘，落落寡言"，"为人器量狭小，心狠手辣；得意时高视阔步，睥睨一切"，"野心甚大，睚眦必报"。年报中关于张春桥的介绍更为详尽，长达万字。文中说："张春桥和江青、姚文元等都是靠文化大革命起家的，我们可以称他为'文革派'。"台湾在1969年对于正红得发紫的"文革派"人物江青、张春桥、姚文元的评述，是有一定的参考价值的。

有些书在我看来是很平常的，在上海花十几元、二十几元人民币就能买到，而在他们这里，却特地配上硬封面，并在封面、书脊印上烫金的书名，作为十分珍贵的史料加以保存。

我在伯克利加州大学中国研究中心图书馆"泡"了几天，复印了大批研究资料。

2007年，我又一次来到那里，戈馆长已经退休，吴小姐接待我。她告诉我，伯克利加州大学中国研究中心的新楼已经盖好，即将启用，欢迎我下一次来新楼访问。

硅谷的“首都”——斯坦福大学

我来到硅谷之后不久，小儿子便开车带我前往硅谷的“首都”——斯坦福大学（Stanford University）。他告诉我，硅谷的形成跟斯坦福大学密切相关。

斯坦福大学是美国的名校之一，早就如雷贯耳。如今的斯坦福大学，拥有近2000名教师，近2万名学生，其中研究生6000名。在斯坦福大学的教师之中，有14位是诺贝尔奖金获得者。

斯坦福大学拥有7个学院、70个系。

斯坦福大学树木繁茂，芳草遍地。在校园的西北方，有一棵高大而古老的红木树。据说，当年印第安人常常向这棵大树顶礼膜拜，以求安宁幸福。如今，斯坦福大学就用这棵红木树的图案，作为校徽。

我注意到，学校里的大楼大都是欧式建筑，饰以浮雕，而窗户则镶嵌着五颜六色的玻璃，非常精美。

在斯坦福大学校园中心，最引人注目的是一座高高的米黄色的塔楼，上面是红色圆顶，仿佛一个穿着米黄色长袍的高个子戴了一顶圆形小红帽。塔楼之前，喷水池喷出高高的水柱。

这座塔楼共23层，名曰“胡佛纪念塔”。

我步入胡佛纪念塔，见到诸多胡佛的照片。

赫伯特·胡佛，是斯坦福大学的骄傲。他是斯坦福大学第一届毕业生，在1929年当选美国第三十一届总统。

胡佛出身贫寒，靠着半工半读读完斯坦福大学的课程。毕业后，曾经在

■胡佛纪念塔

1899年来过中国，在河北开滦矿务局担任过工程师。

胡佛纪念塔是为了纪念胡佛而兴建的。如今，这座塔楼分为两部分：其中有17层作为斯坦福大学图书馆，其余的楼层则属于“胡佛研究所”。

斯坦福大学图书馆拥有近500万册藏书。

胡佛研究所在美国很出名，人称是美国共和党的“思想库”。美国共和党不少智囊人物出自这里。

不过，我感兴趣的是胡佛研究所附属的东方图书馆。

东方图书馆看上去是一幢两层楼的建筑，实际上地下还有两层。东方图书馆是为了纪念胡佛夫人露·亨利修建的。在1967年落成。

东方图书馆拥有大量中文书刊。东方图书馆与伯克利加州大学分工：这里收藏中国长江以北各省历年的省报，而伯克利加州大学则收藏中国长江以南各省历年的省报。

这里连中国中小学的教科书都收藏，甚至连中国各城市的电话簿也都收藏。

在这里可以见到许多关于中国共产党和苏联共产党的文献。这里所收藏的第一版《共产党宣言》以及苏共中央机关报《真理报》创刊号，是极为珍贵的文献。其中《真理报》创刊号连当年的苏联都没有，不得不请这里提供复印件。

这里还收藏了总重量达450吨从法西斯德国缴获的纳粹档案。美国作家威廉·夏伊勒就是根据这批珍贵的原始档案，在此花费5年半时间，写出了著名长卷《第三帝国兴亡》。这部长篇曾经给了我宝贵的启示，我花费十来年时间写出了长卷《四人帮兴衰》。

原本我以为，斯坦福大学跟伯克利加州大学一样，是根据地名命名的。到了斯坦福大学，我才知道，原来斯坦福大学是以创办者利兰·斯坦福的名字命名的。

斯坦福大学是斯坦福在1891年创办的私立大学。

斯坦福，律师出身，后来经商，发了大财，成了美国的“铁路大王”。他曾经当选过加利福尼亚州州长和国会参议员。

1885年，斯坦福夫妇携独子前往欧洲旅游。不幸，儿子在欧洲染上伤寒病，死于意大利佛罗伦萨。当时儿子16岁，高中毕业，正盼望上大学。

当斯坦福从痛失爱子的噩梦中醒来，意识到自己的

斯坦福大学典雅的大楼

斯坦福大学独特的长廊

斯坦福大学被誉为美国最状美校园

斯坦福大学的建筑别具特色

查阅蒋介石日记从这里进去

巨额财产已经没有继承人。他决定倾注巨资，兴办一所大学，以纪念自己那位尚未跨进大学校门的儿子。

当时，斯坦福拥有9000英亩的私人农场，这农场就在如今硅谷的中心。斯坦福以这个农场为校址，兴建大学。这里离旧金山大约50千米。

于是，在这四周都是果园的地方，冒出了大学校舍。

斯坦福怀念他那在意大利病逝的儿子，采用意大利建筑风格建造校舍。我漫步在斯坦福大学，注意到那已经有着一百多年历史的楼房，有着红瓦屋顶，拱形回廊，与我在意大利见到的建筑物十分相近。

斯坦福兴建了12座教学楼和一座礼拜堂，这群建筑物围成一个四方形。

在建成了第一批大楼之后，斯坦福大学于1891年落成。两年之后，斯坦福撒手人寰。斯坦福大学成了斯坦福永远留在世间的“孩子”。

斯坦福大学建校之初，在美国的高等院校之中排不上号，被人们称之为“乡村大学”。

此后，斯坦福大学不断扩大，以最初的那个围成四方形的建筑群为中心，加了一圈又一圈四方形的建筑群，形成今日规模宏大的斯坦福大学。

斯坦福大学的声望也日益提高，进入美国名校排行榜，与哈佛、耶鲁、普林斯顿、麻省理工学院等齐名。

在斯坦福大学，我见到许多骑自行车的大学生。在校园里，往返于教室、图书馆、实验室、餐厅和宿舍之间，最方便的交通工具莫过于自行车。

在草坪上，我见到一位身穿红色T恤、膝上放着手提电脑的大学生，十

■叶永烈在旧金山斯坦福大学胡佛图书馆

个手指正在键盘上飞舞，连我给他拍照，他都不觉得。

斯坦福大学成为硅谷的“首都”，是与原副校长兼工学院院长弗雷德里克·特曼教授的贡献分不开的。

大约出于对台湾政局不稳定的忧虑，蒋家后人把弥足珍贵的蒋介石和蒋经国日记原件，保存在美国斯坦福大学的胡佛图书馆。得知在那里可以查阅“两蒋”日记，2007年来美讲学的我当然不会放过这一难得的机会。

在斯坦福大学校园里寻找胡佛图书馆很容易，因为高达285米的胡佛图书馆主楼是这里的标志性建筑。然而，我来到胡佛图书馆之后，却被告知，“两蒋”日记收藏在斯坦福大学胡佛研究所的档案馆里。

虽说胡佛研究所的档案馆就在图书馆附近，找起来却不那么容易，因为这个档案馆在地下，问了好几个过路人，才终于找到地下室的入口。沿着长长的斜坡走下去，尽头有一扇门，打开门之后，是一条与斜坡垂直的地下长廊。在幽暗的灯光下走过长廊，豁然开朗，里面是半个足球场那么大的档案阅览室。不过，在进入阅览室之前，要凭身份证件办理阅览证。得知我要查看“两蒋”日记，管理员告知一系列注意事项：不得携照相机、扫描仪、便携式复印机入阅览室，因为“两蒋”日记只准手抄，不得拷贝。手机不能带进去，因为许多手机有拍照功能。另外，就连手提包、笔记本也不许带进去。我只得把手提包连同手机、照相机寄存在入口处的铁柜里。

进入阅览室，档案管理员一听说要查看“两蒋”日记，马上递给我一份查阅须知，严格规定不得复制，并要我签字保证。接着，她给我一份关于蒋介石

日记的说明书，强调“两蒋”日记受美国著作权保护，而著作权属蒋氏家属所有，任何人未经授权不得擅自出版。

蒋氏父子都有记日记的习惯。1975 年，蒋介石去世之后把日记交给了儿子蒋经国，1988 年蒋经国病逝前，把蒋介石日记连同自己的日记交给了第三个儿子蒋孝勇。1996 年，蒋孝勇去世，“两蒋”日记由蒋孝勇的妻子蒋方智怡保存。2004 年冬，蒋方智怡决定把“两蒋”日记暂存胡佛研究所 50 年，而在这 50 年间蒋家可以随时撤回“两蒋”日记。“两蒋”日记共约 50 册。其中，蒋介石日记可供查阅的是 1917 年至 1945 年底。从 1946 年至 1975 年的蒋介石日记，尚待胡佛研究所研究人员阅定之后逐步开放。蒋经国日记从 1937 年至 1979 年，尚未开放。

我填写了蒋介石日记借阅单。档案管理员给我的是复印件，每月一叠，装在一个文件夹内，一次只能借一个月。管理员还给我一大沓印有胡佛研究所字样的空白纸，供我抄录之用。这一切都是免费的。

我开始查看蒋介石日记，他的日记是用毛笔端端正正写在专门的日记本上，不论他在戎马军营，还是在视察各地，都一天不漏写下日记，就连当天的气温、气候，都一丝不苟记下。他的日记，除了记录每天的行踪、公务、会客之外，也写下自己的思想，各种见解。在他 1927 年的日记中，差不多在每天的日记末尾，都要把自己的 24 字座右铭抄录一遍：“立志养气，求贤任能，沉机观变，谨言慎行，惩忿窒欲，务实求真。”

最使我感兴趣的是，按照当时日记的格式，除了每天写日记之外，还要写“本周反省录”和“本月反省录”，蒋介石都认认真真地写下自己的反省感受，有的“本月反省录”甚至有 20 条之多。另外，还有“下周预定表”和“本月大事预定表”，蒋介石也都一一写上。

我发现，在蒋介石日记中，往往还粘贴着剪报。比如，1945 年美国在日本广岛、长崎投下原子弹之后，蒋介石在日记中粘贴了中央社关于原子弹知识以及发展历史的文章剪报。在日本投降之后，美国总统杜鲁门发表关于战后美国外交十二要点的谈话，蒋介石也剪存贴入日记本。

我注意到，蒋介石日记中有少许地方被用黑笔涂抹。由于所看的是复印件，也就看不出这些涂抹是否原件如此？据我细细观察，涂抹处往往涉及政治敏感问题，估计是胡佛研究所研究人员在审阅时涂抹在复印件上，然后再复印，供公开查阅。

用笔抄录，毕竟太慢了，何况回去之后还要录入手提电脑。第二次去那里的时候，我带去了手提电脑，这样可以直接录入，提高工作效率。没想到，管理员不许我带手提电脑进档案阅览室，原因是担心有的手提电脑带有微型扫描仪。无奈，只得坐在那里和妻一起用笔逐字逐句抄录。

蒋介石日记是蒋介石亲笔写下的，尽管所体现的是蒋介石的观点，但毕竟是中国现代史的重要文献。正因为这样，蒋介石日记可供公开借阅的消息传出，引来各方历史学家的关注。抄录者来自天南地北，络绎不绝。中午时分，抄录者们汇聚到阅览室外的休息室，一边吃着带来的午餐（这里附近没有餐馆），一边聊天，这里成了最好的交流场所。我在那里结识了来自南京的历史学教授，也结识了来自台湾的历史学家。台湾的黄教授告诉我，他在做“评价蒋介石”的课题，而蒋介石日记是重要的文献，所以连续多日在此抄录。最下工夫的是台湾的卢先生，他原本是国民党高官，如今退休，也在研究蒋介石，已经来此工工整整抄录了半年多。他得知我是由儿子送、儿媳接，连说好福气，因为他每天乘公共汽车往返。

我由于曾经写了50万字的纪实文学《毛泽东与蒋介石》，所以着重从国共关系的角度研读蒋介石日记。我查阅了1927年“4·12”政变前后以及红军长征期间的蒋介石日记，特别是细细查阅了1945年8月至10月重庆谈判期间，蒋介石如何在日记中记述他与毛泽东的见面、会谈，他对毛泽东的印象。我还把在北京协和医院查到的蒋介石病历，跟蒋介石日记相对照，证实在红军长征前夕，蒋介石以为胜利在望，确实曾经住进北京协和医院检查身体。我将会把这些最新的收获补入《毛泽东与蒋介石》的新版本之中。

我期待能够读到1949年之后的蒋介石日记以及正在整理的蒋经国日记。下一次去美国，我将会花费更多的时间，“泡”在胡佛研究所的档案馆里。

在美国宾州大学

一走进美国费城的宾夕法尼亚大学，我仿佛似曾相识。一幢幢年代久远、由深褐色的砖砌成的大楼，镶嵌着白色的窗框，显得颇为庄重。我在照片上曾经见过这些大楼，因为我的长子是在这里获得硕士学位的，他寄来很多在校园里拍摄的照片。正因为这样，对于宾夕法尼亚大学我有一种亲切感。

在宾夕法尼亚州，有两所学校的中文译名相近，很容易混淆：一所是University of Pennsylvania，译为宾夕法尼亚大学；另一所是Pennsylvania State University，译为宾夕法尼亚州立大学。宾夕法尼亚州立大学建立于1855年。而宾夕法尼亚大学则建立于1740年，已经有着260年的悠久历史，是美国第四古老的高等教育机构。

宾夕法尼亚大学坐落在费城西区，斯库尔基尔河的西岸，中译名通常简称为“宾州大学”，而美国人则简称之为“UP”。

宾州大学是美国的名牌学校之一。美国有着4000多所大专院校。在全美大学的“龙虎榜”上，宾州大学排名第七。它也是美国“常青藤联合会”（Ivy League）八所成员大学之一。

如今宾州大学拥有16个学院，22000多名学生，其中12000名为研究生。

那是一个雪后放晴的日子，年已七十有八的杨忠道教授驾车，带我和妻前往宾州大学。杨忠道教授是著名数学家、苏肯青教授的高足，宾州大学的“老土地”。他曾担任宾州大学数学系系主任，在这里工作了将近半个世纪。他的三个孩子，都是宾州大学毕业的。

轿车从 University of Pennsylvania 的拱形校牌下面穿过，校园里静悄悄的。那天是星期日，没有学生上课。

熟门熟路，杨忠道教授把轿车停在数学大楼旁。然后，他带领我们在校园中漫步。

校园中心，米黄色花岗石方形底座之上，高高矗立着一座青铜像。花岗石上，铭刻着一行光辉的名字 Benjamin Franklin（1706—1790）——本杰明 · 富兰克林。

富兰克林是宾州大学的创始人，是宾州大学的骄傲。

富兰克林是美国著名科学家，也是著名政治家、社会活动家。在美国独立战争时参加反英斗争，并参加起草《独立宣言》、美国宪法。

1731 年，富兰克林在费城建立美国第一个公共图书馆。接着，他又在费城创办了宾州大学。

给我印象最深的是，他冒着生命危险揭开了雷电的秘密，发明了避雷针。

富兰克林家境贫困，10 岁的时候就开始帮助父母做蜡烛，12 岁时进印刷厂做工，当了 10 年印刷工人。他从印刷厂所印刷的报刊、书籍中学到不少科学知识，并开始在报纸上发表文章。

在富兰克林铜像前留影

富兰克林常说：“读书是我唯一的娱乐。我从不把时间浪费于酒店、赌博或任何一种恶劣的游戏；而我对于事业的勤劳，乃是按照必要，不厌不倦。”

他曾引用这样一句谚语告诫人们：“空无一物的袋子是难以站着得笔直的。”

富兰克林非常爱惜时间，他说：“你热爱生命

吗？那么别浪费时间，因为时间是组成生命的材料。”

富兰克林在电学、地学、植物学、数学和化学方面都有贡献。

尽管富兰克林声名显赫，可是他一直以自己曾是一个印刷工人而自豪。他为自己写墓志铭，只写“印刷工富兰克林”，只字未提他那众多的荣誉头衔。

叶永烈夫妇与杨忠道教授在宾州大学校园内

在数学楼不远处是物理楼。杨忠道教授告诉我，这座楼也是宾州大学的骄傲所在：

1946 年 2 月 15 日，在这座楼里诞生了世界上第一台电脑。当时的电脑是个庞然大物，占地达 167 平方米！

这台电脑的发明者，一个叫莫克利，一个叫埃克特。

莫克利本来是研究分子物理学的。然而，在研究分子的结构时，常常要进行大量的计算。这样，他把兴趣转移到数学上，想制造计算机，减轻人们的劳动。

1942 年，莫克利结识了年轻的埃克特。莫克利向埃克特谈起了制造计算机的情况，使埃克特发生很大的兴趣。莫克利擅长于理论，而埃克特熟悉电子技术，他们俩都深知，只有结合起来，发挥各自的特长，才能攻克面前的科学堡垒。

正巧，当时正处于第二次世界大战，美国正研制新的大炮。然而，怎样提高大炮的命中率，是一个很复杂的数学问题。美军的阿贝丁弹道研究所雇了 100 名姑娘，在那里用手摇计算机进行计算，算得很慢，又常常算错。这不能不使美国陆军将领们感到头疼。很自然的，当他们获知莫克利与埃克特准备试制新式计算机的消息时，非常高兴。

1943 年 4 月 9 日，美国陆军军械部召开了专门会议，请莫克利、埃克特谈自己的设计方案。经过热烈的讨论，会议终于作出决定：“支持这项工作！”

1945 年底，莫克利与埃克利终于造出了一台新式的计算机——电子计算机。1946 年，这台电子计算机正式投入使用。

这台电子计算机名叫“埃尼阿克”，英文为“ENIAC”，“电子数字求积与计算器”，即“Electronic Numerical Integrator and Calculator”的英文开头字母的缩写。

组成“埃尼阿克”的“细胞”，是当时发明不久的真空管。在“埃尼阿克”中，总共有 18800 只真空管！难怪，“埃尼阿克”成了庞然大物。

“埃尼阿克”的计算速度，比手摇计算机快 1000 倍，比人工计算快 20 万倍！美国陆军对“埃尼阿克”非常满意，因为计算炮弹的弹道曲线，那 100 个姑娘算好多天还算不清楚，而它只用 3 秒钟就准确地算出来了！

“埃尼阿克”曾经是世界公认的第一台电子计算机。

不过，1997 年据英国媒体披露，“世界第一台电子计算机”的桂冠，属于英国的“科洛萨斯”。据称，“科洛萨斯”比美国宾州大学的“埃尼阿克”问世早两年多，在第二次世界大战期间曾破译了大量德军机密，只是在战争结束后，被秘密销毁了。

“科洛萨斯”计算机呈长方体状，长 5 米，宽 1.8 米，高 2.3 米，重约 4 吨。它的主体结构是两排机架，上面安装了 2500 个大小形状如同电灯泡的电子管。它利用打孔纸带输入信息，由自动打字机输出运算结果，每秒可处理 5000 个字符。

尽管世界上第一台电子计算机诞生于英国，但是英国没有抓紧这一重要机遇，发展电子计算机。在美国，自从在宾州大学制成电子计算机之后，不断加以改进，使电子计算机成了新技术革命的领头羊。电子计算机改写了人类的历史。正因为这样，美国的科学技术得到了突飞猛进的发展。

我怀着深深的敬意，漫步在宾州大学。

在离富兰克林青铜坐像不远处，我见到现代派的雕塑——4 个鲜红的“LOVE”字母叠在一起，与皑皑白雪交相辉映，洋溢着青春气息。我和妻特地在这红色“LOVE”前拍了照片。

在宾州大学校园留影

走访夏威夷大学

《收获》是上海作家协会主办的大型文学杂志。作为上海作家协会的专业作家，在夏威夷大学的“东西方中心”图书馆里见到《收获》杂志时，我倍感亲切！我手持《收获》杂志拍了一张照片，作为纪念。

一到瓦胡岛的火奴鲁鲁市，我就打听夏威夷大学在哪里。我在美国本土的时候，夏威夷大学的朋友就几度来电，跟我探讨有关创作上的一些问题。

火奴鲁鲁市区本来就不很大，而夏威夷大学又坐落在市区，所以我从怀基基出发，乘坐 4 路公共汽车，大约行驶了 20 多分钟，就到达玛努阿（Manoa）——夏威夷大学的所在地。

夏威夷大学里处处可见椰林，绿树繁茂，一片热带气氛。楼宇一片浅色，校园显得整齐而高雅，相当精致。

就美国而言，夏威夷大学的规模不算大，但是在夏威夷群岛，这里是最高学府了。夏威夷大学，是夏威夷州的州立大学，是全州唯一招收研究生的大学。

夏威夷群岛本来没有一所大学。夏威夷大学在 1907 年建立时，最初只有 5 名学生！

直到 1959 年夏威夷成为美国的一个州之后，夏威夷经济腾飞，夏威夷大学也迅速发展。如今的夏威夷大学设有 9 个学院，拥有近 3 万名学生，其中研究生 7000 多名。

夏威夷大学地处太平洋中心，许多太平洋沿岸国家的青年前来这里留学。

只是学校的学生宿舍有限，不少留学生要在校外自找住处，而夏威夷的房租是相当高的。

在夏威夷大学，我不断遇上黄皮肤、黑头发的学生。但是当我问："Are you Chinese？"他们大都摇摇头，说自己是日本人。夏威夷的日本人多，日本餐馆多。就连夏威夷的旅客之中，日本人也占了1/4。日商在夏威夷的投资，占了夏威夷外资的91%，多达130亿美元。正因为这样，夏威夷大学中的日本学生也多。

我来到夏威夷大学图书馆。那里有以整幅墙壁绘着波利尼西亚人生活的油画。

■ 夏威夷大学校门

图书馆藏书颇为丰富。有一个书库专门收藏电影拷贝。一排视听机可供查阅、放映电影之用。图书馆里收藏大量的中文图书。

我最有兴趣的是夏威夷大学的"东西方中心"。这个中心的大楼是著名华裔建筑设计师贝聿铭设计的。在大楼一侧，一堵圆弧形的白墙上，写着一行黑色的英文"East-West Center"（东西方中心）。

夏威夷地处太平洋的中心，处于东方与西方之间，因此在这里建立"东西方中心"是非常合适的。1960年，美国国会决定在这里建立学术性研究机构"东西方中心"，专门从事美国与亚洲太平洋地区的文化学术研究与交流。这个中心下设7个研究所，分别研究人口、文化、传播、资源系统、环境与政策、太平洋岛国的发展，还有一个综合研究所。

自1981年起，由李浩先生担任"东西方中心"主任。李浩先生是美国哈佛大学法学博士。他的父亲是新中国成立前原国民党政府广东省主席。

我步入"东西方中心"大楼，这里有专门研究印度、日本的部门，也有专门研究中国、韩国的部门。

在朋友的陪同下，我来到了四楼的中国研究部门。一尊中国秦朝的兵马俑（当然是复制品）威武地站在那里，就像伯克利加州大学中国研究中心那只写

■手持上海出版的《收获》杂志与兵马俑（复制品）合影

■叶永烈在夏威夷大学“东西方中心”

着中文数字的钟一样，给人一种“中国气氛”。

这里拥有相当丰富的中文研究资料。从架子上的一大排工具书可以看出，他们对中国的方方面面都极有兴趣。我见到了《上海社会团体概览》、《中国公司名录》、《中国县镇年鉴》、《中国行政区划通览》、《北京会馆档案史料》、《中国残疾名人辞典》、《中国高等院校指南》、《中国丝绸辞典》、《中国旅游年鉴》、《中国城市》、《中国武术辞典》、《中国神话》、《中国传说故事大词典》等等。

“东西方中心”订阅各种中国报纸。我看了一下《人民日报》。可能不是航空版的缘故，那里最新的《人民日报》是20天前的。还有台湾、香港的各种报纸以及美国出版的华文报纸。

也就在那里，我看到诸多中国杂志，其中包括《收获》。杂志运到这里比报纸还要慢一些。

“东西方中心”经常举行东西方学术交流活动，成为美国与亚洲太平洋沿岸国家学者交流学术的重要场所。这里的会议中心——杰弗逊大楼，每年都举行很多学校交流会议。

美丽的夏威夷并不是“文化沙漠”。有夏威夷大学这样的学术重镇，有“东西方中心”这样的研究交流机构，使旅游胜地夏威夷迈入高层次的文化领域。

俄罗斯最高学府——莫斯科大学

记得，在1957年，当我考入北京大学之后，来到北京大学第一图书馆——北京大学有好多个图书馆，第一图书馆是内中最大的。我一进门，就见到一尊白色大理石雕像。那是一个外国人的半身像。他戴着假发，略微歪着脑袋，前庭宽阔，双目炯炯。我从雕像底座上所写的俄文“ЛОМОНОСОВ”，知道他是俄罗斯著名科学家罗蒙诺索夫。

我很奇怪，一个俄罗斯科学家的雕像，怎么会如此醒目地安放在北京大学第一图书馆呢？

后来才知道，北京大学与莫斯科大学作为中国与苏联的最高学府，建立了友好大学的关系。这尊罗蒙诺索夫雕像，是莫斯科大学赠送给北京大学的。

莫斯科大学为什么向北京大学赠送罗蒙诺索夫雕像呢？因为罗蒙诺索夫是莫斯科大学的创始人。也正因为这样，莫斯科大学的全称是“国立莫斯科罗蒙诺索夫大学”。

■罗蒙诺索夫是莫斯科大学创始人

罗蒙诺索夫有着“俄罗斯科学之

父”的美誉。他原是渔夫的儿子，靠着自己的努力，成为博学多才的科学家，曾经有着化学家、数学家、物理学家、语言学家和哲学家等 14 个“家”的头衔。莫斯科大学是罗蒙诺索夫在 1755 年 1 月 20 日创建的。

这一回，当我来到莫斯科大学，远远地见到主楼前矗立着一尊高大的青铜塑像，一眼就认出那是罗蒙诺索夫塑像。

莫斯科大学的旧址在莫斯科市中心红场旁边、克里姆林宫北侧，莫霍瓦亚街与大尼基塔街的交叉口，那里如今是莫斯科大学新闻学系、心理学系以及学生剧院的所在地。我一跨进校门，就见到一尊罗蒙诺索夫青铜坐像。莫斯科大学旧校园显得非常典雅。1812 年，莫斯科大学毁于大火。现在的莫斯科大学的旧校园，实际上是 1812 年之后修建的。

相比之下，在斯大林时代兴建的莫斯科大学新校园，要比旧校大得多，漂亮得多。从1953年9月起，除了新闻系等留在原处之外，莫斯科大学迁往新址。

莫斯科大学新校园坐落在莫斯科西南的列宁山上——只是在苏联解体之后，从 1992 年起已经不再叫列宁山，而是改用原名“麻雀山”（ВОРОБЬЕВЫ ГОРЫ）。

麻雀山不高，海拔只有 200 米，与其说是山，倒不如说是一个大土坡。在我看来，麻雀山很像美国华盛顿的国会山。国会山也是这样矮矮的，是山不像山。

山上面对着莫斯科市区的一侧，建有一个观景台，可以观赏莫斯科市区全貌。不过，由于山不高，在观景台上观景，大体上跟在一座高楼上观景差不多。

麻雀山观景台成为莫斯科新人们举行婚礼的所在。我在那里，就见到三对新郎、新娘。他们欢歌、跳舞、喝酒、抽烟。亲友们向新人高喊“Горько”（高里科），俄语的原意是“苦”。

为什么要喊“Горько”呢？据说，“因为苦所以要对我好一点”！也有的俄罗斯人说，在新郎、新娘接吻之后，“苦”酒就变成了甜酒。

麻雀山离市中心不算远，从红场乘地铁，只消十来分钟就可到达这里。由于整座山是个平缓的大山坡，所以上山时没有上山的感觉，仿佛依然在平地上行车。山上是大片大片的草地和林荫道，环境十分优美。莫斯科大学占地大约 4000 亩。麻雀山几乎成了莫斯科大学的天下。

莫斯科大学的中央大楼巍峨宏伟，远远地就看到了。整幢大楼的外墙，都饰以米黄色的花岗石。大楼中间高、两翼低，呈“凸”形。中间的主楼不仅本身有 32 层，而且还戴着一顶尖尖的“高帽子”，尖顶是一颗麦穗环绕的红星。主楼高达 240 米。中央大楼正面长达 450 米。整座大楼拥有 4 万多个房间！

■莫斯科大学中央大楼巍峨雄伟

斯大林很喜欢像莫斯科大学这种“凸”形、哥特式尖顶、米黄色的大楼。在1947年，为了庆祝莫斯科建城800周年，斯大林下令在莫斯科建造一批新的高楼。这批高楼最低的也有26层，在当时已经是很宏伟的建筑了。莫斯科人叫这些大楼为“斯大林式建筑”。在莫斯科，总共有7幢这样的“斯大林式建筑”。这批建筑差不多都是在1947年左右动工，在1953年落成。莫斯科大学的中央大楼，是7幢“斯大林式建筑”之中最大最高的一幢。

莫斯科斯摩尼广场上的一幢“斯大林式建筑”名叫“外交部大楼”，是当年苏联外交部所在地，如今成了俄罗斯联邦外交部的办公大楼。

莫斯科河畔、“白宫”对面的库图佐夫大街上的一幢“斯大林式建筑”，如今是乌克兰宾馆。

莫斯科雷洛曼托夫广场的一幢“斯大林式建筑”如今是行政大楼，同时也是一批文化界、艺术界高层人士的公寓。

莫斯科库德林广场上的一幢“斯大林式建筑”是文化人公寓。

莫斯科共青团广场上的一幢“斯大林式建筑”是原苏联运输建设国家委员会所在地。

此外，外贸部大楼也是“斯大林式建筑”。

本来，俄罗斯饭店也要按照“斯大林式建筑”模式建造，但是尚未施工，斯大林就去世了。随着赫鲁晓夫大反斯大林，俄罗斯饭店也就取消了按照“斯大林式建筑”模式建造的计划。

不过，也有俄罗斯人说，幸亏俄罗斯饭店没有建成“斯大林式建筑”，使莫斯科的“斯大林式建筑”保持7幢——因为俄罗斯人以为“7”是吉祥的数字。

尽管这7幢“斯大林式建筑”已经经历了半个世纪的风吹雨打，至今仍是莫斯科一道亮丽的风景线，成了斯大林时代的象征性建筑。

顺便提一句，莫斯科在勃列日涅夫时代修建的居民楼，大都是长方形火柴匣式的，跟上海那些旧工房很相似。

莫斯科大学中央大楼的主楼，大部分是作为教室以及办公室，此外，会议厅、大礼堂、电影院、游泳池、食堂、商店、邮局、银行、理发店、咖啡厅、舞厅，应有尽有，形成一个小社会。两翼的侧楼17层，大部分用作学生宿舍。学生宿舍很不错，每间“布洛克”（俄文原意为“联盟”）相当于中国的“两房一厅”，即由两间卧室、一个小厅、一个厕所和一个淋浴洗漱用的盥洗室组成，供两名学生居住。每间卧室大约7平方米的，房间里有一张床、一张书桌、一个书架、一把椅子。早在20世纪50年代，莫斯科大学的学生们就拥有这样的住宿条件，确实已经相当舒服。莫斯科大学允许大学生结婚。这样，学生宿舍的“二房一厅”常常成了洞房。

主楼的第28层，是地球科学博物馆的所在地，既可供客人参观，又是俯瞰莫斯科的极佳场所。

在中央大楼两旁，是化学系大楼和物理系大楼，与中央大楼组成一个广场。广场正中是宽大的喷水池。广场上除了矗立着罗蒙诺索夫塑像之外，还有俄罗斯10位著名科学家和文学家如门捷列夫、巴甫洛夫、米丘林、波波夫、车尔尼雪夫斯基等的雕像，形成浓重的文化氛围。

1980年，当奥运会在莫斯科举行时，这个广场曾经作为主会场而成为全世界关注的焦点。站在广场不远处的麻雀山观景台上，可以见到为这届奥运会兴建的主赛场——列宁体育场，只是在苏联解体之后已经改名为卢日尼基体育场。

莫斯科大学是俄罗斯最高学府，是世界著名大学，列居世界大学排名榜前十名大学之内。莫斯科大学拥有4500名教授，其中200多位是俄罗斯科学院院士和通讯院士。莫斯科大学设有30多个院系，500多个专业，拥有26000名学生，其中硕士及博士研究生5000名。莫斯科大学的外国留学生有近3000名，来自全世界97个国家与地区。

现在，莫斯科大学最热门的专业是法律、经济以及外语，因为从这些专业

■莫斯科大学罗蒙诺索夫铜像前赤膊的大学生

毕业之后容易找到好的工作。

莫斯科大学曾经培养了诸多享有盛誉的作家、科学家和社会活动家。莱蒙托夫、别林斯基、屠格涅夫、赫尔岑、契诃夫这批名人，都毕业于莫斯科大学。苏共中央总书记戈尔巴乔夫与他的夫人赖莎，也毕业于莫斯科大学。

莫斯科大学图书馆，建于 1756 年，藏书达 1000 万册。

当地朋友告诉我，莫斯科大学的寒假很短，只有十天，而暑假则很长，达两个月。我问为什么会这样“热胀冷缩”？他哈哈大笑说，这“热胀冷缩”是由于莫斯科的冬季太冷，放了假没有什么地方可去，所以宁可把寒假缩短，而夏天对于莫斯科人来说是难得的户外活动季节，所以拉长了暑假，让学生们可以在户外充分休息。

莫斯科大学不仅与北京大学建立友好学校关系多年，而且也留下中国领导人的历史印记。

1957 年 11 月 17 日，毛泽东主席在莫斯科大学大礼堂接见中国留苏学生，作了著名的谈话：

“世界是你们的，也是我们的，但是归根结底是你们的。你们青年人朝气蓬勃，正在兴旺时期，好像早晨八九点钟的太阳。希望寄托在你们身上。”（1957 年 11 月 19 日《人民日报》）

2001年7月17日，江泽民主席在俄罗斯总统普京陪同下，来到莫斯科大学大礼堂，发表了题为《共创中俄关系的美好未来》的演讲。

从莫斯科大学步行二十来分钟，就可以到达中华人民共和国驻俄罗斯大使馆。

莫斯科大学有几百名中国留学生。中国留学生以学习刻苦、成绩优秀而深得好评。

在莫斯科大学，我听见两件令人心酸的事：一件惨事发生在1999年12月19日0时10分，莫斯科大学维鲁那茨基地铁站附近的学生宿舍发生严重火灾，12名死难者中有5名中国留学生。消息传出，曾经震惊中俄两国。

发生大火的前一天晚上，中国留学生刚刚参加完中国大使馆举行的庆祝澳门回归的纪念大会，回来后正在熟睡。火灾发生时，由于大楼的消防设施已经严重老化，以致火势越来越大，5名中国留学生被烧死于电梯之中！

另一件事是莫斯科的朋友告诉我的，莫斯科大学教授的月薪，大都只有60至100美元！正因为这样，莫斯科大学人才流失严重，纷纷到西方寻找出路，走不成的，则忙于第二职业，以维持生活……

剑桥大学城见闻

轻轻的我走了，
正如我轻轻的来；
我轻轻地招手，
作别西天的云彩。
那河畔的金柳，
是夕阳中的新娘，
波光里的艳影，
在我的心头荡漾。
软泥上的青荇，
油油的在水底招摇；
在康河的柔波里，
我甘心做一条水草！
那榆阴下的一潭，
不是清泉，是天上虹；
揉碎在浮藻间，
沉淀着彩虹似的梦。
寻梦？撑一支长篙，
向青草更青处漫溯，
满载一船星辉，

剑桥国王学院的教堂

在星辉斑斓里放歌。
但我不能放歌，
悄悄是别离的笙箫；
夏虫也为我沉默，
沉默是今晚的康桥！
悄悄的我走了，
正如我悄悄的来；
我挥一挥衣袖，
不带走一片云彩。

这首诗题为《再别康桥》，于 1928 年 11 月 6 日写于一艘航行在南中国海的轮船上，作者是 31 岁的中国著名资产阶级绅士诗人徐志摩。

康桥（Cambridge），其实是一半音译一半意译，把“Cam”音译为康，把“bridge”意译为桥。也有人把 Cambridge 全部音译为“坎布里奇”。但是更多的是把 Cambridge 全部意译，叫做剑桥。Cambridge 现在统一采用的中译名为剑桥。

徐志摩在 1920 年 10 月到 1922 年 8 月曾经“游学”于剑桥大学（徐志摩称之为康桥大学），在国王学院当特别进修生。徐志摩曾经说，“我的眼是康桥教我睁的，我的求知欲是康桥给我拨动的，我的自我的意识是康桥给我胚胎的。”1922 年 8 月 10 日徐志摩在启程回国前夕，写下了《康桥再会罢》一诗，表达对康桥的眷恋。

1928 年夏日，徐志摩游历欧洲时，再度来到英国。7 月，徐志摩重返剑桥大学。故地重游，感触良多。这种浓得化不开的“康桥情结”，终于在他回国途中喷发，他在轮船上写下那首充满怀念之情的《再别康桥》。

1931 年 11 月 19 日，徐志摩所搭乘的“济南号”邮机在浓雾中撞在白马山上，34 岁的他离开了这个世界。

2008 年 7 月 2 日，从载重卡车上卸下一块两吨重的白色大理石，安放在剑桥大学国王学院的草坪上。大理石上刻着徐志摩的《再别康桥》的诗句，也刻着一位中国诗人对于剑桥大学的永远的怀念。

久闻剑桥大学的大名，也读过徐志摩的《再别康桥》，所以到了英国，必定要去剑桥大学参观。

在英国，剑桥大学（University of Cambridge）与牛津大学（University

of Oxford）是两所最负盛名的大学。

伦敦、剑桥、牛津可以说是一个倒置的等边三角形，剑桥在伦敦东北 100 千米，牛津在伦敦西北 100 千米，从剑桥到牛津也是 100 千米。从伦敦乘坐火车，大约 1 个小时就可以到达剑桥。

我从伦敦来到剑桥。那是一座街道上铺着鹅卵石、两侧是古朴的红砖房子的城市。很多树干又粗又大，攀缘植物爬满建筑物的外墙。剑桥是剑桥郡首府，也是剑桥大学所在地。剑桥原本指是一座架在剑河上的古老的桥，这座城市因这座古桥而得名。

剑桥大学其实是一个总称。在 13 世纪末，剑桥出现第一所大学，至今剑桥大学包括 35 所学院。

剑桥大学是英国诞生诺贝尔奖得主最多的高等学府，88 名诺贝尔奖获得者曾经在此执教或学习，其中 70 多人是剑桥大学的学生。这一数字仅次于美国的哥伦比亚大学——哥伦比亚大学的历届毕业生和教职员中共有 97 名诺贝尔奖获奖者，于世界各大学中排名第一。

此外，还有 7 名英国首相毕业于剑桥大学。印度总理尼赫鲁曾在这里就读。这里还培养出哲学家培根、经济学家凯恩斯、历史学家特里维廉、文学家

剑桥大学爬满青藤的外墙

剑桥大学城

萨克雷、诗人拜伦等。与剑桥大学相比，牛津大学培养出来的政治明星更多，而诺贝尔科学奖得主则明显少于剑桥大学。据统计，牛津大学培养了 5 位英国国王、26 位英国首相（包括英国前首相撒切尔夫人、布莱尔）、多位外国政府首脑（如美国前总统克林顿）、近 40 位诺贝尔奖获得者以及一大批著名科学家。

剑桥这 35 所学院形成了一座规模庞大、文化气息浓厚的大学城，拥有将近 10 万人口，而城市的居民主要就是教师和学生。正因为这样，人们称牛津是“大学中有城市”，而剑桥则是“城市中有大学”。

在剑桥，我看见清冽的剑河（River Cam，又译为康河）波光粼粼，从剑桥西门经市区流向东北，注入乌斯河。

由于前来剑桥大学参观的人太多，剑桥大学禁止外人入内，以免影响大学生们的学习。所以乘坐小木船游览剑桥，成为了解剑桥大学的最佳途径。

我来到剑河之畔的米尔码头，河面上整整齐齐排列着许多小木船。船有大有小，大船可坐 12 人，中船坐 6 人，小船坐 2 人。我乘坐的是中船，每人船资 13 英镑。撑篙者除了当地船夫之外，还有许多打工的大学生。

出人意料的是，为我这艘小木船撑篙的是一位小姐，名叫玛丽。她是打工的大学生，但是声言受过专业训练，撑篙技术绝对合格。玛丽长着一头浅咖啡

■剑河上成排的游船

剑桥国王学院

色长发，白衬衫外套一件牛仔背心，下穿一条牛仔裤。她把篙往河里一插，轻捷地跳到小木船的船尾，然后又一篙，小木船就犁开剑河碧波，开始行进。从这两篙就可以看出，她的驾船技术绝对熟练。

我注意到，她手中所持的是银白色的金属篙，似乎是撑高运动员所用的钛合金杆，也有的船工用竹篙。她一边一篙一篙撑着，一边对景点进行解说。

小木船在剑河中荡漾，从一座又一座桥下穿过。剑河上除了那座古老的剑桥之外，后来又新建了许许多多的桥梁。在诸多桥梁之中，居然也有一座叹息桥。玛丽小姐说，剑河上的叹息桥，就是仿照意大利威尼斯的叹息桥建造的。这座叹息桥就在圣约翰学院内，建于 1831 年。据说，每当考试来临的时候，学生经过此桥，便发出叹息之声，担心考不好。

我问玛丽小姐，知道徐志摩吗？

她回答说，中国著名的诗人，剑桥有他的诗碑。

小木船沿着剑河穿越大学城，两岸是一所又一所学院。

剑桥大学之中，最著名的是国王学院（King's College），当年徐志摩就在这里学习。我见到国王学院宏伟的米黄色哥特式建筑群，最醒目的是中间高高耸立的礼拜堂，两侧的大厦是 3 层的教学楼以及学生宿舍。

国王学院是在 1441 年创建的，由当时的英国国王亨利六世设立，所以得名“国王”学院。由于是国王降旨创建，所以建造的规模特别大，超过剑桥其他的学院。国王学院礼拜堂那样高大，是由亨利六世亲自设计，耗时近 80 年才终于建成的。

与国王学院相对的，是位于国王学院南侧的王后学院。这所学院稍晚于国王学院，在 1448 年创建。之所以叫王后学院，是因为这所学院是由亨利四世的王后玛格丽特率先捐资，爱德华四世的王后伍德维尔则在 1465 年捐资。

在剑桥大学之中，除了国王学院和王后学院之外，圣三一学院也很著名。圣三一学院是由英国国王亨利八世于 1546 年创办的，不论是教学质量还是学术水平，都是剑桥大学名列前茅的学院。

我注意到，除了剑桥大学这一总称用大学（University）之外，国王学院、王后学院、圣三一学院等等都称学院（College），虽说其中不少学院都可以称之为大学。

小木船在大学城中穿行，我所见到的学生宿舍、教学大楼、实验大楼，差不多都是“上了年纪”的，很多是几百年前的建筑。古老，正是见证了剑桥大学悠久的历史和深厚的文化积淀。

结束了剑河的漫游，我漫步在剑桥小镇上，不时有大学生骑着自行车从我身边擦过。在剑桥大学城，自行车是最方便的交通工具。小镇很热闹，商店很多，橱窗或者招牌之上，总是挂着花篮，给人以美感。有的古老的商店的墙上，有着剑桥名人头像，表明他们对于剑桥精英辈出的自豪。

我看到一家招牌上写着中文“港式小厨”的餐

■在剑桥，学生们喜欢骑自行车

■剑桥大学的T恤

馆，感到很亲切。剑桥大学有很多中国留学生。我甚至还看到“精英国际教育咨询”的中文广告。

剑桥永远是文化的。剑桥是培养时代精英的摇篮。正因为这样，不论在英国，还是在世界各地，一提到剑桥，人们总是肃然起敬。